9,90

1800

TatortOst

Jan Kurz wurde 1969 in Würzburg geboren. Er studierte Geschichte, VWL und Judaistik, anschließend Promotion. Später lehrte er u.a. an der Universität Bielefeld und veröffentlichte wissenschaftliche Publikationen zu Themen der Zeitgeschichte. Der Autor, selber eine Zeit lang Berliner mit Büro in den Treptowers, lebt und arbeitet derzeit in Hamburg. »Der Tote im Hafen« ist sein literarisches Debüt.

Die Reihe »TatortOst« bietet fesselnde Krimis mit Handlungsschauplätzen in Deutschlands Osten. Von Dresden über Magdeburg, von Berlin über Leipzig ziehen ungelöste Verbrechen Liebhaber des Nervenkitzels in ihren Bann.

Mehr im Internet unter www.tatort-ost.de

Der Tote im Hafen

Ein Berlin-Krimi

von Jan Kurz

Mitteldeutscher Verlag

Konzeption, Herausgeber: Momo Evers (www.haus-der-sprache.de)
Lektorat: Momo Evers und Swen Friedel
Umschlaggestaltung und -typographie: Katja Zumpe
Printed in the EU
ISBN-10: 3-89812-397-9
ISBN-13: 978-3-89812-397-6
www.mitteldeutscherverlag.de

Alle Personen und Handlungen des Romans sind frei erfunden. Etwaige Ähnlichkeiten mit lebenden oder verstorbenen Personen sind rein zufällig.

Montag, 28. Januar

Gelangweilt blickte der Steuermann des norwegischen Trawlers in die Nacht. In regelmäßigen Abständen tauchte der Bug des Schiffes tief in die anrennenden Wellen. Majestätisch spritzte die Gischt auf, flutete über die Back und verminderte seine Sicht auf ein Minimum.

»Hvad for en vejr, was für ein Wetter«, murmelte er und nahm einen Schluck aus dem Flachmann, den er aus der Innentasche seiner schweren Jacke hervorgezogen hatte.

Er warf einen Blick auf den Monitor des Radargerätes gleich links vom Steuerrad. Das daneben befestigte Display zeigte drei Uhr vierzig an.

Unruhig stampfte der Trawler weiter in Richtung Ålesund, seinem Heimathafen. Wachsamkeit war angesagt, denn das Schiff kreuzte auf dieser Höhe das Fahrwasser der Frachter und Kreuzfahrtschiffe, die vor der norwegischen Küste in Nord-Süd-Richtung unterwegs waren. Aber viel war nicht los in dieser Nacht. Nur drei Schiffe hatte das Radar des Trawlers erfasst. Zwei Schiffe im Süden und eines, das sich langsam seinen Weg von Norden her bahnte. Es war noch einige Kilometer entfernt und eine Kollision so gut wie ausgeschlossen.

Der Steuermann hatte sich wieder nach draußen gewandt und versuchte, die vordere Positionsleuchte des Trawlers zu fixieren. Wieder sprühte der weiße Schaum eines Brechers hoch. Nur mühsam konnte er das wild nach oben und unten schwankende Licht erkennen, als ihn ein Geräusch aufschreckte. In Sekundenschnelle wuchs es zu einem ohrenbetäubenden Dröhnen, Fauchen und Donnern an, das auf dem Meer nichts zu suchen hatte.

»Hvad er det, was ist das?«, rief er laut.

Er war allein auf der Brücke. Erst in ungefähr drei Stunden würde der Kapitän ihn ablösen. Und auch wenn er ihm sofort erzählt hätte, was in diesem Augenblick passierte – der Steuermann war sich sicher, dass der Kapitän ihm nicht glauben würde.

Der Lärm hatte seinen Höhepunkt erreicht, schlug rapide um und klang langsam eine Oktave tiefer aus. Unruhig stellte der Steuermann auf Autopilot, verließ seinen Posten und öffnete die Seitentür der Brücke. Hier war die Sicht besser als durch die beschlagenen Scheiben. Seine Augen suchten das Meer und den schwarzgrauen Nachthimmel ab.

Dann sah er sie. Vor dem Dunkel des backbord liegenden Nachthimmels machte er vier doppelte Leuchtspuren aus, die steuerbord von schräg achtern gekommen sein mussten und direkt über das Deck des Trawlers gezogen waren.

Jets!

Als begeisterter Fan von modernen Düsenflugzeugen erkannte der Steuermann sofort, dass es sich bei den Leuchtspuren um vier zweistrahlige Jäger, wahrscheinlich amerikanische F 16, europäische Tornados oder russische Sukoi 28 handelte. Sie waren im Tiefstflug und mit entzündeten Nachbrennern über das Deck des Trawlers hinweggefegt.

Nachdenklich kehrte er zum Steuerrad zurück und warf erneut einen Blick auf den Monitor des Radars. Tatsächlich hatte das alte System die Jäger erfasst. Der Steuermann überlegte. Einerseits gab es keine Meldungen über amerikanische oder britische Flugzeugträger in dieser Gegend. Andererseits besaßen die norwegischen Streitkräfte keine Maschinen dieser Typen. Und außerdem war es verboten, im Tiefstflug über internationale Schifffahrtsstraßen zu jagen. Etwas stimmte nicht in dieser Nacht.

Plötzlich erkannte der Steuermann über den Wellenkämmen auf der Backbordseite des Trawlers ein merkwürdiges Leuchten, einem Flackern gleich. Obwohl es sich bei diesem Wetter um ein sehr starkes Licht handeln musste, um überhaupt gesehen zu werden. Der Steuermann versuchte mitzuzählen. Fünf, sechs, sieben Mal leuchtete es auf, dann war da wieder nur die grauschwarze Nacht und die Gischt.

Das scharfe Knacken des Funkgerätes durchbrach die Dunkelheit. Der Steuermann drehte sich um und starrte den alten schwarzen Kasten an. Sofort erkannte er den Ernst der Situation. Kanal 1 meldete sich, der immer freigehaltene Kanal für Notfälle. Wie aus weiter Ferne hörte er eine verzerrte Stimme aus dem kleinen Lautsprecher.

Die Frequenzüberlagerungen und das schlechte Englisch des fremden Funkers machten es schwer, die Nachricht zu verstehen. Trotzdem war klar, dass es sich um einen Notruf handelte. Irgendein Schiff, höchstwahrscheinlich ein Russe, gab Positionsdaten durch. Aus einem nur schwer verständlichen Kauderwelsch glaubte der Steuermann, Worte wie ›attack‹, ›missiles‹ und ›planes‹ zu verstehen.

Anhand der Positionsdaten, die das fremde Schiff in den Äther schickte, hatte er sofort erkannt, dass er Hilfe leisten musste. Das GPS des Trawlers zeigte an, dass sich das Schiff nur wenige Sekunden Breite nördlich in Seenot befinden musste. Ein paar Sekunden Breite, das machte eine Hand voll Seemeilen. Schnell schlug er den neuen Kurs ein, nahm das Funkgerät zur Hand und begann, den Namen, den Kurs und die Position seines Schiffes zu funken.

»Haltet durch! Wir kommen!«

Im nächsten Augenblick verständigte er seinen Kapitän und setzte ihn von der Kursänderung in Kenntnis. Es dauerte nur eine Minute, und dieser stürmte auf die Brücke.

In voller Fahrt kämpfte sich der alte Trawler durch die Wellen gen Norden. Inzwischen waren auch die anderen Besatzungsmitglieder verständigt worden und bereiteten das Schiff für seinen Rettungseinsatz vor.

Doch es war bereits zu spät.

Zuerst riss der Funkkontakt ab, dann verschwand der grüne Punkt auf dem Radarschirm.

Zwanzig Minuten später erreichte der Trawler die zuletzt angegebene Position. Das Meer war an dieser Stelle über hundertfünfzig Meter tief. Von einem Schiff fehlte jede Spur.

Es dauerte lange, bis die Besatzung des Trawlers im Licht der Scheinwerfer die ersten Wrackteile ausmachen konnte. Zersplitterte Planken, Plastikkisten mit russischer und schwedischer Beschriftung, leere Kanister, Gummiteile und Müll aller Art bedeckten das Wasser. An dieser Stelle war das Meer ruhig, die Wellen liefen durch das schwere Maschinenöl auf der Oberfläche flach.

Sie blieben bis zum Morgengrauen. Langsam, in immer größeren Kreisen fuhr der Steuermann um den riesigen Ölfleck, in der Hoffnung, Überlebende des Unglücks zu bergen oder etwas zu finden, womit sich Namen und Heimathafen des Schiffes bestimmen ließen.

Dann tauchten Hubschrauber der norwegischen Marine auf. Über Funk gaben sie der Besatzung des Trawlers Bescheid, dass sie von nun an die Suche übernehmen würden. Sie bedankten sich für die Hilfe und wünschten weiter eine gute Fahrt nach Ålesund.

Mittwoch, 23. Januar

Zugriffsverletzung auf Server 333.456.25.
Die Anwendung wird geschlossen.

»Scheiße. Der Tag fing doch so gut an.«

Verzweifelt starrte Erich auf den Bildschirm, dann drehte er sich verärgert in seinem Stuhl um, erhob sich und ging in die Küche. Als Leiter der technischen Entwicklung von Equilic hatte er versprochen, die neue Software bis zur nächsten Woche zum Laufen zu bringen. Seit nunmehr drei Monaten kontrollierte sein Team das System und schaltete systematisch alle Fehler aus.

In der Küche stotterte die Espressomaschine und spuckte in kurzen Stößen heißen Kaffee in seinen Becher. Klaus, Erichs Kollege aus der Marketingabteilung, stürmte in die Küche.

»Morgen, Erich. Du siehst aus, als ob du wieder eine lange Nacht gehabt hättest. Wann kann das Geschäft weitergehen?«

Du kleines Arschloch, dachte sich Erich, dem die Frotzeleien seiner Kollegen seit langem auf den Geist gingen. Laut sagte er: »Ihr werdet doch bestimmt nicht den ganzen Tag aus dem Fenster schauen, oder?«

Der Blick aus den Fenstern war wirklich verlockend. Vom siebenundzwanzigsten Stock des höchsten Berliner Bürogebäudes aus bot sich ein fantastischer Blick über die Stadt. Erichs Büro lag Richtung Nordost; die Spree, Friedrichshain und die Plattenwüste von Marzahn lagen zur Linken, Treptow zur Rechten. Bei gutem Wetter ging der Blick bis in die Märkische Schweiz.

Klaus' Stimme riss ihn aus seinen Gedanken.

»Ohne unsere Hilfe wärst du doch immer noch in deinem besetzten Haus im Osten.«

Erich sah ihn giftig an.

»Ist nicht böse gemeint«, grinste er und verschwand mit seinem Tee über den Gang.

Die Espressomaschine stieß eine letzte mächtige Dampfwolke aus, die Erichs Finger verbrühte.

»Scheiße.«

Bevor der nächste Dampfstoß seinen Espresso verwässerte, zog Erich den Becher schnell aus der Maschine und trottete in sein Büro zurück. Konzentriert widmete er sich wieder der Software. Das Klingeln am Empfang hörte er nicht.

Eine Minute später kam Mandy, die Empfangsdame der Firma, in Begleitung eines Polizisten in sein Büro.

»Hallo, Erich«, sagte sie mit einem freundlichen Lächeln.

Sie kannte seine Probleme mit der Polizei. Als Hausbesetzer in Friedrichshain hatte es viele Konflikte gegeben. Aus der Personalabteilung wusste Mandy, wie Erichs Führungszeugnis aussah. Den Job verdankte er einzig seinen herausragenden Qualifikationen als Programmierer.

»Es geht um einen Unglücksfall unten am Hafen«, erklärte Mandy. »Dieser junge Mann interessiert sich für Leute, die etwas gesehen haben könnten. Und da dein Büro in die richtigen Richtung liegt, dachte ich, ich schicke ihn gleich zu dir.«

»Kaminsky, Wachtmeister Kaminsky«, stellte sich der Polizist höflich vor. Er war noch jung, wahrscheinlich nicht älter als zwanzig. Und man sah ihm die Unsicherheit an. »Ich möchte Ihnen gerne ein paar Fragen stellen, wenn Sie gestern Abend hier gearbeitet haben.«

»Wissen Sie eigentlich, wie viel ich hier zu tun habe?«, entgegnete Erich, mäßigte sich aber sofort wieder. »Wie kann ich Ihnen helfen?«

»Waren Sie gestern hier im Büro?«

»Ja, bis spät in die Nacht. Wir arbeiten gerade an der neuen Version einer Datenbank, wenn Sie verstehen.«

»Wir suchen Zeugen, die gestern Abend etwas im Hafen gesehen haben könnten. Es gab dort einen … Zwischenfall.«

Mit diesen Worten deutete er auf das Fenster rechts von Erichs Schreibtisch.

Direkt unterhalb des Büroturms zog sich die Spree hin. Bockschiffe arbeiteten sich von Osten her Richtung Zentrum. Ihre offenen Laderäume waren schwer gefüllt mit Kohle für die unersättlichen Heizöfen der Stadt. Auf der anderen Seite des Flusses lag die Kulisse des alten Osthafens, der Kaianlagen, Lagerschuppen und der heruntergekommenen Plattenbauten an der Stralauer Allee. Hier wohnten nur noch ehemalige Staatsdiener der DDR, Arbeitslose und Rentner.

Am Hafen, direkt unter seinem Fenster, konnte Erich eine Zusammenballung von Autos und Menschen erkennen. Polizeiwagen, Feuerwehr, Krankenwagen und zivile Fahrzeuge parkten wild durcheinander.

»Gestern Abend hat dort unten ein Mann sein Leben verloren«, erinnerte der Polizist an seine Anwesenheit. »Ist Ihnen etwas aufgefallen, was den Ermittlungen dienlich sein könnte?«

Die Worte klangen wie aus einem Polizeilehrbuch. Bei ihrem Klang war Erich starr geworden. Gedanken schossen ihm durch den Kopf. Bedächtig lehnte er sich in seinem Stuhl zurück.

»Wissen Sie schon, wer der Tote ist?«

»Ich bin nicht berechtigt, Ihnen Auskünfte über das Opfer zu geben«, antwortete der Polizist. »Haben Sie etwas gesehen, was der Aufklärung dieses Verbrechens dienen könnte?«

Ein Verbrechen, dachte Erich. Unfall und Selbstmord schließt die Polizei demnach aus.

»Wann soll sich das denn ereignet haben?«, fragte Erich weiter.

»Das Ergebnis der Untersuchung liegt noch nicht vor. Genaue Angaben über den Zeitpunkt des Todes kann ich Ihnen nicht geben. Wir fragen aber nach Personen, die gestern Abend zwischen einundzwanzig Uhr und heute Morgen gegen fünf Uhr etwas Verdächtiges gesehen haben könnten.«

Erich überlegte laut. »Ich war bis etwa vierundzwanzig Uhr im Büro. Kann sein, dass ich hin und wieder aus dem Fenster geschaut habe.«

Die Chance war sogar sehr hoch. Das stupide Kontrollieren der Software unterbrach er bei Dunkelheit gerne mit langen Blicken durch das Fenster auf die gelb leuchtende Metropole. Wenn es dunkel war, sah er sich im Büro gerne als heimlicher Beherrscher der Stadt, seiner Stadt.

»Gestern Nacht war es sternenklar«, erinnerte er sich. »Ich glaube, ich habe ein Auto dort stehen sehen, wo jetzt die Menschen sind.«

»Können Sie sich noch an die Marke erinnern?«

Erich zog die Stirn in Falten.

»Ein Auto«, wiederholte der Polizist und kritzelte etwas auf seinen Notizblock. Dann hatte er es auf einmal eilig. »Vielen Dank für diese Informationen, Herr Fischer. Ein Kollege wird sich mit Ihnen in Verbindung setzen. Wer war zu dieser Zeit noch im Büro?«

Erich überlegte. In Frage kamen seine eigenen Mitarbeiter, die er aber alle um halb zehn nach Hause geschickt hatte. Trotz der vielen Arbeit konnte keiner erwarten, dass sie ihr Privatleben so reduzierten, wie er es seit einigen Wochen tat.

Er räusperte sich. »Keiner aus diesem Büro. Fragen Sie mal die Kollegen im dreiundzwanzigsten Stock.« Er wusste, dass auch dort bis spät in die Nacht gearbeitet wurde.

»Vielen Dank. Falls Ihnen sonst noch etwas einfällt, können Sie uns unter dieser Nummer erreichen.« Der Polizist steckte seinen Notizblock weg, legte eine Visitenkarte auf den Schreibtisch und verabschiedete sich mit einem stummen Gruß.

Achtlos steckte Erich die Visitenkarte in seine Hosentasche. Es war kurz nach neun, und keiner seiner Mitarbeiter war bisher aufgetaucht. Er beschloss, sich seine erste Zigarette zu genehmigen. Vor einigen Wochen war er auf Kabinett Lights umgestiegen. Die Geschichte mit dem Toten am Osthafen ging Erich nicht aus dem Sinn, als er das Büro verließ und über den Gang schlenderte. Hatte er überhaupt etwas gesehen? Er konnte sich nur dunkel erinnern. Vor allem war da das Telefonat mit Tanja gewesen. Vor zwei Monaten hatte sie ihn verlassen, und ihm kam es so vor, als ob es letzte Woche gewesen wäre.

Im Sozialraum, einem kahlen Raum mit Sitzkissen, dröhnendem Luftumwälzer und einer verloren wirkenden Palme, saß Klaus, der Kollege aus dem Marketing.

»Hallo, Erich«, grinste Klaus, »so früh am Morgen, und du willst schon wieder rauchen?«

»Was geht das dich an«, murmelte Erich.

Er zündete sich seine Light an und nahm sich den Sportteil der Berliner Zeitung, der auf der breiten Fensterbank lag. Er hatte keine Lust, eine Diskussion über seinen Zigarettenkonsum anzufangen. Lieber war er einen Augenblick lang ungestört, um seine Gedanken zu ordnen.

Nachdenklich blickte er aus dem Fenster. Von hier aus war der Hafen nicht zu sehen. Der Blick ging weit über den Treptower Park, das sowjetische Ehrendenkmal und die Halbinsel Stralau Richtung Osten. Doch heute hing eine dunkle Dunstglocke tief über der Stadt und ließ das Land hinter der Stadtgrenze nur erahnen.

»Weißt du, dass die Polizei hier ist?«, riss ihn Klaus aus seinen Gedanken.

»Sie haben einen Toten unten am Hafen gefunden und suchen Zeugen. Warst du gestern noch hier?«, fragte Erich zurück.

»Ich bin gegen zwanzig Uhr raus.«

Er war ein leicht untersetzter Norddeutscher Anfang dreißig. Wenn er keinen offiziellen Termin für die Firma hatte, trug er Jeans und einen schwarzen Wollpullover. In seinem Gesicht spiegelte sich plötzlich auftauchendes Interesse.

»Unser Büro liegt ja in die andere Richtung. Ich fahre zwar am Hafen vorbei nach Hause, gesehen habe ich aber nichts. Warst du noch länger allein hier, oder könnte Igor und den anderen etwas aufgefallen sein?«

Die anderen, das waren die Mitarbeiter von Erich. Ein bunter Haufen von Softwareprogrammierern aus Rumänien, der Ukraine und Russland, die mit Greencard in Berlin arbeiteten.

»Ist noch keiner da von denen«, antwortete Erich. »Sie sind aber auch alle um die Zeit weg gewesen. Igor wohnt drüben in Friedrichshain, der Rest in Kreuzberg oder Charlottenburg. Ich frag ihn, wenn er kommt.«

Erich wusste nicht, ob er seinen Kollegen verachten oder bewundern sollte. Klaus war einige Jahre jünger als er, Beamtenkind aus Delmenhorst und hatte die meiste Zeit seit der Schule damit verbracht, ausgiebig zu studieren. »Herr Doktor« nannte man ihn in der Firma. Er hatte tatsächlich promoviert und auf jede Frage eine Antwort. Klaus war leistungsbereit, hatte eine schnelle Auffassungsgabe und immer einen lockeren Spruch auf den Lippen. Aber tief drinnen, das spürte Erich jedes Mal, wenn er Klaus ansah, war er schlicht arrogant.

Im Grunde genommen war er das genaue Gegenteil von Erich.

Als Kind zweier ehemaliger Spitzensportler war Erich in der DDR ähnlich aufgewachsen. Sein Vater hatte als Professor für Germanistik an der Humboldt-Universität in Berlin über gute Beziehungen verfügt. Die hohen Leistungserwartungen seiner Eltern hatten Erich an das Berliner Herzgymnasium gebracht, eine der Kaderschmieden für angehende Mathematiker in der DDR. Das Studium der Mathematik, eine Parteikarriere und eine prominente Forschungsstelle an einer Akademie schienen vorprogrammiert. Es war für ihn auch kein Problem gewesen, die Schule mit ausgezeichneten Leistungen zu beenden und einen Studienplatz zu ergattern. Als Gewinner mehrerer

Landeswettkämpfe der Mathematikschüler war man schon früh auf ihn aufmerksam geworden.

Dann kam der November 1989. Erich hatte sein Studium gerade begonnen, als ihn der Mauerfall aus der Bahn warf. Erichs Glaube an den eigenen Staat und dessen Leistungen war zwar nie fest gewesen, wohl aber der Glaube an die reine Theorie des Sozialismus, die ›Gerechte Sache‹, die ihn seine Eltern von früh an gelehrt hatten. Er war wie viele seiner Freunde gegen die Wiedervereinigung gewesen. Noch schlimmer traf ihn dann der faktische Anschluss der ›neuen Bundesländer‹ an die Bundesrepublik. Seine ziellose Suche nach Sinn im neoliberalen Kapitalismus endete rasch. Er wollte sich nicht damit auseinander setzen, welches coole neue Gehäuse sein Handy haben musste, während es in Ex-Jugoslawien zu Massenhinrichtungen kam. Genauso wenig wollte er sich einer der in ihrer politischen Korrektheit spießigen Studentengruppen anschließen, die von sich behaupteten, Politik zu machen. Erich brach sein Studium ab und wurde Hausbesetzer in Friedrichshain.

Acht Jahre trieb er von einer Demonstration zur nächsten, von einer Räumung ins nächste Haus, von einem Hilfsjob zum Sozialamt oder zum Ladendiebstahl. Erst als ihm endlich bewusst wurde, dass er das System nicht ändern konnte, ohne wirklich radikal zu werden, wachte Erich auf und fand sich in der Welt der Computer und des Internets wieder. Seine exzellenten mathematischen Kenntnisse machten es ihm leicht, sich schnell in dieser neuen Welt zu Hause zu fühlen. Die Faszination der Softwarearchitektur wurde zum Ausgangspunkt seiner Karriere: Zwei Jobs nur, bis die Vorstände dieses Unternehmens ihn im Fahrstuhl abwarben und zum Leiter ihrer Entwicklungsabteilung machten.

In den Datenbanken, die Erich entwickelte, fand er eine Nische, in der er seine Leidenschaften ausleben konnte. Fast isoliert, lebte er monatelang mehr in den virtuellen Realitäten seiner Computer und Server als in der realen Welt. Er registrierte nicht, was um ihn herum geschah. Bis er an jenem Abend vor zwei Monaten nach Hause kam und die Wohnung leer vorfand. Da erst merkte er, dass er nicht allein gewesen war. Tanja, seine Freundin, war verschwunden.

Ein Zettel auf seinem Schreibtisch, das war alles gewesen, was ihm noch geblieben war. Sie halte es nicht mehr aus und sei mit Lucy – ihrer gemeinsamen Tochter – nach Potsdam gezogen, hatte Tanja geschrieben. Nur zur Probe, hatte sie geschrieben.

Aus der Probe waren jetzt schon zwei Monate geworden. Aber daran wollte Erich nicht denken, zumal Moritz, einer der Vorstände, den Sozialraum betreten hatte.

»Morgen, ihr beiden«, schmetterte er jovial freundlich, »habt ihr schon mitgekriegt, dass unsere grünen Freunde im Haus sind? Ich habe gerade mit einem der ermittelnden Beamten gesprochen. Viel weiß er nicht, aber einiges steht schon fest …«

Moritz hatte die Angewohnheit, Dinge, die jeder wusste, in epischer Breite zu wiederholen und zu kommentieren. Um nicht noch einmal dieselben Fragen beantworten zu müssen, drückte Erich seine Zigarette aus und trat mit einem Grinsen den Rückzug an. Klaus, der noch in der Probezeit war, konnte sich das nicht leisten und blieb hilflos sitzen, während Moritz zum Monolog ansetzte.

×××

Der Vormittag verging mit demselben Problem, mit dem Erich und seine Mitarbeiter die letzte Nacht beendet hatten. Der

Tunnel für den Datentransfer zwischen der Firma und ihrem Provider in München lief nicht stabil. Selbst Igor, einer der Programmierer aus der Ukraine, hatte das Problem nicht lösen können. Seine Erfahrung im Bereich Sicherheitstechnologien machten ihn zum größten Spezialisten, den Erich kannte. Merkwürdig nur, dass Igor immer noch nicht an seinem Platz war.

»Hat jemand etwas von Igor gehört? Hat er angerufen?«, fragte Erich schließlich gegen Mittag in die Runde seiner versammelten Mannschaft im Großraumbüro.

Keiner hatte ihn gesehen. Auch bei Mandy, der guten Seele der Firma, hatte sich Igor nicht gemeldet. Ihr Versuch, Igor über sein Handy zu erreichen, blieb ohne Resultat.

»Ich glaube langsam, ich muss der Sache auf den Grund gehen. Wir brauchen Igor spätestens heute Abend, wenn wir mit dem neuen Testlauf anfangen wollen.«

»Wofür auch immer – wenn du ihn suchen willst«, sagte Mandy, »dann musst du wohl deine Mittagspause opfern.«

Im Elsenstein, wo die Mitarbeiter Rabatt bekamen, versammelte sich regelmäßig um eins die ganze Firma am hinteren, rund um die Uhr reservierten Tisch.

»Dieser Tag hat schlecht angefangen und er geht schlecht weiter«, murmelte Erich, als er seine verschlissene Baseballkappe vom Empfangstresen nahm und sich zur Tür wandte.

Igor wohnte in der Rigaer Straße, nur zwei Stationen entfernt.

Die S-Bahn Richtung Westkreuz fuhr gerade ein, als Erich die Treppe zum Bahnsteig hinauflief. Auf dieser Linie fuhren immer noch die alten, mit viel Holz ausgestatteten Züge, die so typisch für Berlin waren. Der kurze Signalton erklang und rumpelnd schlossen sich die Schiebetüren.

Als der Zug die Station ›Frankfurter Allee‹ erreichte, stieg Erich aus. Von hier aus waren es nur noch wenige hundert Meter die Rigaer Straße hinunter bis zu Igors Wohnung. Mit etwas flauem Magen wanderte Erich die Straße entlang. Hier kannte er jeden Winkel, jedes Haus, jedes Gesicht. Hier war seine jahrelange Wirkungsstätte gewesen, sein Rückzugsgebiet vor einem Berlin, das sich den Anschein gegeben hatte, sich jeden Tag selbst neu erfinden zu wollen. Bis heute musste er sich dafür rechtfertigen, dieses Milieu hinter sich gelassen zu haben, um sich in den kapitalistischen Kreislauf von Produktion und Reproduktion einzureihen, den er immer noch verachtete.

Vom ›Volxsport Stadtguerilla‹ zum Dienstleister für Volkswagen, so hatte es einer seiner alten Genossen einmal spöttisch auf den Punkt gebracht.

Je tiefer Erich in die Rigaer Straße eindrang, desto vertrauter wurde ihm das Bild. An der Kreuzung Proskauer Straße hatte ihn die alte Rigaer wieder. Hier hatten sich die Immobilienhaie noch nicht festbeißen können. Graue DDR-Platten standen neben billigen Mietskasernen der Jahrhundertwende, die Anfang der achtziger Jahre zum letzten Mal notdürftig renoviert worden waren. Hier starb auch das Leben auf der Straße. Die meisten Ladenflächen waren nicht vermietet, schwarze Löcher klafften in den Häusern. Nur hin und wieder wiesen kleine Schilder auf Geschäfte hin, die sich wie die Vorboten einer bunten Warenwelt in der Wüste des düsteren Wohnghettos festgesetzt hatten.

Ein Kiosk, ein Asia-Imbiss, ein Pizzabringdienst, eine Bäckerei, ein Geschäft, von dem Erich nie verstanden hatte, was es eigentlich verkaufte, und ein Sonnenstudio, das niemals geöffnet hatte, zählte Erich. Die Besitzer waren Ausländer. Da war das ältere chinesische Paar, das mit stoischen Mienen jeden

Tag Take-away-Food für die Anwohner zubereitete. Abend für Abend war ihr Laden der Anlaufpunkt für ein paar abgehalfterte Punks und Asoziale, die hier ihr Berliner Pilsner für achtzig Cent die große Flasche tranken, Fernsehen glotzten und laute Musik aus einem mitgebrachten Recorder hörten.

Auch Erich hatte oft dort gesessen, zugekifft oder besoffen, und das Gericht neunzehn, Schweinefleisch mit Gemüse in scharfer Soße und Reis, gegessen und den Rest einem der Hunde gegeben, die immer um den Laden herumschnüffelten. Ein leichter Schauer überkam ihn jetzt bei dem Gedanken.

Noch ganz in Gedanken, stand Erich plötzlich vor dem Haus Nummer 105. Grau wie die anderen Häuser auf dieser Höhe, bot es keinen einladenden Anblick. An der Tür hing ein Zettel:

> *Kohle Ofen Abriss – schnell, billig, auch wochenende – 140 EURO mit allem*

Eine Handynummer wählen und dann nie mehr Kohle schleppen, dachte sich Erich, während er die Eingangstür musterte. Es gab kein Schloss in der Haustür. Freier Zugang für alle, die meinten, in den Höfen, Kellern oder Wohnungen etwas von Wert zu finden.

Igor wohnte im Vorderhaus, vierter Stock rechts. Es gab keinen Aufzug. Mühsam stieg Erich die acht Treppen hinauf. Fluchend gestand er sich, dass seine Kondition alles andere als gut war.

Schon auf dem Absatz der siebten Treppe merkte er, dass etwas nicht stimmte. Auf den Stufen lagen Papiere, Zettel sowie einige Hefte mit handschriftlichen Aufzeichnungen und kleinen Skizzen wild durcheinander. Er hob den erstbesten

Zettel mit handschriftlichen Notizen auf. Sofort erkannte er die scharfe, gestochen nach oben gezogene Schrift seines Kollegen Igor. Was auf dem Zettel stand, konnte Erich nicht verstehen, denn es war Russisch. Seine Russischkenntnisse waren nie gut gewesen.

Die Tür zu Igors Wohnung war nur angelehnt. Trotzdem klingelte Erich zwei Mal, bevor er sich entschloss, die Tür vorsichtig mit dem Fuß aufzustoßen. Im Flur empfing ihn erneut Chaos: Weitere Papiere und Kleidungsstücke lagen verstreut, teilweise zerrissen auf dem Boden, englische und russische Bücher dazwischen.

Er trat in den Flur. Rechter Hand war eine schmale, spartanisch eingerichtete Küche, deren Fenster zum Hinterhof hinausging. Gegenüber lag ein großer Raum mit leuchtend gelbem Kachelofen, großen Fenstern zur Straße und einem vorgelagerten Balkon. Auch hier herrschte wüstes Durcheinander. Der kleine Schrank, neben dem Sofa, einigen Stühlen und dem Fernseher das einzige Möbelstück, lag bäuchlings auf dem billigen Linoleumboden.

»Igor!«, rief Erich laut in den hinteren Teil der Wohnung.

Vorsichtig bewegte er sich den Flur hinunter. Hinter der nächsten Tür lag ein schmales Badezimmer, gegenüber ein weiterer, großer Wohnraum mit Blick auf die Rigaer Straße und den Bersarinplatz. Er war unbenutzt. Am Ende des Ganges lag die Tür zu einem dritten Raum, der unschwer als Schlafzimmer zu erkennen war. Auch hier türmten sich zerfetzte Bücher, Kleidungsstücke und Papiere auf dem Boden. Der Kleiderschrank und diverse Koffer lagen in Einzelteilen dazwischen. Das Bett unter dem Fenster war kaum noch als solches zu erkennen; die Matratze war mehrmals aufgeschnitten worden, ihr Inhalt vervollständigte das Chaos.

Selbst zu seinen besten Zeiten in der Rigaer Straße hatte Erich so etwas noch nicht gesehen. Verwahrlosung, Schmutz und Unordnung waren Dauerzustand in den besetzten Häusern. Eine so systematische Zerstörung aber hatte es nicht einmal nach einem Räumungseinsatz der Polizei gegeben.

Verwirrt stand er im Raum, regungslos, bis ihm klar wurde, dass es nicht sein Kollege Igor gewesen sein konnte, der die Wohnung in so einen Zustand gebracht hatte. Ein Einbruch also, überlegte er. Ein Einbruch aber, der nicht von jemandem unternommen worden war, dem es um Geld oder Wertgegenstände ging. Zumindest der Fernseher und eine kleine Stereoanlage im Schlafzimmer waren ja noch da.

Ohne länger nachzudenken, tat Erich, was er sein Leben lang noch nicht getan hatte. Er kramte die Visitenkarte des Polizisten hervor, der am Vormittag im Büro gewesen war, zog aus seiner Jackentasche das Handy und wählte die Nummer. Vom diensthabenden Beamten verlangte er einen Ansprechpartner für Einbruchsdelikte.

»Kommissar Schreiber, wie kann ick Ihnen helfen«, meldete sich eine ältere Stimme.

»Erich Fischer mein Name, ich habe diese Nummer von einem Kollegen bekommen, Kaminski hieß er, oder so ähnlich. Ich wollte einen Einbruch bei einem Kollegen von mir melden.«

»Kaminsky, sag'n Sie?«, fragte die Stimme am anderen Ende der Leitung zurück. »Jut, der war ... Moment ... Is in ens von den Büros in dem Jebäude an den Treptowers einjebrochen word'n?«

»Nicht direkt«, entgegnete Erich. »Einer meiner Kollegen, der vielleicht etwas von der Sache am Osthafen mitbekommen hat, ist heute nicht zur Arbeit gekommen. Ich bin gerade in seiner Wohnung in der Rigaer Straße 105. Hier ist er auch nicht, dafür ist in die Wohnung eingebrochen worden. Alles ist verwüstet.«

»Verwüstet, wa? Rigaer Straße in Friedrichshain, wa? Ditt is aba nich unser Bezirk.«

»Hören Sie«, Erich wurde ungehalten, »ich kann mir nicht die Telefonnummern aller Polizeireviere merken. Ich habe Ihre Nummer dabeigehabt und dachte, ich täte Ihnen etwas Gutes.«

»Nu regen Se sich ma nich gleich uff«, besänftigte ihn der Kommissar. »Wir sind selbstverständlich für Ihre Meldung dankbar. Ick werde Ihnen och sofort einje Kollegen schicken. Die nehmen dann den Fall uff. Wie heißt'n der Kollege, bei dem einjebrochen is?«

»Igor, Igor Vlatov, er ist Ukrainer. Arbeitet als Programmierer bei uns. Rigaer Straße 105 im Vorderhaus, vierter Stock.«

»Is jut, Herr ... Moment ... Herr Fischer. Ick werde Ihnen zwee Kollegen vonner Streife schicken. Bitte bleib'n Se, wo Se sind.«

Mit diesen Worten brach die Verbindung ab.

Es dauerte keine halbe Stunde, bis Erich Besuch bekam. Als es klingelte, stand ein hochgewachsener, dunkelblonder Mann um die fünfzig in der Tür. Er trug einen hellen Wintermantel, eine dunkelblaue Hose und polierte Schuhe. In der linken Hand hatte er ein Handy und ein Paar schwarze Handschuhe. Erich, der sich auf zwei uniformierte Beamte eingestellt hatte, war überrascht.

»Sind Sie von der Polizei?«, fragte er den dunkelblonden Mann, der keine Anstalten machte, die Wohnung zu betreten.

»Hauptkommissar Lestrich«, entgegnete ihm der Fremde. »Herr Fischer? Man sagte mir, dass Sie hier auf mich warten würden.«

»Ich warte auf die Streifenpolizei, nicht auf Zivilbullen«, sagte Erich misstrauisch. »Können Sie sich ausweisen?«

»Gerne«, sagte der andere Mann. Er zog einen Ausweis aus der rechten Manteltasche und überreichte ihn Erich.

»Ich kann Sie beruhigen, Herr Fischer, die Kollegen, auf die Sie warten, sowie ein Team der Spurensicherung werden in Kürze hier eintreffen. Wir werden alles tun, um diesen Einbruch so schnell wie möglich aufzuklären.« Der Mann blickte an Erich vorbei in die Wohnung. »Haben Sie irgendetwas angefasst?«

Es polterte vor der Tür, und auf dem Treppenabsatz erschienen zwei uniformierte Gestalten. Ohne zu zögern, hielt ihnen der Kommissar seinen Ausweis vor die roten Gesichter und stellte sich als Leiter der Sonderermittlungsgruppe V vor. Mit unterwürfiger Geste grüßten die beiden Polizisten und postierten sich rechts und links vom Eingang zur Wohnung.

Der Kommissar zog eine Visitenkarte aus der Tasche.

»Bitte sagen Sie Ihrem Kollegen, dass er sich umgehend mit uns in Verbindung setzen soll, wenn er ins Büro kommt. Und, Herr Fischer, er soll sich nur mit uns in Verbindung setzen. Sie verstehen sicher. Damit keine Verwirrung entsteht.«

Ein kaltes Lächeln huschte über das Gesicht des Mannes.

»Die Bürokratie in der Stadt ändert sich nicht so schnell wie die Zeiten, in denen wir leben. Sie verstehen?«

Erich nickte nur stumm und steckte die Visitenkarte ein.

»Und Sie, Herr Fischer, sind jetzt am besten zu Hause aufgehoben. Wir haben in Ihrer Firma Bescheid gegeben, dass wir Ihnen zum Einbruch noch gerne einige Fragen stellen möchten. Ihre Vorgesetzten haben dafür das vollste Verständnis und erwarten Sie erst morgen wieder bei der Arbeit. Ein Kollege in Zivil wird gleich da sein und Sie nach Hause bringen. Dort wird er dann mit Ihnen ein genaues Protokoll anfertigen wegen dieses ...«, er wies in den Korridor, »Malheurs hier. Das ist jetzt unsere Sache.«

Donnerstag, 24. Januar

Mit einem müden Handschlag unterbrach Erich das Quäken seines alten Junghans-Weckers, einem Geschenk seines Onkels aus Hamburg zur Jugendweihe. Er tat seit zwanzig Jahren unerbittlich seinen Dienst. Er hatte den Wecker auf sieben Uhr dreißig gestellt, doch die Ereignisse vom Mittwoch hatten ihm den Schlaf geraubt. Erst spät, gegen vier Uhr, war er eingeschlafen und hatte schwer geträumt.

Durch das Fenster blickte er müde in den dunklen Berliner Morgen und rekapitulierte die Ereignisse der letzten vierundzwanzig Stunden.

Dieser Hauptkommissar Lestrich hatte ihn noch in Igors Wohnung zu dessen Arbeit und möglichen Gründen für den Einbruch befragt. Als dann sein Kollege, ein gewisser Kommissar Bangen, aufgetaucht war, hatten sie sich nur noch einige Minuten in der Wohnung von Igor aufgehalten. Trotz seiner Abneigung gegen die Polizei hatte Erich den beiden Männern alles erzählt, was ihm eingefallen war.

Lestrich hatte ihn irgendwie beeindruckt, wenngleich er unheimlich geblieben war. Er war charmant, ohne schleimig und anbiedernd zu sein. Elegant gekleidet, aber nicht protzig. Sympathisch in seiner Gestik und Ausdrucksweise, ohne sein Gegenüber an die Wand zu spielen. Ein guter Schauspieler und geschickter Psychologe.

Schnell hatte ihn der Komissar aufgeklärt, dass es sich bei Igors Wohnung wohl um einen klassischen Einbruch handelte. Das Türschloss war mit einem Spezialwerkzeug geöffnet worden, das einige kleinere, kaum sichtbare Spuren am Schloss hinterlassen hatte. Spuren, die nur das geübte Auge erkennen konnte. Die gesamte Wohnung machte den Eindruck, als ob jemand schnell und routiniert alles nach Wertsachen abgesucht hätte.

Lediglich der Fernseher im Wohnzimmer und die Stereoanlage standen noch an ihren Plätzen, waren aber offensichtlich günstige Sonderangebote gewesen.

Bangen hatte Erich dann nach Hause gefahren und ein ausführliches Protokoll begonnen. Er interessierte sich vor allem für Igors praktische Arbeit in der Firma und für seine Herkunft. Über Letzteres konnte ihm Erich nur wenig sagen. Igor Vlatov arbeitete erst seit einigen Monaten in seiner Abteilung. Er hatte sich zwar schon im Mai über das Internet beworben, die schwierigen Verhandlungen und der komplizierte Prozess für die Beantragung einer Arbeitserlaubnis hatten sich aber in die Länge gezogen.

Erich erinnerte sich an das erste Gespräch, das er Ende Mai des vergangenen Jahres mit Igor geführt hatte. Es hatte nicht lang gedauert. Igor war wie gemacht für die Firma. Seine exzellenten Fähigkeiten gaben den Ausschlag. Von dem Augenblick an, da Erich das Leuchten in Igors Augen gesehen hatte, als dieser seine Ideen erläuterte, war klar: Igor war erste Wahl.

Dann aber begannen die Schwierigkeiten. Es hatte eine Menge Rückfragen von Seiten der Behörden gegeben – irgendwelche Probleme mit seinen Papieren, die Erich nicht interessiert hatten. Als Igor schließlich Anfang Oktober anfangen konnte, hatte sich der verregnete Sommer bereits in einen stürmischen Herbst verwandelt.

Seine Arbeitsleistung war enorm. Vom ersten Tag an war er immer pünktlich erschienen und hatte nie vor acht Uhr Schluss gemacht. Innerhalb weniger Wochen war das komplette Netzwerk überarbeitet und neu strukturiert. Igor hatte ungehinderten Zugriff auf alle Räume und Computer erhalten. Innerhalb von Wochen war er damit zu einem der wichtigsten Mitarbeiter und zum Vertrauten von Erich geworden.

Doch wer Igor wirklich war, das wusste Erich nicht. Zwar fielen auch persönliche Worte während der Arbeit, den größten Teil der Zeit aber brachten sie mit technischen Dingen zu. Dazu kam, dass Igor nicht zu der festen Gruppe von Mitarbeitern zählte, die gemeinsam Essen gingen. Schnell hatten die Kollegen in ihm einen Eigenbrötler gesehen.

Igor selber wollte sich nicht, wie er Erich einmal erzählte, von seiner Arbeit abbringen lassen. Wenn er einen guten Gedanken hatte, musste er ihn immer gleich umsetzen. Und gute Gedanken hatte er viele.

Auch am Wochenende hatte Erich ihn nur selten überreden können. Erich konnte es an einer Hand abzählen. Einmal waren sie in Friedrichshain ausgegangen, und ein weiteres Mal, bei der Weihnachtsfeier der Firma, waren sie im Bus nach

Leipzig gefahren, wo der Mutterkonzern ein großes Fest ausgerichtet hatte.

Auf der Rückfahrt war Igor der einzige Nüchterne gewesen.

Das wenige Persönliche hatte Igor ihm einmal in einer Pause erzählt. Er war dreiunddreißig Jahre alt, Ukrainer aus einem kleinen Dorf südlich von Kiew und hatte dort Familie. Über Weihnachten war er hingefahren. Seine Frau Mara und die Kinder Eila und Boris sollten im Februar nach Berlin nachkommen, sobald er eine bessere Wohnung gefunden hatte. Telefoniert hatte er von der Arbeit aus nie.

Das Klingeln des Handys riss Erich aus seinen Gedanken. Mühsam raffte er sich auf.

»Ja, Fischer«, brummte er mit nachtschwerer Stimme.

»Erich, ich bin es, Anette, ich glaube, du musst ganz schnell ins Büro kommen. Nimm dir ein Taxi.«

Erich glaubte, seinen Ohren nicht zu trauen.

»Mann, könnt ihr mich nicht mal mehr ausschlafen lassen? Es ist doch noch mitten ... mitten in der Nacht. Ich habe noch keinen Kaffee getrunken. Das ist ja schlimmer hier als zu Ostzeiten«, stammelte er.

Ausgerechnet Anette, die Leiterin des Kundendienstes, musste ihn stören.

»Erich, hör zu«, ließ Anette nicht locker, »wir haben jetzt keine Zeit für Späße. Ich bin auch gerade aufgewacht, als mich eines meiner Mädels angerufen hat. Der Punkt ist, ich glaube, bei Equilic ist eingebrochen worden.«

Stilvoll machte sie eine kurze Pause, um ihre letzen Worte wirken zu lassen.

»Betty hat mich gerade angerufen. Sie hat Frühdienst und fand die Tür offen. Bei euch in der Entwicklung herrscht das völlige Chaos. Stühle umgeworfen, Papier auf dem Boden und so.«

Erich stutzte eine Sekunde. Sein Kopf wurde jetzt sehr schnell wach.

»Hast du schon den Jungs Bescheid gesagt?«, fragte er.

Anette wusste, dass Erich den Vorstand meinte, wenn er von den Jungs sprach.

»Nein, Paul und Moritz sind heute ganz früh nach München geflogen. Sie waren vorher nicht mehr in der Firma. Sonst hätten sie es ja selbst gesehen. Und du bist der Leiter der Abteilung.«

»Scheiß drauf ... Okay, ich bin unterwegs!«

×××

Als einzige Etage hell erleuchtet, stach der siebenundzwanzigste Stock der Treptowers durch die Dunkelheit.

Oben kam ihm Betty entgegen.

»Erich, ich bin so froh, dass du hier bist«, setzte sie an. »Ich wusste nicht, was ich tun sollte, und die Polizei kann ich schließlich auch nicht so ohne weiteres rufen.«

»Schon gut, Betty«, beruhigte Erich sie. »Erzähle das Anette, wenn sie gleich kommt. Ich schau mir jetzt erst einmal die Sache an. Hast du etwas angefasst im Büro?«

»Nein, ich habe das alles nur von der Tür aus gesehen«, erwiderte sie sichtlich nervös. »Es sieht viel schlimmer aus bei euch als sonst.« Nervös strich sie sich durch die modische Pagenfrisur.

Schon beim Eintreten in das Großraumbüro merkte Erich, dass tatsächlich etwas nicht stimmte. Kopien von Zeitschriften und Computerausdrucke lagen verstreut auf dem Büroteppich. Auf einigen der Schreibtische waren die Ablagekörbe ausgeräumt und verschoben worden.

Er war zu seinem eigenen Erstaunen völlig ruhig und so locker, dass er zunächst in die Küche ging und sich seinen ersten Kaffee holte.

Es dauerte kaum länger als zwanzig Sekunden, bis er spürte, dass das Koffein im Körper angekommen war. Jetzt fehlte nur noch die erste Zigarette. Die Packung in seiner tiefgrünen Winterjacke war noch mehr als halb voll. Aber noch bevor sich die Vorfreude auf den ersten Zug einstellte, hatte Erich sich wieder unter Kontrolle. Zuerst musste er mit Betty reden, dann weitere Schritte mit Anette überlegen.

»Erich?«

Das war Anette. Sie bog um die Ecke des Gangs. Zielsicher steuerte sie auf ihn zu. Wie angewurzelt blieb Erich, den Kaffee in der Hand, stehen.

»Hallo, Anette«, brachte er gepresst über die Lippen.

»Erich, was ist bei euch passiert?«, hakte sie sofort nach.

»Es sieht nicht gut aus«, erwiderte er, nicht gewillt, mehr als unbedingt nötig zu sagen.

»Was heißt das, Erich?«, entgegnete Anette ungeduldig. »Kannst du nicht etwas genauer sein und die Sache klarer darstellen, damit ich sie auch verstehe?«

»Sieh es mal so«, begann Erich, »ich bin vor einer Minute hier angekommen. Fakt ist, Betty hat Recht gehabt. Es war jemand hier diese Nacht. Fakt ist aber auch: Ich weiß nicht, wie es hier gestern ausgesehen hat.«

»Dann rufe ich jetzt sofort die Polizei an.«

Ohne ein weiteres Wort zu verlieren, drehte sie sich von Erich weg und strebte in Richtung ihres Büros. Gemächlich trottete Erich hinter ihr her. Er wusste, sie würde nichts machen, ohne mindestens noch einmal jemanden zu fragen oder Betty ihren Entschluss mitzuteilen. Wozu also Eile? Er war sich sicher, dass sie sogar ihn noch einmal fragen würde, wen sie anrufen sollte. Nur die 110 zu wählen, das war Anette zu einfach.

Tatsächlich. Kaum hatte er die Tür zum Kundendienst erreicht, schaute Anette aus ihrer Box heraus und sah ihn erwartungsvoll an.

»Du, Erich, welche Nummer bei der Polizei soll ich denn wählen, was meinst du?«

Umständlich nestelte Erich an seiner Jacke herum und fand schließlich in der linken Innentasche die Visitenkarte, die ihm der Kommissar in Igors Wohnung überreicht hatte. »Hier«, sagte Erich, als er die Karte auf den Tisch legte. »Mit einem schönen Gruß von mir. Sie sollen jemanden vom Einbruchsdezernat vorbeischicken. Es könnte was mit unserem Fall zu tun haben.«

Anette war verblüfft.

»Erich, ich wusste ja gar nicht, dass du ... dass du Freunde bei der Polizei hast. Du bist doch sonst immer so kritisch gegenüber dem Staat eingestellt.«

Erich hatte keine Lust, Anette zu erläutern, dass seine persönliche Opposition gegen einige Auswüchse des politischen Systems und der Gesellschaft in Deutschland nicht gleich eine anarchistische Position bedeuteten.

»Ich bin eben vielseitiger, als viele denken«, rief er und verließ den Raum.

Da nichts weiter zu tun blieb, als auf die Polizei zu warten, setzte Erich sich in den Sozialraum neben der Küche und steckte sich endlich seine erste Zigarette an.

Das Schrillen der Türklingel und die folgenden Stimmen weckten Erich aus seiner meditativen Versunkenheit. Zwei

Männer in ziviler Kleidung kamen über den Gang. Einer trug einen hellen Trenchcoat, und Erich erkannte ihn sofort: Lestrich.

»Guten Morgen, Herr Lestrich.«

»Guten Morgen, Herr Fischer.« Er nickte Erich freundlich zu und streckte ihm die Rechte entgegen.

Einer von uns, dachte Erich, und seine Laune verbesserte sich schlagartig. In Igors Wohnung hatte er nicht darauf geachtet. Die Kleidung unterschied ihn nicht von anderen Zivilfahndern, denen Erich begegnet war. Höchstens, dass er ein bisschen zu elegant gekleidet war für jemanden, der viel auf der Straße arbeitete. Die ausgestreckte Hand aber war der sichere Hinweis. Der Händedruck war ein typisches Merkmal vieler Ostdeutscher.

Es war das Erste gewesen, an dem Erich die Arroganz der Wessis erkannt hatte: Sie gaben sich nur selten die Hand. Gerade die Jüngeren fanden es lächerlich und spießig. Der Händedruck von Mann zu Mann, davon war Erich dagegen fest überzeugt, vereinte die Gruppe. Er zwang den Neuankömmling, bei einem Treffen die Runde zu machen und jeden Einzelnen als Individuum wahrzunehmen. Ein oberflächliches ›Hallo zusammen‹ blieb dagegen anonym. Eben so wie der Kapitalismus als System.

Erich ergriff die ihm entgegengestreckte Hand und schüttelte sie lange und kräftig.

»Mit Ihnen hätte ich jetzt nicht gerechnet. Haben Sie denn den ganzen Tag Dienst?«, fragte er.

»Zufall oder nicht, Herr Fischer, ich habe die Meldung gerade auf dem Weg ins Büro bekommen«, entgegnete ihm Lestrich. »Da dachte ich mir, wir sehen uns das hier mal an. Was ist denn passiert?«

In wenigen Worten erläuterte Erich ihm, was er wusste. Lestrich hörte ihm aufmerksam zu. »Sie sagen, der Platz von Herrn Vlatov war auch betroffen?«, fragte er und blickte Erich forschend an.

»Wir sitzen in derselben Ecke, ja.«

»Wissen Sie denn schon, ob etwas gestohlen wurde?«

Erich überlegte eine Sekunde. »Soweit ich gesehen habe, nein. Das Teuerste hier sind die Maschinen, unsere Computer und Server also, und das Equipment. Die Server und damit auch die meisten Daten liegen in einem gesicherten Raum. Wir überspielen alles da hinüber. Auf unseren Maschinen ist rein softwaremäßig nur ganz rudimentäres Zeug, kaum etwas damit anzufangen.«

»Glauben Sie an Zufälle, Herr Fischer?«

»Das letzte Mal am 9. November 1989«, entgegnete Erich. Er erntete ein dünnes Lächeln.

»Wie dem auch sei«, fuhr Erich fort, »Ich habe mir abgewöhnt, den Zufall heranzuziehen. Deshalb glaube ich Ihnen auch nicht, dass Sie zufällig hier sind.«

Lestrich nickte leicht mit dem Kopf und schwieg, ob er verärgert war, konnte Erich nicht feststellen.

»Sie haben Recht. Ich hätte Ihnen vielleicht nichts vormachen sollen. Ich bin nicht zufällig hier. Der Anruf von Frau …«, er holte einen kleinen Block aus seiner Manteltasche, »Frau Behring, Ihrer Kollegin, wurde an mich weitergeleitet. Und das hat vor allem damit zu tun, dass ich das Verschwinden Ihres Kollegen Vlatov untersuche, Herr Fischer.«

»Sie gehen also davon aus, dass die beiden Einbrüche in Verbindung stehen?«

»Anzunehmen ist das schon. Das wird aber erst die weitere kriminologische Untersuchung ergeben.«

»Wie soll ich das verstehen, Herr Lestrich?«

»Ich fürchte, Herr Fischer, ich muss Sie bitten, uns bei einem weiteren Fall zu helfen«, antwortete der Hauptkommissar. »Einem Fall, bei dem wir noch nicht weiterkommen. Dazu müssen Sie mich begleiten. Mein Kollege Bangen und das Team der Spurensicherung werden den Einbruch hier untersuchen. Dazu brauchen sie uns nicht.«

»Noch ein Einbruch bei einem Kollegen, oder ...?«, fragte Erich etwas ungläubig.

»Das erzähle ich Ihnen unterwegs.«

xxx

Das Auto des Kommissars, ein dunkelblauer Ford Focus, stand direkt vor dem Eingang der Treptowers. Daneben parkten zwei schwarze Lieferwagen, die Erich für zivile Polizeiwagen hielt. Im Wagen nahm Erich die aufgeschlagene BZ vom Beifahrersitz, während Lestrich den Wagen in Richtung Innenstadt manövrierte.

Tag für Tag konnte man in der BZ die Allerweltsgeschichten und Schicksale aus Berlin lesen. Politik, Kultur und Wirtschaft spielten allenfalls eine drittrangige Rolle.

Schon auf einer der ersten Seiten entdeckte Erich einen halbseitigen Bericht über die Ereignisse vom Vortag:

UNBEKANNTER TOTER IM OSTHAFEN ENTDECKT

Schreckliches Verbrechen an der Spree, Polizei tappt im Dunkeln

(Polizeireporter Daniel Heister berichtet.) Am Morgen gegen 7.15 Uhr alarmiert ein vorbeifahrender Schiffer

die Wasserschutzpolizei. Vor Ort bietet sich ein Bild des Grauens. Unter der Elsenbrücke, auf der Friedrichshainer Seite, hängt mit dem Kopf nach unten ein unbekleideter Mann ins Wasser. Die Füße zusammengebunden, das Seil an einem Poller befestigt. Auch der sofort verständigte Notarzt kann nichts mehr machen. Die Kriminalpolizei ermittelt.

Wer der Tote ist, konnte bis zum Redaktionsschluss nicht geklärt werden. Hintergrund der grausamen Tat? Unbekannt. Täter? Keiner hat etwas gesehen, in diesem Teil der Stadt hält man sich nicht gerne freiwillig auf.

Laut Polizeibericht handelt es sich bei dem Toten um einen ca. 30-jährigen Mann mit schwarzen Haaren und ungewöhnlich hellgrünen Augen.

Ein organisierter Hintergrund der Tat kann nicht ausgeschlossen werden. Möglicherweise besteht ein Zusammenhang mit Schmuggelgut aus Osteuropa.

HAT DIE RUSSENMAFIA ZUGESCHLAGEN?

Seit langem schon ist der Osthafen im Visier der Zielfahnder. Dunkle Gestalten gibt es in dieser Gegend genug. Nach Einbruch der Dunkelheit traut sich kein anständiger Berliner mehr hierher. Hier legen die Schiffe aus Polen an. Sie bringen die Kohle und weitere Massengüter nach Berlin. Prostituierte aus dem Osten schaffen hier den Einstieg in ihre Karriere. Drogen kommen über die Grenze und vergiften die Stadt. Und die Gewalt ist immer dabei.

Spätestens jetzt ist die Zeit gekommen: Berlin und der Senat müssen handeln. Jetzt heißt es hart durchgreifen, damit wir Berliner uns wieder sicher fühlen können.

»So ein Dreckssschreiberling«, brummte Erich, der die sensationsgeile Schreibe der BZ abgrundtief hasste. »Lesen Sie so etwas jeden Morgen?«, wandte er sich an Lestrich.

»So etwas hätte es wohl vor ein paar Jahren noch nicht gegeben«, antwortete der Hauptkommissar. »Leider ist das heute Teil meines Berufs, Herr Fischer. Fällt Ihnen bei diesem Artikel nichts auf?«

»Nein, nichts.«

»Die Beschreibung der Leiche kommt Ihnen nicht bekannt vor?

»Allerweltszeug«, entgegnete Erich, »das könnte auch auf mich passen, wenn ich nicht schon fünfunddreißig wäre und man mir mein biblisches Alter nicht ansähe.«

Dann verstummte er.

»Scheiße, das habe ich überlesen. Er schreibt hier was von ungewöhnlich hellgrünen Augen. Und der einzige Mensch, der so hellgrüne Augen hat ...«

»... ist Igor Vlatov«, ergänzte der Kommissar.

»Verdammt!«

Erich schnappte nach Luft.

Ohne den Blick von der Straße zu wenden, sagte Lestrich: »Ich hoffe wirklich, dass er es nicht ist, Herr Fischer. Das können Sie mir glauben. Aber wir können die Möglichkeit nicht ausschließen. Es gibt selten so viele verschiedene Tatorte auf so engem Raum wie bei Ihrem Kollegen. Sie verstehen, Wohnung und Büro. Und die Elsenbrücke liegt in der Mitte. Er ist nicht nach Hause gekommen, gestern, und auch nicht zur Arbeit. An sein Handy geht er auch nicht. Das haben wir immer wieder versucht. Da liegt die Vermutung leider nahe, dass ...«

Er ließ den Satz unbeendet.

Die Gerichtsmedizin befand sich hinter dem ehemaligen Hauptgebäude der Charité. Verglichen mit den verzierten und frisch renovierten Backsteinfassaden der vorderen Gebäude war es ein monotoner Komplex, in dem der Tod zu Hause war. Über eine Rampe gingen sie direkt in das Untergeschoss, wo ein Angestellter der Klinik bereits wartete. Der zuständige Arzt werde gleich kommen, sagte er, bevor er verschwand.

Erich vertrieb sich die Zeit damit, die Postkarten an der Wand zu studieren, die Generationen von Bediensteten aus dem Urlaub an ihre Kollegen geschrieben hatten. Viele vergilbte waren noch aus Rumänien, Ungarn und der ehemaligen UdSSR. Die bunteren, neueren Karten kamen alle aus westeuropäischen Ländern und aus Übersee.

»Jut'n Morjen, meine Herren«, tönte es durch das Zimmer, noch ehe sich die Tür vollständig geöffnet hatte.

Herein trat ein untersetzter, älterer Mann mit Bart und großen Augen hinter einer runden Brille.

»Herr Professor, wir sind wegen der nicht identifizierten Leiche aus dem Osthafen hier«, begrüßte Lestrich den Pathologen.

»Nun mal langsam, Herr Hauptkommissar«, erwiderte der Professor. »Sie waren immer schon direkt, aber seit der Wende hat bei Ihnen die Höflichkeit am meisten jelitten, wie? Warum machen Sie uns nicht allen die Freude und stellen uns jegenseitig vor – Ihr junger Freund hier, wie?«

Lestrich nickte in Richtung Erich.

»Professor Giester, das ist Herr Fischer, ein möglicher Zeuge, der den Toten identifizieren könnte. Herr Fischer, Professor Giester, seit vielen Jahren Leiter der Pathologie der Charité.«

Auch ein Ossi, dachte sich Erich, während er dem Professor die Hand schüttelte.

»Ja, meine Herren«, setzte Professor Giester wieder an, »dann will ick Sie beide in meine Unterwelt führen, wie? Die Erjebnisse der Obduktion können wir dann ja gleich durchjehen, wenn wir den Toten identifiziert haben. Ick habe noch Unmengen von Arbeit, die auf mich wartet. Foljen Sie mir einfach, wie?«

Durch eine Doppeltür aus poliertem Edelstahl betraten sie einen der Obduktionssäle. Der Raum strahlte den zeitlosen, kalten Charme eines Labors aus. Grauer Fußboden, weiß gekachelte Wände, Abflussrinnen an drei Seiten. Die vierte Seite war ganz mit Edelstahl verkleidet, in den ein Dutzend quadratische Türen eingelassen war. Eine Wand wurde in regelmäßigen Abständen durch kleine Oberlichter aufgelockert, durch deren Milchglasscheiben etwas Tageslicht in den von Neonröhren erleuchteten Raum fiel. In einer Ecke des Raumes standen drei Rolltische mit Sezierinstrumenten.

Auf dem dritten der insgesamt sechs Obduktionstische lag, bedeckt von einem weißen Tuch, ein Körper.

»Herr Fischer«, wandte sich der Professor an Erich, »würden Sie sich bitte hier diesen Corpus …«, er stockte für einen Sekundenbruchteil und sah Erich in die Augen. »Ach nein«, fuhr er dann fort, »sag'n Se ma, Sie sind nicht zufällig verwandt mit dem Roten Petrus?«

Erich sah in fragend an.

»Na, Mensch, ick meine doch den Manfred Fischer, wie? Ick nenne ihn doch immer nur so. Ick meine doch den Germanisten von der Humboldt.«

»Meinen Vater?«, fragte Erich verdutzt zurück.

Giesters Gesicht verzog sich zu einem breiten Grinsen.

»Sehr jut, ick wusste es doch gleich. Der Kopf, die wenjen Haare oben und der Bauch, na ja, der kam dann ja auch später. Ist mir an Ihnen gleich uffjefallen. Fabelhafter Mann, Ihr Vater, haben zusammen noch von der Uni aus in Eisenhüttenstadt im Sommer ... 55, war das nicht? Na ja, auf jeden Fall haben wir da jearbeitet. Sie wissen, der Aufbau, mein Gott, was für eine Plackerei, ick sach es Ihnen, wunderbare Jeschichten ... war ja auch 'ne dolle Sportskanone. Ist dann ja leider auf seine alten Tage auch abjewickelt worden, wie?«

»Das hat er denen nie verziehen. Und die Beweise hat er nie anerkannt«, antwortete Erich.

Sein Vater, bis 1990 ordentlicher Professor für Germanistik an der Humboldt-Universität in Berlin, hatte zu den vielen Forschern gehört, die nach der Wiedervereinigung durch eine westdeutsche Kommission geprüft und für nicht mehr tragbar befunden wurden. Die Parteimitgliedschaft und einige linientreue Vorträge vor internationalem Publikum, dazu ein sehr eigenwilliger, fast störrischer Charakter, hatten wohl den Ausschlag gegeben. Zu stolz, um für seinen Platz zu kämpfen, hatte Professor Fischer seine Professur an einen westdeutschen Privatdozenten abgeben müssen.

»Traurig, traurig«, hörte Erich wieder die Stimme von Giester. »Ick habe Ihren alten Herren schon einje Jahre nicht mehr jesehen. Wohnt immer noch in Niederschönhausen, die Datscha noch am Schermützelsee, wie?«

»Meine Herren«, mischte sich Kommissar Lestrich ein, »wollen Sie diese private Unterhaltung nicht später fortsetzen? Wir haben hier einen Fall zu bearbeiten.«

»Hab ick da watt jehört?«, empörte sich der Professor. Aber er schien sich schon im gleichen Augenblick wieder zu fangen. »Sehen Sie, Herr Fischer, ditt meinte ick eben, was sich am Hauptkommissar hier verändert hat. Früher hatte er die Ruhe weg und ein Schwätzchen jerne mitjemacht. Heute, na ja, Sie seh'n ja selber, wie?«

Er schnupfte sich verächtlich und ging zum Kopfende des Seziertisches. Ohne jede Theatralik fasste er das Leinentuch auf Höhe des Kopfes und schlug es zurück. Neugierig trat Erich näher.

Die schönen hellgrünen Augen von Igor Vlatov starrten ihn kalt und seelenlos an.

»Ist das Ihr Kollege?«

Erich schluckte mehrmals.

Einmal, als er noch klein war und im Sommer mit seinen Eltern auf Rügen Urlaub gemachte hatte, da hatten sie am Strand eine Wasserleiche gesehen. Er hatte nur für den Bruchteil einer Sekunde Zeit gehabt hinzuschauen, bevor ihn seine Mutter weggedreht hatte. Dennoch hatte er dieses Bild nie vergessen. Weiß, aufgequollen und irgendwie unmenschlich war das gewesen. So wie die Präparate in den Schaugläsern der Charité, nicht menschlich, sondern unwirklich.

Dieser Tote dagegen hatte noch vor Stunden gelebt. Ein Mensch, mit dem Erich monatelang das Büro geteilt hatte. Jemand aus seiner unmittelbaren Umgebung, mit dem er Witze gemacht und den er wegen seiner Programmierkenntnisse bewundert hatte.

»Ja«, presste Erich heraus. »Ja, das ist er, das ist Igor. Da gibt es keinen Zweifel.«

Er schloss die Augen und drehte sich um.

»Danke.«

»Mein Beileid, wie?«, sagte Giester, um dann fortzufahren: »Wenn wir dann zum Obduktionsbericht kommen, so kann ick Ihnen sag'n, der Tod war eine Erlösung für ihn. Wir haben einjes jefunden. Hier zum Beispiel ...«

»Ich glaube nicht, dass wir das jetzt besprechen sollten«, unterbrach Lestrich hastig. »Herr Fischer hat den Toten zwar identifiziert. Er ist aber kein Teil der Ermittlung. Diese Informationen sind für ihn ohne Belang und geheim. Ich muss darauf bestehen.«

»Eure Methoden ändern sich wohl nie, wie?«, murmelte Giester leise und verstummte dann.

»Ich muss an die frische Luft«, meldete sich Erich zu Wort. Ihm war kotzübel, und er hatte Angst, noch im Obduktionssaal zu kollabieren. Schon sah er sich selbst auf einem der Tische, der grinsende Professor mit einer großen Säge über ihm. Ohne ein weiteres Wort wandte er sich um.

Gedämpft hörte er hinter sich die Stimme von Giester.

»Und grüßen Sie den Vater und die Mutter, wie?«

Wie in einem schlechten Traum stürmte Erich durch die endlosen Gänge der Pathologie. Endlich war er am Eingang angekommen. Dort steckte er sich eine Zigarette an und inhalierte lang und tief.

Der Kommissar holte ihn ein, als die Zigarette aufgeraucht war.

»Sind Sie in Ordnung?«

»Ist okay, ich brauche nur etwas Luft.«

Interessiert betrachtete Lestrich, wie Erich den Zigarettenstummel auf den Boden warf und unter seinem Turnschuh zerrieb.

»Ich werde jetzt mit dem Professor die Obduktion durchgehen, Herr Fischer. Wollen Sie ein Taxi?«

»Danke, wenn es der Wahrheitsfindung nicht abträglich ist, werde ich ein Stück laufen und dann mit der S-Bahn fahren.«

Er floh mehr vom Gelände der Charité als dass er ging. Er musste mit jemandem reden. Jemandem, dem er alles erzählen konnte, was ihm durch den Kopf ging. Im ersten Augenblick und wie von selbst dachte er an Tanja.

Eine normale Beziehung mit ihm zu führen, sei nicht möglich gewesen, hatte sie ihm einmal am Telefon erläutert. Er lasse niemanden in sein Leben und das sei ihr zu wenig. Trotzdem hatte Erich Tanja noch nicht aufgegeben. Schließlich war die Trennung ja auch nur auf Probe, wie sie es ausgedrückt hatte. Er wusste, sie würde für ihn da sein, sie würde ihm zuhören, wenn er danach verlangte. War es nicht genau das, was sie immer gewollt hatte? Sie hatte ihm gesagt, dass er sich immer bei ihr melden könne. Auch dann, wenn er reden und nicht nur seine Tochter besuchen wolle.

Ihre Nummer war die Eins auf der Kurzwahlliste seines Handys.

»Ja?«

Die Stimme war männlich.

Erich war schockiert.

»Äh, hier ist Erich. Kann ich bitte Tanja sprechen?«

Gerade noch konnte er sich die Frage verkneifen, wer am anderen Ende der Leitung war.

»Hallo, Erich«, erklang wieder die andere Stimme. »Worum geht es denn?«

Erich blieb ruhig.

»Ich bin der Vater von Lucy und würde gerne mit Tanja etwas Persönliches besprechen.«

»Du, Erich, die Tanja, die ist gerade im Badezimmer. Ich glaube, das ist jetzt schlecht. Willst du es nicht später einfach noch einmal versuchen?«

Er war nahe daran aufzulegen, als er durch den Hörer das Geräusch von Türen und die Stimme von Tanja hörte.

»Tanja, Wer ist da bitte?«

»Erich.«

Schweigen.

»Tanja, ich würde gerne mit dir reden. Es ist gerade sehr viel passiert, und etwas stimmt da nicht. Ich dachte ...«

Er wusste nicht, wie er den Satz beenden sollte. War es nicht völlig unangebracht, sie gerade nach der Trennung mit einem toten Kollegen zu nerven? Zumal sie sich schon einen Nachfolger geangelt hatte?

»Was dachtest du, Erich?«

»Ach, weißt du« druckste er herum, »ich wollte eigentlich nur mal nachfragen, wie es dir und der Kleinen geht. Ich habe gerade ein bisschen Zeit.«

Tanja räusperte sich merklich.

»Das ist wirklich lieb von dir, Erich. So etwas solltest du häufiger machen. Ja, uns geht es gut. Der Floh ist für einige Stunden bei meiner Mutter, und ich muss gleich in die Volkshochschule. Mein Kollege hier wartet schon. Können wir nicht später länger telefonieren?«

Jetzt keine Enttäuschung anmerken lassen, dachte sich Erich.

»Klar. Ich rufe dich an.«

»Dann bis später«, sagte Tanja und legte auf.

×××

Zurück in der Firma musste Erich seinen Kollegen Rede und Antwort stehen. An Arbeit war für niemanden zu denken. Getrieben vom Hunger wanderte Erich zusammen mit einigen anderen ins Elsenstein. Doch die Spaghetti Bolognese und der Milchkaffee schmeckten ihm an diesem Tag nicht richtig. Immer wieder musste er davon erzählen, wie er zur Charité gefahren worden war und tatsächlich Igor identifiziert hatte. Auf die meisten Fragen aber, die über die Beschreibung des Vormittags hinausgingen, wusste auch er keine Antwort.

Der letzte, der ihn zu seinen Erlebnissen befragte, war Klaus Kühn, sein Kollege aus der Marketingabteilung. Mit einem neugierigen Blick erwartete er Erich im Sozialraum. Das kleine Radio auf der Fensterbank plärrte laute Musik.

»Abgefahren, findest du nicht«, überfiel ihn Klaus, nachdem Erich eingetreten war. »Ich habe es eben erst gehört. Muss für dich echt ziemlich Scheiße gewesen sein, oder?«

Erich wollte sich schon wieder über den lässig-vulgären Tonfall von Klaus aufregen. Dann besann er sich eines Besseren. Besserwessi kann nicht anders, dachte er.

»Tut mir wirklich leid. Entschuldige bitte, dass ich so einfach was daherrede«, plapperte Klaus weiter. »Schön war es bestimmt nicht für dich.«

»Nein, ich weiß auch nicht mehr, was ich dazu sagen soll«, entgegnete Erich knapp.

»Na, die Frage nach dem Warum ist wohl am wichtigsten.«

Im Laufe der letzten Stunden hatten alle in der Firma über das Warum nachgedacht. Die plausibelste Erklärung war, dass es mit den sensiblen Kundendaten der Firma zusammenhing. Schließlich war die Konkurrenz groß. Dass man als Marktführer viele Neider mit skrupellosen Methoden hatte, war jedem bewusst. Da winkte ein Markt von mehreren Milliarden Euro. Warum also nicht einen Mord begehen, um an diese Daten heranzukommen?

»Mehr als die anderen kann ich dir auch nicht sagen. Wir können im Augenblick nur auf das Ergebnis der Polizei warten. Die setzt sich mit mir wieder in Verbindung.«

»Das ist doch alles Quatsch«, erwiderte Klaus. »Entschuldige den direkten Ton, aber das weißt du genau, Erich.«

»Ich weiß nur, dass Igor tot ist und niemand sagen kann, warum.«

Klaus drückte seine Zigarette in einem der überquellenden Aschenbecher aus.

»Aber du weißt auch, dass eure Theorie für den Einbruch nicht stimmig ist. Kein Mensch würde so etwas tun, um an die Scheißdaten dieser Firma zu kommen. Wir machen seit Monaten keinen Umsatz. Niemand interessiert sich für uns. Warum sollte ausgerechnet heute die böse Konkurrenz kommen, ein paar kriminelle Schwerverbrecher anheuern und Angestellte killen? Das macht doch keinen Sinn.«

»Verbrecher sind immer kriminell«, korrigierte Erich.

Ihm ging die schnodderige Art von Klaus auf die Nerven.

»Geschenkt«, antwortete ihm Klaus. »Sinn macht es trotzdem nicht. Man musste den armen Igor ja nicht gleich umbringen, und dann auch noch in die Spree hängen.«

»Sadisten vielleicht«, hielt Erich dagegen.

»Schön, sie wollen die Schlüssel für die Büros und machen sich dann die Mühe, Igor so zuzurichten, nachdem sie die Schlüssel aus seiner Hosentasche gezogen haben?« Klaus war nicht zu bremsen. »Das kostet doch alles nur Zeit, und sie riskieren, entdeckt zu werden.«

Erich blickte Klaus zum ersten Mal in die Augen. Jetzt erkannte er, dass er sich in ihm getäuscht hatte. Aus seinem Gesicht sprachen Wut und Trauer. Klaus wollte keiner fadenscheinigen Betroffenheit Ausdruck geben. Er wollte die Wahrheit über den Tod von Igor herausfinden.

Draußen war es bereits dunkel.

Mit einem Ruck setzte Erich sich auf, drückte seine Zigarette aus und stand auf.

»Kaffee?«, fragte er Klaus.

»Gerne, mit Milch«, antwortete dieser verwundert.

»Kanntest du Igor gut?«, fragte Erich, als er mit zwei Bechern dampfenden Kaffees wiederkam.

Klaus hatte sich inzwischen eine weitere Zigarette angesteckt und bot Erich beim Eintreten eine an.

»Danke, die sind mir zu stark«, lehnte Erich ab und nahm sich eine von seinen.

»Man gewöhnt sich daran«, brummte Klaus.

Für eine Weile schwiegen sie und rauchten.

»Igor?«, fuhr Klaus schließlich fort. »Nein, ich kannte ihn nicht gut. Wahrscheinlich kannte ihn hier keiner gut. Ich mochte ihn, weil er unkompliziert war. Außerdem wollte ich immer ein bisschen Russisch von ihm lernen. Und mich hat immer interessiert, wie das so ist, du verstehst das bestimmt, der Zusammenbruch der Sowjetunion, wie man sich fühlt, wenn man hier im Westen arbeitet und dann nach Hause fährt, in ein Dorf irgendwo hinter Odessa, wo nichts ist außer drei Quadratmeter fruchtbarer Erde und Radioaktivität in der Luft. Alles das eben, was ich nicht kennen gelernt habe, weil ich auf der Siegerseite des Eisernen Vorhangs gelebt habe. Außerdem lässt es mir keine Ruhe, dass so etwas mitten in Berlin geschehen kann und wir nicht einmal wissen, warum. Irgendwo muss Igor reingeraten sein.«

»Das mit der Sowjetunion hat mich eigentlich nie interessiert«, sagte Erich. »Für uns waren die Sowjets eben da und auch wieder nicht da. Zumindest haben wir immer versucht, sie zu ignorieren, innerlich. Russisch hat auch keiner so richtig gelernt. Pflichtprogramm eben.«

»Wir sollten uns lieber fragen, was wir tun können. Was haben wir an Fakten und Informationen?«

»Einen toten Igor in der Charité«, begann Erich seine Aufzählung, »den Fundort im Osthafen. Dann gibt es seine durchwühlte Wohnung in der Rigaer Straße und den Einbruch in unser Büro. Vielleicht haben wir eine Spur, die ins Milieu der Russenmafia führt.«

Schnell erzählte er Klaus von dem Zeitungsartikel, in dem die Spekulation über die Russenmafia gestanden hatte, und von der Andeutung des Professors in der Charité.

Klaus dachte eine Weile nach.

»Schade, ich hatte gehofft, du kommst auf mehr als ich«, sagte er dann. »Das Büro und die Charité fallen wohl aus, da kommen wir im Augenblick nicht rein. Der Artikel ist erst einmal Spekulation. Und der Fundort gibt nichts her. Ich war schon da. Du warst doch in der Wohnung? Wie sieht es da aus?«

Erich schaute Klaus verblüfft an. Warum war Klaus schon am Osthafen gewesen und wann?

»In der Wohnung ist alles durchwühlt und durcheinander. Die Polizei hat sicher alles noch mal umgekrempelt. Warst du noch nicht da?«, fragte Erich spöttisch.

Klaus reagierte auf die Spitze nicht.

»Nein«, entgegnete er, »ich komme ja nicht rein ohne die Schlüssel. Hast du etwas gesehen, als du da warst?«

Vielleicht habe ich gar nicht geschaut, dachte sich Erich, während er sich die Bilder des Vorabends wieder ins Gedächtnis rief. Er hatte nur auf die Polizei gewartet, nichts angefasst, nichts verändert.

»Keine Ahnung. Aber irgendetwas müssen wir ja tun. Wie wäre es, wenn wir uns noch einmal die Wohnung vornehmen?«

»Schön, aber ohne Schlüssel keine Wohnung. Die Polizei hat die Wohnung bestimmt versiegelt.«

Zum ersten Mal an diesem Tag musste Erich grinsen.

»Du siehst zu viele Krimis, Klaus. Hier wird nichts versiegelt, und Schlüssel braucht man in Friedrichshain auch nicht.«

×××

Mit wenigen Handgriffen, einem Messer und etwas Draht knackte Erich die Wohnungstür. Wie erwartet, handelte es sich bei dem Schloss um ein älteres Modell, leicht zu öffnen. Schon zu DDR-Zeiten gab es in Friedrichshain nichts zu holen.

»Wir suchen, was wir finden«, flüsterte Klaus beim Eintreten. »Aber Vorsicht wegen der Fingerabdrücke. Wir hätten Handschuhe mitnehmen müssen.«

Er hat wirklich zu viele Krimis gesehen, dachte Erich amüsiert. Vor seinem geistigen Auge tauchten Männer in weißen Schutzanzügen und mit Masken vor dem Gesicht auf, die die gesamte Wohnung einpulverten und auf der Suche nach Fingerabdrücken abpinselten.

Für Erich bestätigte sich der Eindruck vom Abend vorher.

Igors Wohnung war merkwürdig unpersönlich. Viele alleinstehende Männer legten wenig Wert auf die Einrichtung ihrer Bleibe. Als ob ihnen das nötige Auge fehlte, um eine Wohnung so einzurichten, dass sie nicht nur funktionell, sondern auch noch gemütlich war.

Auch die genaue Durchsicht der Papiere, die immer noch auf dem Boden der drei Zimmer verstreut herumlagen, brachte sie nicht weiter. Technische Beschreibungen, endlose Ausdrucke mit dem Code, den Igor zuletzt geschrieben hatte, Werbepost und englische Computerzeitschriften. Wieder nichts, was auf die private Seite des Wohnungsinhabers hätte schließen lassen. Keine Briefe, Fotos, Tagebücher, einfach nichts.

Die Küche und das Badezimmer erwiesen sich als ebensolche Fehlschläge. Im Schlafzimmer entdeckten sie neben dem völlig leeren und umgestürzten Kleiderschrank – sie konnten sich nicht daran erinnern, Igor jemals in etwas anderem als einer Jeans und einem karierten Hemd gesehen zu haben – einen Haufen Bücher. Den musste die Polizei zusammengetragen haben, überlegte Erich. Russische Romane mit nicht zu identifizierenden Titeln, englische Krimis, ein Deutschlehrbuch.

Nach drei Stunden gaben sie auf. Erschöpft setzten sie sich auf die beiden einzigen Sessel im Wohnzimmer und starrten umher. Erich griff in seine Hosentasche und fischte seine Zigaretten heraus.

»Tu das nicht, sonst wissen sie, dass wir hier waren«, rief Klaus ihm zu.

»Wer sind ›sie‹?«, fragte Erich zurück. Er war müde und frustriert. »Was soll ich denn sonst machen, lesen?«

Dabei nahm er das Buch, das direkt neben dem Sessel auf dem Boden lag.

»›The fist of God‹, Frederick Forsyth«, las er laut und fing an, darin zu blättern. »Scheint so, als ob Igor gerade darin gelesen hatte. Hier ist ein Lesezeichen.«

Erich zog ein längliches Plastikkärtchen aus dem Buch. Auf dem Kärtchen waren dicht gedrängte Zeilen mit einer fremdartigen Schrift zu erkennen.

»Sieht auf den ersten Blick aus wie Russisch, ist aber keines. Arabisch oder so«, sagte Erich, während er das Kärtchen oberflächlich musterte.

Wortlos hielt er das Plastikkärtchen Klaus vor die Augen, der es betrachtete.

»Nein, das ist Iwrit.« Klaus schaute genauer hin. »Um es noch genauer zu sagen, das ist Hebräisch, und zwar ein Gebet. Das so genannte Schma Israel.«

»Du kannst Hebräisch?«

Ein weiteres Mal an diesem Tag hatte Klaus ihn verblüfft. Er selber hatte sich früher immer wieder mit dem Judentum beschäftigt. Von der Sprache der Juden hatte er aber nie mehr als die üblichen Floskeln wie Schalom, Am Israel, Adonai und so weiter gelernt.

»Nein, ich habe es vor langer Zeit gelernt und wieder vergessen. Aber einiges erkenne ich noch. Was soll uns das jetzt bringen?«

»Wir suchen, was wir finden«, antwortete Erich. »Und dieses Lesezeichen mit einem, wie du sagst, Gebet ist das Persönlichste, was wir in dieser Wohnung gefunden haben. Alles andere sagt uns nichts. Diese Karte hier könnte vielleicht ein bisschen was sagen.«

»Es sagt uns, dass Igor vielleicht mal als Tourist in Israel war und ein Andenken mitgenommen hat.«

»Was weißt du über dieses Gebet?«

Klaus räusperte sich.

»Das Schma ist fester Bestandteil der jüdischen Liturgie. ›Höre, Israel, der Ewige, unser Gott, der Ewige ist einzig ...‹ Nach der jüdischen Tradition soll jeder Jude von den Worten Gottes reden, das heißt beten. Der Text hier«, er zeigte auf das Lesezeichen, »ist zusammengesetzt aus drei verschiedenen Stellen des Alten Testaments. Im ersten Abschnitt geht es um die Einheit Gottes, und dass Gott über allem steht. Daraus ergibt sich für die Juden die Pflicht, diesen ihren Gott zu lieben, seine Worte immer wieder zu zitieren und an die eigenen Kinder und Kindeskinder weiterzugeben. Im zweiten Teil wird erläutert, dass das Glück jedes gläubigen Juden davon abhängig ist, wie gehorsam er sich gegenüber den Geboten der Bibel und der Tradition sowie gegenüber Gott verhält. Im letzten Teil wird erklärt, wie er sich Gott immer wieder vergegenwärtigen soll, also wie sich die Juden an ihren Gott erinnern sollen. Das sind dabei äußerliche Merkmale wie die Zizit, also diese Fäden, die du bei orthodoxen Juden immer aus den Klamotten hängen siehst. Dann geht es auch um die inneren Merkmale, das heißt um die Gebote Gottes. Ihnen sollen sie nachgehen und mehr vertrauen als allem anderen.«

Erich überdachte, was er damit anfangen sollte. Noch einmal reflektierte er die Ereignisse und Fakten, die er kannte.

Igor war irgendwann in der vorletzten Nacht umgebracht worden, seine Leiche war am Morgen darauf gefunden worden. Heute war in der Firma eingebrochen worden, wahrscheinlich mit Igors Schlüsseln. Laut Aussagen der Polizei gab es keine Spuren eines gewaltsamen Einbruchs.

Wie er gesehen hatte, waren die Einbrecher nicht an den teuren Computern und der technischen Ausrüstung der Firma interessiert gewesen. Sie hatten sich ausschließlich auf Igors Büro konzentriert. Ob sie etwas gefunden hatten, wusste niemand. Es fehlte eigentlich nichts, abgesehen davon, dass kaum persönliche Gegenstände von Igor an seinem Platz zu finden waren. Aber die hatte auch vorher niemand gesehen.

Auch in der Wohnung hatten sie nichts gefunden, was ihnen Igor näher gebracht hätte. Vielleicht war das die Absicht gewesen? Die Person von Igor in gewissem Sinne verschwinden, irgendwie unkenntlich werden zu lassen?

Erich war sich seiner Sache nicht sicher. Der oder die Täter waren ihnen und der Polizei immer voraus gewesen. Falls es etwas über Igors Person zu finden gab, dann hatten sie es mit Sicherheit bereits gefunden und entfernt. Aber hatten Sie das Richtige gefunden? In Igors Wohnung anscheinend nicht, denn sonst wären sie nicht mehr im Büro gewesen.

»Ich habe Hunger«, unterbrach Klaus Erichs Gedankengang. »Hier ist nichts mehr zu finden. Gehen wir etwas essen?«

Sie steckten das Buch mit dem Lesezeichen in einen herumliegenden Leinenbeutel mit einer Abbildung des Brandenburger Tors. Dann verschlossen sie die Wohnung und verließen die Rigaer Straße in Richtung Frankfurter Allee.

In der Niederbarnimstraße fanden sie ein kleines indisches Restaurant mit nur wenigen Gästen. Der Blick auf die Karte, der freundlich lächelnde Kellner hinter der Tür und vor allem die Kälte, die Erich und Klaus an den Beinen hochkroch, überzeugten sie. Sie traten ein und bestellten Nan, Chutneys, Raita und Reis mit Madrashühnchen sowie Berliner Pilsener.

»Ich habe noch mal nachgedacht«, eröffnete Klaus nach dem Essen das Gespräch. »Ich glaube, du hast Recht, das Lesezeichen ist ungewöhnlich. Können wir herausfinden, ob Igor mal in Israel war? In seinem Reisepass müssten die Stempel sein. Hat dein Kommissar etwas dazu gesagt?«

»Nein«, antwortete Erich. »Über Papiere haben wir nicht gesprochen.«

»Dann ruf den Kommissar doch an«, schlug Klaus vor. »Es ist jetzt kurz nach zehn, er ist bestimmt noch wach.«

»Und was sage ich?«, entgegnete Erich spöttisch. »Dass wir gerade aus Igors Wohnung kommen und dort etwas gefunden haben, was die Polizei übersehen hat?«

Klaus überlegte.

»Du könntest sagen, dass Igor mal von Israel erzählt hat und du der Polizei weiterhelfen willst.«

»Israel, Tourist, ich finde, das passt alles nicht zusammen. Wenn er da war, dann hilft uns das auch nichts. Und warum sollte er in diese unruhige Gegend fliegen? Das machen doch im Augenblick nur Israelis und Christen, die sich die Grabeskirche ansehen wollen. Maximal Geschäftsleute, die Waffen verkaufen wollen. Aber Igor?«

Erich räusperte sich nachdenklich und zündete sich eine neue Zigarette an.

»Vielleicht ist das die Lösung?«, sagte Klaus plötzlich und beugte sich vor. »Es liegt doch auf der Hand. Das Einfachste ist doch, dass Igor Jude war. Das könnte es doch sein. Dann macht auch das Gebet Sinn.«

»Als Jude braucht man aber mehr als ein Gebet«, schnitt Erich ihm das Wort ab. »Viel mehr.«

»Das hängt immer davon ab, wie religiös jemand ist und wie er sich und sein Judentum definiert.«

Klaus überlegte einen Augenblick.

»Warst du zufällig mal mit Igor auf der Toilette und hast gesehen, ob er beschnitten ist?«

»Bin ich etwa schwul!«, entfuhr es Erich. »Ich habe gerade eben noch Besseres zu tun, als einem Kollegen aufs Klo zu folgen. Machst du das vielleicht öfter?«

»War nur so ein Gedanke.«

Sie schwiegen für eine Weile.

»Wie jeder Einzelne sein Judentum lebt, ist ihm selbst überlassen«, begann Klaus aufs Neue. »In Israel gibt es sehr viele Menschen, die sich als religiös oder gläubig bezeichnen und dennoch nicht nach den traditionellen Regeln leben. Juden sind eben nicht mehr nur die alten Männer mit ihren schwarzen Kaftanen und langen Bärten. Das gleiche findest du auch heute in Berlin. Gerade hier sind viele Juden aus der ehemaligen Sowjetunion gelandet. Manche unter ihnen sind bestimmt religiös, auch ohne alle äußeren Merkmale. Vielleicht gehört Igor dazu, oder er wollte nicht erkannt werden von uns in der Firma oder auf der Straße? Ist doch möglich, dass er Angst hatte vor rassistischen Übergriffen, sei es von Rechtsradikalen in Brandenburg oder von linken Autonomen, die aus tiefer Solidarität mit den Palästinensern gegen Israel und manchmal auch automatisch gegen jeden Juden eingestellt sind? Ich halte so ein Szenario für möglich.«

»Und was haben wir davon, wenn wir das wissen?«, fragte Erich.

»Wenn er wirklich Jude war und vielleicht auch gläubig, wie auch immer, dann könnten wir jemanden in der Jüdischen Gemeinde von Berlin finden, der vielleicht mehr über Igor oder seine Probleme weiß. Dafür müssen wir aber definitiv wissen, ob er Jude war.«

»Dann müssen wir eben herausfinden, ob Igor beschnitten war. Das wäre der Beweis.«

Klaus überlegte.

»Ist ein gutes Indiz, aber kein Beweis. Moslems sind auch beschnitten. Und in den USA werden fast alle weißen Kinder der Prozedur unterzogen. Außerdem, willst du nach der Wohnung jetzt auch noch in die Pathologie einbrechen?«

Erich grinste. Er hatte an diesem Tag zwar nicht die intellektuelle Schärfe seines Kollegen, dafür aber die besseren Ideen und Kontakte.

»Das kostet mich einen einzigen Anruf.«

»Angeber«, erwiderte sein Kollege. »Wen kannst du denn in der Charité anrufen? Vielleicht die ABM-Kraft, die die Flure putzt?«

Arschloch, dachte sich Erich, arroganter Wessiarsch. Als ob ihm das Recht auf Meinungsfreiheit auch zugleich das Recht auf Beleidigungen und Unsensibilitäten gegenüber Dritten gäbe.

»Ich kenne den Chefpathologen. Er war ein Studienkollege meines Vaters.«

»Wohl eher ein Parteigenosse deines Vaters«, entgegnete Klaus höhnisch. »Was man so hört, sollen die alten Seilschaften ja oftmals noch in Ordnung sein. Man kennt und hilft sich eben gerne.«

»Ihr nennt das doch heute Networking«, entgegnete Erich. »Nur dass ihr das perfektioniert habt. Und wie Seilschaften funktionieren und was sie nützen, das sieht man ja nicht zuletzt an euren großen Parteien.«

Triumphierend über diese Erwiderung lehnte er sich zurück.

»Okay, Punkt für dich. Wann kannst du den Exgenossen anrufen?«

Erich blickte auf seine Armbanduhr.

»Nicht mehr heute Abend. Es ist jetzt doch schon gleich elf Uhr, und alte Professoren gehen früh zu Bett.«

»Dann gleich morgen früh.«

Jetzt war es der bestimmende Ton, der Erich reizte.

»Von dir nehme ich keine Befehle entgegen. Wenn ich etwas mache, dann nicht, weil du es mir sagst«, gab er etwas schärfer zurück, als er gewollt hatte.

»Oh, jetzt bitte nicht auch noch beleidigt sein. Muss ich mir von jetzt ab bei jedem Wort überlegen, wie ich es sage und ob es deiner Befindlichkeit vielleicht negativ aufstößt? Schon mal was von Kooperation gehört?«

»So viel wie du wahrscheinlich von Rücksicht!«

»Nun werd mal nicht persönlich«, pöbelte Klaus zurück. »Wenn du etwas gegen mich hast, dann frei heraus und nicht hinter meinem Rücken die Kollegen damit belämmern.«

»Das haben euch die fünfzig Jahre Westbindung eingebracht«, giftete Erich zurück. »Immer cool sein. Von sich selbst überzeugt bis zum Abwinken, super eingebildet und so austauschbar wie eine Zahnbürste.«

»Was ich an euch Ossis hasse, ist dieses ewige ›Früher war alles nicht so schlecht‹. Es gab Arbeit, Kindergartenplätze, und man konnte auch bei roter Ampel rechts abbiegen.«

»Ihr denkt, wo es überall Dönerbuden, Pizza und Benettonläden gibt, seid ihr zu Hause. Ein McDonald's, eine Kasse mit EC oder Visa, und ihr fühlt euch wie daheim. Das nenne ich eure Arroganz. Legt das letzte Chemiewerk in Bitterfeld nieder, baut eine Straße darüber, und schon ist die Vergangenheit ausradiert, Stunde null. So einfach geht es nicht.«

»Du denkst, du bist klüger als ich, oder?«

»Nein.«

»Erfahrener?«

»Nicht einmal das. Du redest von Befindlichkeit? Ich will dir etwas erklären. Vierzig Jahre Leben in der DDR. Erst bezahlen wir die Reparationen an die UdSSR, während ihr den Marshallplan bekommt, dann trägt der Koreaboom eure Wirtschaft nach oben, während wir eine Wirtschaft erst wieder aufbauen müssen. Ihr lebt gut mit den alten Nazis in eurer Gesellschaft, wir wollen ohne sie auskommen. Ihr habt den

Weltmarkt, wir verordnete Ziele, die wir frisieren. Dann stürzen wir die Mauer und ihr, die ihr fünfzig Jahre von Wiedervereinigung geredet habt, macht euch Sorgen darum, was das alles kosten wird. Ihr macht unsere Werke platt und wundert euch, dass die Produktivität so niedrig ist. Und dann sagt ihr noch, die Ossis sind faul und rechtsradikal. Um uns wirklich zu verstehen, musst du die Vergangenheit sehen und akzeptieren.«

»Okay, fertig? Dann bin ich jetzt dran …«

Sie stritten im gleichen Ton über den nächsten Bieren weiter, bis der stets freundlich lächelnde Kellner sie darauf aufmerksam machte, dass er das Restaurant schließen wolle. Es war Viertel vor drei, und Erich nahm das Friedensangebot von Klaus an, der die Rechnung zahlte.

Vor dem Lokal trennten sie sich. Klaus, der in der Nähe wohnte, ging zu Fuß, Erich winkte sich an der Frankfurter Allee ein Taxi heran.

Er war todmüde.

Freitag, 25. Januar

Um sieben Uhr dreißig traten Hauptkommissar Lestrich und sein Kollege Bangen in das Büro ihres Vorgesetzten Heinrich Kratzer, um Bericht über die Entwicklungen des Vortags zu erstatten. Die Atmosphäre war locker wie immer. Bangen hatte aus seiner Aktentasche einen Kassettenrekorder gezogen und ihn vor sich auf den Tisch gestellt.

»Wir könnten ein Problem bekommen«, begann Lestrich. »Ich weiß nicht, wie lange unsere Geschichte noch durchhält.«

»Der Reihe nach, bitte«, brummte Kratzers Bass.

»Was wir gleich hören«, erklärte Lestrich, »ist ein Gespräch von gestern Vormittag. Er hat versucht, seine ehemalige Partnerin anzurufen.«

Auf ein Zeichen von Lestrich drückte Bangen auf die Starttaste des Rekorders.

»Ja?«

»Äh, hier ist Erich. Kann ich bitte Tanja sprechen?«

»Hallo, Erich. Worum geht es denn?«

»Ich bin der Vater von Lucy und würde gerne mit Tanja etwas Persönliches besprechen.«

»Du, Erich, die Tanja, die ist gerade im Badezimmer. Ich glaube, das ist jetzt schlecht. Willst du es nicht später einfach noch einmal versuchen?«

Bangen drückte auf die Pausetaste.

»Der andere Mann heißt Heinz-Peter Ludewig und arbeitet als Lehrer für Deutsch und Politik an der Volkshochschule in Potsdam«, erklärte Lestrich seinem Vorgesetzten. »Es sieht so aus, als ob er mehr als nur ein Kollege von dieser Tanja ist. Unsere Nachprüfungen haben ergeben, dass beide häufig miteinander gesehen wurden.«

»Ich freue mich für Tanja«, sagte Kratzer. »Hast du sie mal kennen gelernt?«, fragte er in Richtung Fenster.

»Da war sie noch ein kleines Mädchen, kaum zehn Jahre alt. Ihre Mutter hat in der Normannenstraße gearbeitet. Die Kleine hat sie hin und wieder mit dem Vater abgeholt.«

Lestrich blickte wieder aus dem Fenster.

»Der ganze Umschwung hat die Familie hart getroffen. Tanja muss jetzt sehen, wie sie alleine zurechtkommt,« sagte Kratzer und gab Bangen ein Zeichen.

Bangen drückte wieder auf die Pausetaste.

»Tanja. Wer ist da bitte?«

»Erich. Tanja, ich würde gerne mit dir reden. Es ist gerade sehr viel passiert, und etwas stimmt da nicht. Ich dachte …«

»Was dachtest du, Erich?«

»Ach, weißt du, ich wollte eigentlich nur mal nachfragen, wie es dir und der Kleinen geht. Ich habe gerade ein bisschen Zeit.«

Pausetaste.

Das kalte Licht der Neonröhren an der Bürodecke ließ die Gesichter der drei Männer aschfarben erscheinen. Lestrich betrachtete interessiert die Aktendeckel auf dem Regal neben dem Schreibtisch. Er war froh, dass nicht er für den folgenden Bericht verantwortlich war, sondern Bangen.

»Seine Stimme ist unsicher«, bemerkte Kratzer. »Er schwankt, er will ihr eigentlich etwas anderes sagen. Aber das ist kein sicheres Zeichen. Vergessen wir nicht, er ist ein schlaues Kerlchen, ganz der Vater. Genauso haben wir es hier aber mit jemandem zu tun, der gerade seine Partnerin verloren hat und immer noch an ihr hängt. Wo ist der Beweis für irgendetwas?«

»Das Gespräch haben wir aufgezeichnet, kurz nach dem er das Gelände der Charité verlassen hat«, begann Bangen seinen Bericht. »Er ist dann noch eine Weile durch die Stadt gelaufen und wieder zurück ins Büro gefahren. Mit der S-Bahn. Nach dem Mittagessen mit seinen Kollegen war er bis siebzehn Uhr vierzig im Büro.«

Vorsichtig holte Bangen einige bedruckte A4-Blätter aus einer Mappe und legte die Papiere auf den Schreibtisch.

»Das sind die Abschriften der Gespräche, die wir aufzeichnen konnten. Unsere Abhöranlagen befinden sich in den Büros der technischen Entwicklung und im Sozialraum dieser Firma. Die Abschriften sind fast komplett – mit Ausnahme derjenigen aus dem Sozialraum. Dort läuft ständig ein Radio auf großer Lautstärke, was den Mitschnitt erschwert.«

Während Bangen weitersprach, überflog Kratzer mit routinierten Blicken die Papiere. »Da steht ebenfalls nichts Interessantes. Wo ist der Haken?«

»Nachdem er das Büro mit einem Kollegen verlassen hat, sind beide direkt zur Zielwohnung in der Rigaer Straße 105 gefahren und«, für einen Augenblick stockte Bangen, »in diese eingedrungen.«

»Einbruch also«, sagte Kratzer. »Jetzt wird die Sache doch noch interessant. Wer ist der andere, dieser Kollege?«

»Wir wissen noch nicht viel über ihn«, fuhr Bangen fort. »Sein Name ist Klaus Kühn, Dr. phil. Arbeitet im Bereich Marketing. Er wohnt seit Dezember in Berlin, vorher Bonn. Gebürtig aus Delmenhorst. In der Schule hatte er losen Kontakt zur Bremer DKP, diesen aber nicht ausgebaut. Danach Zivildienst im Rettungsdienst vor Ort. Wir haben uns gegen einen Zugriff entschieden. Unsere Tarnung wäre dann weg gewesen, und wir hätten zuviel Aufmerksamkeit erregt.«

»Dieser Kühn«, sagte Kratzer, »was weiß er?«

»Sie haben sich im Aufenthaltsraum unterhalten. Wir konnten dem Gespräch nicht in allen Einzelheiten folgen. Auf jeden Fall wurde er über alles, was Fischer wusste, aufgeklärt. Es scheint aber so, als ob er Fischer auf eine neue Idee gebracht hätte.«

»Die beiden haben die Wohnung umgekrempelt und etwas gefunden, was wir übersehen haben, richtig?«

Bangen war eine Spur blasser geworden.

»Ja.«

»Was haben sie gefunden – oder besser: Was haben wir übersehen?«

Kratzer stand abrupt auf, ging an die Tür und wieder zurück.

»Warum übersehen wir etwas, und diese Amateure finden es?«

»Es war in einem der Bücher versteckt«, formulierte Bangen vorsichtig. »Es handelt sich um ein Lesezeichen mit hebräischer Schrift darauf. An sich nichts, was irgendjemandem auffallen würde, auch wenn er noch so genau sucht. Wir hatten zuerst den Eindruck, dass sie nicht genau wussten, was sie suchen sollten. Im Laufe der Observation in einem Restaurant, das beide um zweiundzwanzig Uhr vierzig betraten, kam aber heraus, dass Kühn wahrscheinlich Hebräisch studiert hat. Aus diesem Grund lag für ihn die Tatsache nahe, dass es sich bei dem Lesezeichen um etwas Besonderes handeln musste. Die genauen Angaben über das Gespräch in dem Speiselokal finden Sie ebenfalls bei Ihren Unterlagen.«

»Kein Hinweis auf die Daten?«, forschte Kratzer nach.

Bangen schüttelte stumm den Kopf.

»Wenn ich mir erlauben darf«, sagte Lestrich scharf, »Die beiden sind lediglich zwei Hobbydetektive. Ich würde vorschlagen, sie weitersuchen zu lassen.«

Er blickte Kratzer direkt in die Augen.

»Verstehen sie? Die beiden sind nicht dumm. Vielleicht bringen sie uns auf die Spur der Daten zurück. Wir behalten sie unter Kontrolle und schlagen sofort zu, wenn sie etwas Neues herausfinden, das uns weiterbringt.«

Kratzer ließ sich diesen Plan durch den Kopf gehen.

»Meine Herren«, verkündete er dann mit voller Stimme. »Ihr Auftrag ist es, die Daten, die dieser Igor Vlatov gestohlen hat, wieder zu beschaffen. Gehen Sie dabei so vor, dass sein unnatürliches Ableben wie ein Mord im Milieu aussieht. Das wird die Spuren verwischen. Glasklar, wasserdicht, eindeutig. Entziehen Sie jeder Spekulation über den Tod und seine Motive den Boden. Auf uns, das heißt das Netzwerk, darf nicht die Spur eines Verdachtes fallen, ist das klar? Sobald es ein Problem gibt, melden Sie es mir. Schreiten Sie notfalls ein, wenn andere Teile der Operation durch zu viel Neugierde in Gefahr geraten.«

Er machte eine Kunstpause, um den letzten Teil seiner Rede besser zur Geltung zu bringen.

»Und, meine Herren, *kümmern* Sie sich darum, dass keine Fehler mehr passieren. Schaffen Sie die Daten heran. Wir haben nur noch wenige Tage. Ansonsten bekommen wir ein Problem. Die Konsequenzen werden Sie allein zu verantworten haben. Ich kann Sie dann nicht schützen.«

×××

Ein fürchterlicher Lärm weckte Erich. Jeden dritten Freitag im Monat wurden die Tonnen mit dem Altglas unter den lauten Rufen der Müllmänner entleert.

Er blieb noch einige Minuten in Gedanken versunken liegen.

Die Dachwohnung war zu groß geworden für ihn allein. Vier Zimmer, Küche, Bad, Balkon und eine riesige Dachterrasse mit Blick über die Dächer in Richtung Stadtmitte. Das war einmal gedacht gewesen für ihn, Tanja und Lucy. Vielleicht auch noch für mehr. Jetzt war er allein, und so sah die Wohnung auch aus: Im Schlafzimmer verloren sich sein Bett, ein Kleiderschrank und zwei Stühle, die niemals benutzt wurden; das Wohnzimmer war bis auf einige Regale mit seinen Büchern und einen Sessel vollkommen leer, ebenso das Kinderzimmer. Nur im kleinsten Zimmer hatte er sich notdürftig einen Arbeitsraum mit seinem alten Schreibtisch, Regalen und diverser Computerhardware zusammengebaut. Ein

Fernseher, das Sofa, die Bilder und Plakate an den Wänden verströmten eine fast gemütliche Atmosphäre.

Er hatte Hunger.

Mechanisch wälzte sich Erich aus dem Bett und ging in die Küche. Obwohl er genau wusste, wie es in seinem Kühlschrank aussah, öffnete er ihn, nur um seinen Verdacht bestätigt zu finden: Gähnende Leere, ein paar Dosen Berliner Pilsener, Senf und Ketchup sowie eine halb volle Dose Sauerkraut. Nichts, womit er den Tag beginnen konnte. Es blieb nur die Bäckerei drei Häuser weiter.

Auch wenn Erich es sich nicht eingestand, er war Stammkunde. Kaum hatte er den Laden betreten, glitt ein freundliches Lächeln über das Gesicht des türkischen Bäckers und ohne ein weiteres Wort zu verlieren, griff er ein Salamibaguette aus der Auslage. Bevor er es in eine der kleinen, weißen Papiertüten schieben konnte, stoppte Erich ihn.

»Ich nehme es so und noch einen Kaffee dazu.«

Erich stellte sich mit Baguette und Kaffeebecher an einen der Bistrotische, die vor dem Schaufenster der Bäckerei standen. Aus der Plastikkanne auf dem Tisch goss er Kaffeesahne in seinen Becher. Er griff sich eine Ausgabe der BZ. Ihm fiel der Artikel ein, den er im Auto Lestrichs gelesen hatte. Auf den Berliner Seiten wurde er fündig:

TOTER IM OSTHAFEN IDENTIFIZIERT

(Polizeireporter Daniel Heister berichtet.) Der im Osthafen vor zwei Tagen aufgefundene Tote (BZ berichtete) ist identifiziert. Wie die Polizei gestern bekannt gab, handelt es sich um den 33 Jahre alten Ukrainer Igor Vlatov. Vlatov war mit einer so genannten »Green-

card« in Berlin. Er hatte die Erlaubnis, bei einem Berliner Unternehmen als EDV-Programmierer zu arbeiten. Nach offiziellen Angaben hinterlässt Vlatov Frau und zwei Kinder in der Ukraine.
Wie die Obduktion ergab, starb der Mann durch Ertrinken. Man kann davon ausgehen, dass es sich um mehrere Täter gehandelt hat.
Abgesehen von einigen Spuren an den Hand- und Fußgelenken gibt es keine Hinweise auf körperliche Gewaltanwendung. Die Tat eines Einzelnen könne damit ausgeschlossen werden, erklärte der ermittelnde Kommissar. »Die Spur führt ins Milieu der Russenmafia«.
Ein Notizbuch mit einschlägig bekannten Adressen und Telefonnummern. Dazu ein privater Kalender mit verschiedenen Einträgen, die verdächtig sind. Man munkelt, dass auch dieses Mal der Mädchenhandel eine wichtige Rolle spielen soll. Trotzdem hofft der ermittelnde Kommissar, den Fall bereits in den nächsten Tagen abschließen zu können.

Erich konnte seine Wut nur mit Mühe unterdrücken. Nichts schien abwegiger, als ausgerechnet seinen Kollegen Igor mit der Russenmafia in Verbindung zu bringen.

Er konnte seine Gedanken nicht für sich behalten.

»Hast du das gelesen?«, fragte er Achmed, den Bäcker, der gerade frische Schrippen aus dem Ofen holte. Erich hielt den Kommentar in die Luft.

»Ist das die Sache mit der Russenmafia?«

»Ja, dieser Tote im Osthafen war ein Kollege von mir.«

»Das tut mir leid«, antwortete Achmed und legte das Blech beiseite. »Wusstest du nicht, dass er kriminell war?«

Erich schluckte.

»Nein, er war bestimmt nicht kriminell, und alles, was hier steht, ist doch Schwachsinn.«

»Schwachsinn, dass die Russen uns erpressen?«

Achmed trat einen Schritt hinter dem Tresen hervor.

»Ich kann dir erzählen, mein Freund, von meinem Vetter in Lichtenberg. Kleines türkisches Restaurant. Sie haben dichtgemacht, nachdem sie nicht bezahlt haben. Ihr Laden wurde von Skinheads überfallen. Oder kann ich dir erzählen von anderen Freunden, die Automatenspielhalle verkaufen mussten an Russen. Wir brauchen mehr Polizei und besseren Schutz. Die Grenzen müssen dicht gemacht werden.«

Erich schaute ihn sprachlos an.

»Aber du bist doch Türke?«, entgegnete er überrascht.

»Klar bin ich Türke und stolz darauf. Ich habe einen deutschen Pass und mache hier meine Geschäfte. Wir haben immer ehrlich gearbeitet. Mein Vater kam hier 1964 an. Ich bin aufgewachsen in Kreuzberg und zur Schule gegangen. Jetzt habe ich seit zwei Jahren den Laden hier und will in Frieden leben. Und wenn Linke in Kreuzberg den Supermarkt von Kollegen kaputt machen am ersten Mai, dann sage ich: mehr Polizei. Und wenn Russenmafia Autohandel kontrolliert und Markt kaputtmacht, dann sage ich: krass mehr Polizei. Verstehst du? Ich habe nichts gegen Ausländer. Aber was zu viel ist, ist zu viel. Wir wollen hier in Frieden leben.«

»So habe ich das noch nie gesehen«, murmelte Erich, bereit, schnell den Rückzug anzutreten. »Ich muss jetzt gehen.«

»Wenn ich dir helfen kann, sag Bescheid«, rief Achmed ihm hinterher. »Mein Cousin hat viele Freunde, die kennen sich aus in der Szene. Hier ist meine Handynummer.«

Er holte Erich an der Ladentür ein und gab ihm seine Karte. Achtlos steckte Erich sie ein, bedankte sich und verließ die Bäckerei.

Im Büro erwartete Erich nichts Gutes. Der Vorstand war vorzeitig von der Geschäftsreise zurückgekehrt und hatte für elf Uhr ein Gesamtmeeting einberufen. Einziger Punkt auf der Tagesordnung war der Einbruch.

Paul und Moritz, CEO und COO von Equilic, stellten ihren Plan vor, das Unternehmen vor den Folgen des Einbruchs zu schützen.

Im Einzelnen sah der Plan eine drastische Veränderung der Arbeitskultur und -zeiten vor. Arbeitsbeginn um neun Uhr, Ende um neunzehn Uhr. Nur die Vorstände hatten Schlüssel zum Büro. Telefon- und E-Mail-Kontakt nach außen sollten streng limitiert und überwacht werden. Das Netzwerk sollte rigoros abgeschottet werden, auch gegen die eigenen Mitarbeiter. Und niemand durfte über Igors Tod oder den Einbruch sprechen.

Den Nachmittag verbrachte Erich vor dem Bildschirm. Als ob nichts geschehen wäre, fing er da an, wo er vor zwei Tagen aufgehört hatte. Erst gegen fünf, als einige Kollegen längst das Wochenende einläuteten, tauchte er wieder aus seiner Konzentration auf. Er bemerkte, dass er bereits seit über einer Stunde eine E-Mail von Klaus in seinem Posteingang hatte:

> *hallo, erich,*
> *bin gerade wieder ins büro gekommen und wollte dich nicht stören. Du sahst so arbeitsam aus ☺*
> *hast du in unserer angelegenheit weitergemacht? Ich bin noch nicht dazu gekommen, der vorstand hat*

mich auf trab gehalten ☹ Schlage vor, wir setzen uns demnächst mal zusammen? Im sozialraum?
klaus

Erich hatte den Vorabend bisher erfolgreich verdrängt. Er hatte Klaus versprochen, bei Professor Giester in der Pathologie anzurufen. Aber wie sollte er herausfragen, ob Igor beschnitten war oder nicht?

Er überlegte.

Dann fiel es ihm ein. Die anstehende Beerdigung, na klar. Das war ein guter Vorwand.

Er schob seinen Cursor auf den Reply-Button und mailte Klaus:

Hab noch zu tun. Bin aber noch hier. Lass uns später reden.
Erich

Er lud seinen Browser hoch und ging auf die Seiten der besten Telefonauskunft, die er kannte. Hier war es leicht, die Nummer der Charité herauszufinden.

»Jiester«, erkannte Erich die Stimme des Professors.

»Guten Tag, Herr Professor Giester, hier ist Erich Fischer.«

»Fischer? Du warst jestern hier, wie?«

Der Professor schien wie aus einer anderen Welt zu ihm zu sprechen.

»Ja«, antwortete Erich. »Ich habe gestern Igor Vlatov identifiziert. Zusammen mit diesem Kommissar Lestrich. Und da habe ich noch eine Frage.«

Am anderen Ende der Leitung hörte Erich ein Räuspern. Es knackte. Dann war Stille.

»Herr Professor? Sind Sie noch dran?«, fragte Erich unsicher.

Er konnte seine Stimme als leichtes Echo in der Muschel des Hörers hören. Dann kam wieder die Stimme des Professors.

»Du weißt doch, Erich, dass ick alle Informationen nur den Anjehörigen und der Polizei jeben kann. Wenn du was wissen willst, dann wende dich an Lestrich.«

»Ich kann ihn nicht erreichen«, log Erich, »und die Frage ist auch ganz einfach. Wir wollten für die Beerdigung Geld sammeln. Sie wissen schon, für eine Anzeige und einen Kranz und Blumen. Und jetzt behauptet ein Kollege, er sei Jude gewesen. Wir wollen ja nicht mit einem großen katholischen Kranz bei einer orthodoxen Beerdigung auftauchen.«

In Wahrheit hatte Erich keine Ahnung, ob auf solchen Kränzen überhaupt religiöse Symbole sichtbar waren. Die wenigen Beerdigungen, an denen er in seinem Leben teilgenommen hatte, lagen lange zurück und waren nicht religiös gewesen.

»Junge, ick habe keine Zeit, dich in Trauerfeiern zu beraten, und wenn ick nich deinen Vater so jut kennen würde, dann hätte ick auch schon aufjelegt. Hast du ihn von mir jegrüßt?«

Giester versuchte ganz offensichtlich, das Gespräch in eine andere Richtung zu lenken.

»Nein, ich habe es gestern nicht mehr geschafft anzurufen. Aber am Wochenende werde ich ihm Ihren Gruß bestellen.«

Er kritzelte auf ein herumfliegendes Stück Papier eine Notiz, dass er unbedingt seine Eltern anrufen musste.

»Aber noch mal zurück zu Igors Beerdigung«, versuchte Erich das Gespräch wieder zurückzulenken.

»Dein Vater und icke, wir haben damals viel miteinander erlebt, wie?«, dozierte der Professor unbeirrt weiter.

»Dolle Sportskanone jewesen, der Fischer. Wir haben ihn damals ooch nur den roten Petrus jenannt. Der war ja ooch Fischer im Hauptberuf jewesen und hat dann später seine Netze nach den Menschen ausjeworfen. 55, Eisenhüttenstadt, das war was ...«

»Herr Professor, ich will ja nur wissen ...«

Aber Giester war nicht mehr zu stoppen.

»... nee, ditt kann dir dann ooch noch allet dein Vater erklären. Wie wir dann über die Leninallee zum Haus der Parteien und Massenorjanisationen sind ... da jab es deine Mutter noch jar nich ... Eisenhüttenstadt ... haben wir ooch alle mit Stolz daran mitjebaut ... das Kombinat ... Stalinstadt ... der ›Aktivist‹. Jibt es die Kneipe eijentlich noch? Das musst du deinen Vater auch unbedingt fragen ...«

Erich gab nicht auf.

»Wir haben gedacht, wenn Igor tatsächlich jüdischen Glaubens gewesen ist«, das Wort Jude fiel ihm aus irgendwelchen Gründen schwer, »dann müsste er doch beschnitten sein, oder? Und das können Sie mir doch sagen?«

Aber Giester schien ihm nicht zuzuhören.

»... das große Tor zum Kombinat haben wir ja dann leider nicht mehr jeschafft ... die Wohnkomplexe waren damals ja ooch noch nicht alle fertig ... aber zu tun jab es ja reichlich ... ick weeß noch, wie da die Stahlträger anjeliefert wurden für das Krankenhaus, die kamen mit dem Schiff ... Mordsarbeit, die ohne schweres Jerät auf die Laster zu kriegen ... jab ja keinen richtigen Hafen ... da hat die Planung aber funktioniert wie jeschmiert ... waren alle auf den Millimeter jenau beschnitten ... da war nichts mehr dran, was nicht dran jehörte ... passte allet janz jenau ...«

Erich stutzte.

»Das klingt ja alles sehr spannend, Professor, und die Stahlträger waren wirklich schon passgenau vorbereitet?«

Jetzt schien Giester endlich zuzuhören.

»Junge, ick hab es doch jesagt. Da war nichts mehr dran, was nicht dranjehörte ... perfekt beschnitten ... frag deinen Vater, welche Qualität das janze Material hatte ... haben uns auch die sozialistischen Bruderländer jeschickt ... heute sagt man wohl GUS-Staaten, wie?«

»Ich erinnere mich leider nicht mehr so genau daran, was mir mein Vater erzählt hat«, forderte Erich den Professor auf weiterzureden.

»Der Fischer wird alt, wer hätte das jedacht«, erwiderte der Professor. »Na denne muss ick ja, wie?«

Erich meinte, eine Spur von Erleichterung in seiner Stimme zu hören, dass er endlich auf das Thema des Professors eingegangen war.

»Das Material, im Kern eijentlich tadellos ... damit konnte man Häuser bauen, die hundert Jahre alt werden ... jesund, sozusagen ... ick bin keen Ingenieur am Bau, sondern Pfuscher am Menschen ... eijentlich ist mein Fach der Tod, wie?«

Er lachte kurz.

»Deshalb kenn ick die Fachausdrücke nicht ... jedenfalls wird dir dein Vater ooch erzählen, dass wir zuletzt, ditt war immer noch 55, an der Leninallee jearbeitet haben ... das Theater, tadelloser Bau, beschnittene Stahlträger, aber zuletzt dann die Materialien für das Äußere ... jar nicht in Ordnung waren die, sage ich dir ... ne, ick erinnere mich ... hätte dennoch jehalten, das Haus, aber die Lüftungsschächte ... da war viel Regen ... und die waren danach voll bis obenhin mit dem janzen Wasser ... Hat dann aber keiner mitbekommen ... Du weißt ja, damals ... die Bauleitung hat das mit den Materialfehlern unterdrückt ... durfte keiner drüber sprechen ... Aber jetzt ist das ja fast alles anders jeworden ... na wat ick jehört habe, auch nicht alles ... Die Renovierungsarbeiten plant dieselbe Bauleitung ... Pläne und alles haben sie ja noch ... und dazu jede Menge Fachwissen ...«

»Was wollen die denn da renovieren?«, hakte Erich nach.

Die Idee, eine marode Stadt wie Eisenhüttenstadt, strukturschwach und hässlich, zu renovieren, erschien ihm wirklich abwegig.

Die Antwort des Professors war nur kurz.

»Ditt kann dir der Fischer bestimmt alles erzählen. Der interessiert sich dafür. Ick muss hier jetzt arbeiten ... Wat ick jehört habe, fängt die Renovierung bald an ...«

Für einige Sekunden herrschte Schweigen in der Leitung, dann:

»Grüß mir den Fischer.«

Die Leitung war tot.

Gedankenverloren stand Erich auf und ging eine Zigarette rauchen. Das Büro hatte sich fast vollständig geleert.

Während er heißen Espresso schlürfte, überdachte Erich noch einmal das Gespräch. Falls eine geheime Botschaft in der Geschichte steckte, konnte ihm diese wohl nur sein Vater erklären. Wenn aber die Geschichte nur den Rahmen bildete, weil sie so unverschämt unverfänglich war, dann musste er die einzelnen Aussagen ins rechte Licht rücken.

Kurz entschlossen stand er auf und ging zum Telefon, das auf der Fensterbank stand. Er wählte die Nummer seiner Eltern und hörte nach kurzer Zeit das altbekannte schnelle Tuten. Seine Mutter tratschte bestimmt wieder mit ihrer Schwester in Gotha.

»Heyda, ich habe dich schon vermisst.«

Klaus schien abgespannt und müde, seine Haare klebten am Kopf, und er hatte dunkle Ringe unter den Augen.

»Puh, war anstrengend«, erklärte er Erich, als er sich ebenfalls eine Zigarette anzündete.

»Der Vorstand hält mich ganz schön auf Trab. Im Vertrieb hängt es. Die Absatzplanung war viel zu optimistisch. Und wer muss das ausbaden? Ich. Was gibt es Neues bei dir?«

Erich erzählte ihm von dem Telefonat mit dem Professor.

Eine Stunde lang blieben Erich und Klaus im Sozialraum sitzen und überlegten, was der Professor mit seinen Worten gemeint haben könnte. Sie wurden nur einmal für kurze Zeit gestört, als Moritz und seine Assistentin, eine dralle Rothaarige, auf eine Zigarette in den Raum kamen.

Wie selbstverständlich und ohne sich abgesprochen zu haben, wechselten Erich und Klaus das Thema. Leidenschaftlich diskutierten sie die Probleme, die in der Technik auftraten, wenn man ein System integrierte, das die Bewegung jedes Besuchers auf einer Internetseite verfolgte.

Als sie wieder allein waren, nahmen Erich und Klaus ihr Gespräch wieder auf, aber ohne weiterzukommen. Irgendwann blickte Klaus auf seine Uhr. Draußen war es stockfinster geworden. Nur schwach drangen die Lichter der Bezirke Friedrichshain und Treptow durch das trübe Wetter bis an das Fenster. Es hatte wieder angefangen, leicht zu schneien.

»Es ist jetzt nach sechs Uhr«, sagte Klaus. »Was machen wir als nächstes?«

Erich dachte an die Situation in der Pathologie. Kommissar Lestrich hatte den Professor davon abgehalten, ihm die Todesumstände mitzuteilen. Das mochte ganz normal sein, konnte aber auch etwas anderes bedeuten. Der Kommissar hatte ihm ansonsten nichts mitgeteilt, was den Tod von Igor näher erklären konnte.

Tappte die Polizei im Dunkeln oder wollte sie ihm keine Informationen geben? Auf jeden Fall schien sie den Tod mit einem kriminellen Hintergrund in Verbindung zu bringen. Warum eigentlich? Ihm fiel ein, dass er diesen Zusammenhang nicht von Lestrich, sondern aus der Zeitung hatte. Aber wenn er sich richtig erinnerte, hatte sich der Reporter in dem Artikel heute Morgen auf eine Angabe der Polizei berufen.

Ein schwacher Hoffnungsschimmer tauchte in Erichs Kopf auf. Zumindest schien es eine weitere Möglichkeit zu geben, etwas Neues herauszufinden.

»Wir gehen in mein Büro. Ich muss etwas nachsehen.«

Er stand auf, drückte den Rest seiner Zigarette in den Aschenbecher und ging auf den Gang. Im Büro setzte Erich sich vor den großen Bildschirm auf seinem Schreibtisch. Auch Klaus zog sich einen Stuhl heran. Mit einem Klick öffnete Erich seinen Explorer, wählte die Adresse der BZ, suchte in der Navigation den Menüpunkt ›Aktuelle Ausgabe‹ und klickte ihn an. In der Übersicht fand er, wonach er gesucht hatte: ›Unsere Stadt‹, der tägliche Kommentar der BZ. Er klickte auf den angezeigten Link und lehnte sich zurück.

»Lies das!«, forderte er Klaus auf.

Interessiert beugte Klaus sich vor und las den Text. Er nahm Erich die Maus aus der Hand und scrollte den Text nach unten. Hier war ein Link, der zu ähnlichen Inhalten führte. Klaus klickte ihn an und sah den Artikel, den Erich am Morgen gelesen hatte.

»Ach, schau an!«

»Ja«, bestätigte Erich, »daran haben wir noch nicht gedacht.«

»Woran?«

»Dass Igor vielleicht zur Russenmafia gehört.«

Klaus schaute Erich verwundert an. »Glaubst du das im Ernst? Ich meine, du siehst doch, in welcher Zeitung das behauptet wird. Die BILD ist linksalternativ dagegen.«

»Du übertreibst.«

»Ich übertreibe«, gab Klaus unumwunden zu.

Sie lehnten sich zurück.

»Okay«, begann Klaus von Neuem. »Da es so aussieht, als ob dieser Reporter mehr weiß als wir, sollten wir ihn fragen.«

»Und wie willst du das machen?«, erkundigte sich Erich. »Du hast ja nicht einmal seine Nummer.«

Schon hatte Klaus den Cursor wieder in Bewegung gesetzt. Flink schob er ihn auf die Navigation der Seite und klickte auf das Icon für das Impressum. Nach wenigen Sekunden erschienen Adresse und zentrale Telefonnummer der BZ.

»Et Voilà.«

Er griff zum Telefon, klemmte sich den Hörer zwischen Schulter und Kopf und angelte einen herumliegenden Stift und die Post-its aus einem Haufen Papier.

»Guten Abend«, hörte Erich ihn in die Muschel sprechen. »Mein Name ist Klaus Kühn, Equilic AG Berlin. Ich bräuchte die Durchwahl von einem Ihrer Mitarbeiter in der Redaktion, von Herrn Heister ... Ja, das ist auch gut, danke.«

Er sah Erich kurz an. »Misstrauisch sind die. Aber immerhin stellen sie mich durch.«

Am anderen Ende der Leitung tat sich für eine Weile nichts, bis Klaus wieder anhob zu sprechen.

»Hallo, mein Name ist Klaus Kühn, Equilic AG, ich muss dringend mit Herrn Heister sprechen ... Nicht da? Aber seine Handynummer können Sie mir bestimmt ... Nein?«

Seine Stimme wurde um eine Nuance lauter.

»Nein, nein, jetzt hören Sie mir zu! Ich habe wichtige Informationen für Herrn Heister. Und wenn Sie ... Wie ist Ihr Name doch gleich gewesen?«

»Gut, Frau Novitschek, Herr Heister wird auf alle Fälle nicht begeistert sein zu erfahren, dass Sie mir seine Nummer nicht gegeben haben. Schließlich geht es um den Toten gestern im Osthafen und die Russenmafia ... Ja, ja genau ... Ja, das können Sie gerne.«

Sein Gesicht entspannte sich. Die Stimme nahm wieder ihren melodischen, in Erichs Augen unverbindlich leeren Klang an.

»Das kann er gerne machen, wenn es innerhalb der nächsten fünf Minuten geht. Ja, die sage ich Ihnen gerne. Die Nummer ist 591 091 230. Danke.«

Er knallte den Hörer zurück auf den Apparat.

»Scheißvolontäre!«

Immerhin schien es so, als ob Klaus durch das Telefonat neue Energie bekommen hatte. Seine Augen funkelten, und das Gesicht hatte wieder mehr Farbe bekommen.

»Und?«, fragte Erich.

»Er ruft hier gleich zurück«, antwortete Klaus. »Die blöde Schnepfe sagt ihm jetzt Bescheid. Angeblich darf sie seine Nummer nicht weitergeben. Amateure.«

Es dauerte keine drei Minuten, bis es klingelte. Noch bevor Erich reagieren konnte, hatte Klaus sich den Hörer geschnappt.

»Kühn ... Herr Heister, einen Moment, ich stelle Sie auf laut, damit mein Kollege Sie auch hören kann.«

»... haben etwas zum Fall am Osthafen?«

Das Rauschen und Tuten im Hintergrund verriet, dass sich Heister in einer U-Bahn-Station aufhielt.

»Das ist richtig«, antwortete Klaus. »Wir sind Kollegen von Igor und recherchieren gerade die Hintergründe der Tat.«

»Dann los. Ich habe nicht viel Zeit.«

Die belegte Stimme von Heister schnarrte unangenehm durch den Lautsprecher.

»Im Gegenzug verraten Sie uns, woher Ihre Informationen stammen«, versuchte Klaus ihn festzunageln.

»Hören Sie, junger Mann, ein Heister gibt seine Quellen niemals preis. Das vergessen Sie lieber ganz schnell.«

»Können Sie sich denn dafür verbürgen, dass die Aussagen über Vlatovs Nähe zur Russenmafia korrekt sind?«, nahm Klaus einen weiteren Anlauf.

Am anderen Ende der Leitung hörten sie ein verächtliches Schnauben.

»Was glauben Sie eigentlich, wen Sie vor sich haben? Ich bin in dieser Stadt nicht unbekannt. Meine Arbeiten sind mit diversen Preisen ausgezeichnet worden. Man kennt mich. Also, erzählen Sie mir jetzt, was Sie für mich haben, oder ich leg sofort auf.«

Mit einer Handbewegung bat Erich Klaus aufzuhören, den Journalisten zu reizen.

Klaus verstand sofort. Er skizzierte in kurzen Sätzen, was alle in der Firma wussten, schmückte einige Sachen etwas aus und ließ am Schluss wie nebenbei fallen, dass Igor Jude war.

Nach den letzten Sätzen war Heister etwas nüchterner geworden.

»Sie erzählen mir nicht viel Neues«, sagte er. »Viele Mitglieder der Russenmafia gehen ihren Geschäften sozusagen nebenbei nach. Und dass dieser Vlatov Jude gewesen ist, passt auch gut ins Bild. Man darf es zwar nicht schreiben, aber es gibt einige Juden bei der Mafia. In den obersten Etagen, sage ich Ihnen.«

»Sie sind sich also sicher, dass die ganze Sache mit der Russenmafia zu tun hat?«

»Ich habe wirklich keine Zeit, junger Mann, Ihnen in diesem Augenblick einen Grundkurs über das organisierte Verbrechen in Berlin zu geben. Informieren Sie sich auf meiner Homepage. Dann sollten wir uns noch einmal treffen, um einige Details durchzusprechen von dem, was Sie mir gerade erzählt haben. Ich rufe Sie dazu wieder an.«

Die Leitung war tot, kaum dass Heister sein letztes Wort gesprochen hatte.

Arschloch, dachte Erich. Schon lag ihm eine Hasstirade auf der Zunge, doch er mäßigte sich. Stattdessen zog er die Tastatur zu sich und gab die Wörter ›Daniel‹, ›Heister‹ und ›Russenmafia‹ bei Google ein. Sofort erschien das Ergebnis. Über tausend Treffer, doch schon auf der ersten Seite der Suchergebnisse fand Erich, was sie suchten.

Unter www.daniel-heister-online.de bestätigte sich, was Erich über Heister gedacht hatte. Technisch war die Seite primitiv, sie stammte aus der Steinzeit des Internets. Interessanter waren die Texte unter der Rubrik ›Publikationen‹:

Der Pate
Von Daniel Heister

Der erste Eindruck täuscht. Oleg Sutzkever ist ein kleiner, rundlicher Mittvierziger mit freundlichen Augen und tadellosen Manieren. Er sitzt mir gegenüber an diesem runden Tisch in einem Separee der Kiew Bar in Berlin. Sutzkever ist entspannt. Er weiß, dass ich ihm nichts anhaben kann.

Das war ein großes Ärgernis, berichtet er mir. Damals, 1996, als ihn ein großes Münchner Verlagshaus wieder einmal verleumdet und als Pate der Russenmafia hingestellt hat. Nur gut, dass er den Prozess gewonnen hat. Ein Hoch auf die deutsche Justiz. Zur Wiedergutmachung musste der Verlag in seinen Publikationen ganzseitige Anzeigen schalten, in denen Sutzkever von jedem Verdacht freigesprochen wurde.

Sechs Jahre lang hat Sutzkever an der schönen blauen Donau residiert. Von Wien aus, der Drehscheibe internationaler Agenten im Kalten Krieg, hat er sein Firmenimperium geleitet. Dann war er eine Weile weg, jetzt ist er wieder in der österreichischen Hauptstadt. Die Verwaltung seiner Firmengruppe Sudex SA liegt in der Prinz-Eugen-Straße in Wieden, er selber residiert am feinen Wiener Ring, gleich gegenüber vom Rathaus.

In Berlin ist er nur geschäftlich. Einige der Tochterfirmen seines Imperiums besuchen und, ja, alte Freunde treffen. Er lächelt.

Auf den wenigen Fotos, die es von ihm gibt, lächelt Sutzkever nie. Er, der legendenumwobene Geschäftsmann aus Moskau, der innerhalb von wenigen Jahren das Imperium der Sudex SA schuf. 145 Firmen, achttausend Mitarbeiter in über dreißig verschiedenen Ländern »from scratch«, wie er in tadellosem Englisch mit britischem Akzent erklärt.

Er, der mittellose Sohn armer Eltern aus Riga, ist jetzt der Gebieter über mehrere Milliarden US-Dollar Umsatz. Seine Firmen sind im Ost-West-Handel engagiert: Düngemittel, Rohstoffe, Öl. Ein Bild zeigt ihn an der

Seite des ehemaligen US-Präsidenten Bill Clinton während eines Diners für Sponsoren der Demokratischen Partei. Er besitzt mehrere Staatsbürgerschaften und hat Einreiseverbot für Großbritannien, Kanada und Hongkong. Er hat es geschafft.
Nur die Gerüchte, die wird er nicht los. Seit Jahr und Tag sind ihm und der Sudex SA die Geheimdienste der westlichen Welt auf den Fersen. Von der amerikanischen CIA über den britischen MI-6 bis hin zum deutschen Bundesnachrichtendienst und zu Interpol reicht die Spanne seiner Beobachter. Was sie an Sutzkever interessiert, hört sich ganz anders an als das, was der charmante Herr in der Ecke der Kiew Bar erzählt.
Laut offizieller Lesart ist Sutzkever, der bereits mit 29 Prorektor an der Universität von Riga war, von interessierten Kreisen der KPdSU und des KGB in den Westen geschickt worden mit dem Ziel, die Sudex SA aufzubauen. Das Ziel dieser Operation: Die Rettung und Legalisierung des offiziell verschwundenen Parteivermögens der KPdSU. Immerhin ein Wert von geschätzten zwanzig Milliarden US-Dollar.
Sutzkever, vor dem Abflug nach Wien Direktor des Chemiekombinats Adazhi, tut, wie ihm aufgetragen. Er baut auf und wäscht, so die offizielle Leseart der Geheimdienste, das verschwundene Parteivermögen Stück um Stück sauber. Nebenbei arbeitet seine Firma auch für die amerikanische Rüstungsindustrie und liefert ein Exemplar des neuen russischen Luftabwehrsystems SS-300 in den Westen. Weiter sei die Sudex SA mit ihren Töchtern an Betrug, Waffenschmuggel, Drogenhandel, Prostitution und Menschenhandel beteiligt.

Am schwersten wiegt aber der Verdacht, dass über die finnische Tochterfirma von Sudex SA, die Beltec SA, kleinere Mengen russischen Plutoniums in den Westen geliefert wurden. Die Herkunft dieses Stoffes bleibt immer noch ein Rätsel. Gefunden wurde das Teufelszeug auf einem Schiff in der Ostsee, deren Charterer eben die Beltec SA war. Deklariert war es, sagen wir, gar nicht. Für die Sudex SA handelte es sich um die radioaktive Bestückung von Röntgengeräten, für die Nachrichtendienste im Westen um die Vorstufe zum illegalen Export atomaren Materials und eines Tages ganzer Atombomben aus dem Bestand der russischen Streitkräfte. Wie hoch ist der Preis für eine funktionierende Nuklearwaffe?
Oleg Sutzkever sitzt mir gegenüber in der Kiew Bar und lächelt. Kein Preis der Welt sei ausreichend, um eine derartige Bombe aus Russland herauszuholen, sagt er. Den Streitkräften im Osten gehe es schlecht, gibt er zu. Aber verkaufen? Wenn es in der Roten Armee etwas gibt, dann die Ehre. Kein russischer Soldat wird jemals eine solche Terrorwaffe aus der Hand geben, versichert Sutzkever und lächelt weise. Kennt sich der Mann wirklich so gut aus, wie es den Anschein erweckt?
Nein, beweisen konnte man ihm nie etwas, und für ihn gibt es auch nichts, was man ihm nachweisen könnte. Er ist doch nur ein erfolgreicher russischer »Businessman«. Ach ja, der einige alte Freunde in der Kiew Bar besucht, dem (un)heimlichen Zentrum von Berlin.

»Ich muss mal.«
Erich stand auf und verließ das Büro. Er wanderte den Gang hinunter und ging auf die Herrentoilette. Für einen Augen-

blick spürte er, wie ihm schwindelig wurde. Zu lange auf den Bildschirm zu starren und konzentriert zusammenhängende Texte zu lesen, war nicht seine Sache.

»Spannend,« sagte Klaus, als Erich zurückkam.

»Klingt nach Geld.«

»Viel Geld.«

Erich setzte sich wieder auf seinen Bürostuhl und schwang sich in eine komfortable Fünfundvierzig-Grad-Position. Er wollte schon den nächsten Artikel laden, als Klaus ihn unterbrach.

»Ich kann nicht mehr.«

Sein Gesicht hatte wieder die aschgraue Farbe angenommen, die es gehabt hatte, als er in den Sozialraum gekommen war.

»Also, was schlägst du vor?«, fragte Erich.

»Wir fragen den Reporter noch einmal?«

»Der wird uns nichts erzählen.«

»Wir fragen bei der Russenmafia, ob Igor für sie gearbeitet hat?«

Diese Frage hatte Klaus nicht ernst gemeint. Aber sie brachte Erich auf eine Idee. Warum sollten sie nicht jemanden fragen, der sich in der Szene auskannte? Schließlich hatten sie nichts mit all den Verbrechen zu tun, die in den Artikeln der Russenmafia zugeschoben wurden. Sie waren keine Gefahr, sondern nur auf der Suche nach einem möglichen Bekannten von Igor. Und wenn sie nichts herausfinden würden, dann war das zumindest ein kleiner Hinweis darauf, dass Igor nichts mit diesen Leuten zu tun hatte.

»Ich rufe nachher noch einmal diesen Kommissar an und frage ihn, ob er etwas Neues herausbekommen hat«, sagte Erich plötzlich. »Und dann sehen wir nach, ob Igor in seinem Outlook irgendwelche Mails und Adressen hat, die uns weiterhelfen.«

»Das geht nicht«, unterbrach ihn Klaus mit leiser Stimme. »Die Bullen haben Igors Computer zur Beweissicherung mitgenommen, als du schon auf dem Weg in die Charité warst. Hat dir das keiner erzählt? Die waren doch mit fünf Leuten hier im Büro und haben noch mal nach Beweisen gesucht.«

Stumm wies Klaus auf den leeren Platz von Igor. Tatsächlich, Erich war den ganzen Tag nicht aufgefallen, dass unter dem Schreibtisch kein Computer stand. Bildschirm und Tastatur hatte das Team der Spurensicherung nicht angetastet. Der Computer aber war weg.

»Scheiße, das hat mir keiner erzählt.«

Nach einer kurzen Pause fuhr er fort.

»Was sie aber nicht mitgenommen haben, ist der E-Mail-Server.«

Klaus schaute verständnislos.

»Der E-Mail-Server ist doch noch da«, wiederholte Erich. »Alle eingehenden Mails werden nicht direkt auf die einzelnen Computer im Netzwerk geschickt, sondern landen erst einmal auf einem eigenen Server. Der heißt bei uns Mehlkiste.«

Die Administratoren der Firma liebten es, den vielen Servern völlig unsinnige Namen zu geben, die sie allein lustig fanden.

»Das ist sozusagen der Hauptbriefkasten, von dem aus die E-Mails ihren Empfängern im Netzwerk zugestellt werden«, fuhr Erich fort. »Wenn ein Rechner im Netz ausgestellt ist oder das Outlook nicht läuft, dann speichert die Mehlkiste alle E-Mails artig zwischen, verstehst du?«

»In Ansätzen.«

»Das reicht auch«, sagte Erich.

Technisch war Klaus eine Null.

»Auf jeden Fall haben die Bullen den Computer mitgenommen, das war wann?«

Klaus überlegte eine Sekunde.

»Kurz nachdem du gegangen bist, ist ein Spurensicherungsteam gekommen. So sahen sie jedenfalls aus. Arbeitsanzüge, Weiß und Blau. Etwas mürrische Gestalten, die keinen Ton gesagt haben. Gegen elf haben die was rausgetragen. Als du wiedergekommen bist, waren sie schon weg.«

Erichs Augen leuchteten.

»Das bedeutet, dass Igors Outlook seit Dienstagabend keine E-Mails mehr abgeholt hat. Seitdem hat sich keiner über seinen Account eingeloggt.«

Klaus wurde wieder wach.

»Klasse, wo steht der Server?«

»Im Serverraum.«

Erich wollte Klaus nicht erklären, dass sie die Mehlkiste über jeden Computer ansteuern konnten.

»Aber wir müssen damit bis Montag warten.«

»Wie? Warum Montag?«, fragte Klaus ungeduldig.

»Die Mehlkiste ist geschützt. Und die Passwörter haben nur unsere Administratoren.«

»Wie wäre es, wenn wir stattdessen versuchen, direkt jemanden von der Russenmafia nach Igor zu fragen?«

»Sehr gut. Ich weiß auch schon wo.«

Klaus sprang auf, nahm die Maus und klickte den Artikel an, den sie auf der Seite von Heister gelesen hatten.

»Und zwar ... wir haben doch in den Artikeln mehrmals diese Kiew Bar gefunden. Die ist ziemlich bekannt in manchen Kreisen. Wenn, dann können wir da etwas herausbekommen. Und zwar direkt beim Besitzer. Das ist dieser ...«, er nahm wieder die Maus in die Hand und klickte auf einen der Links für die Artikel von Heister. »Richtig, hier. Das ist dieser Lew Loutchanskij. Den nehmen wir uns vor. Ich schlage vor, wir treffen uns dort«, er sah auf seine Uhr, »um kurz nach zehn. Einverstanden?«

Klaus schien es plötzlich eilig zu haben. Hastig schob er sein Hemd in die Hose und stürmte aus dem Büro. »Südausgang Olympiastadion, wir sehen uns … Um zehn …«

Allein im Büro blickte Erich auf die Uhr des Telefons. Er nahm den Hörer und wählte die Nummer des chinesischen Imbisses an der S-Bahn-Station gegenüber. Man kannte ihn dort, und für ein gutes Trinkgeld lieferte die Serviererin die Bestellung ins Büro.

Nach dem Essen versuchte Erich seine Eltern zu erreichen. Aber dort ging keiner an den Apparat. Ebenso verhielt es sich mit Tanja. Schließlich rappelte er sich auf, nahm seine Jacke und machte sich auf den Weg zur S-Bahn.

×××

Je näher sie dem Stadion kamen, desto stärker wurde die Stimme des Kommentators aus dem Lautsprecher untermalt durch das Raunen der fünfundvierzigtausend Zuschauer, das durch die geöffnete Fensterscheibe in den Wagen drang. Wie eine riesige Traube aus Licht leuchtete das Stadion vor dem Abendhimmel.

Um sicher zu gehen, dass er die Kiew Bar gleich finden würde, hatte sich Erich am Zoo ein Taxi genommen. Der Mercedes, dessen Zeitwert lange überschritten war, stank nach Schweiß und altem Rauch.

»Zwölf Euro achtzig«, sagte der Fahrer.

Das Haus gehörte zur Gesamtanlage des Olympiageländes und war umgeben von kahl aufragenden Bäumen. Auf einem großen Parkplatz gegenüber standen einige Limousinen. Eine kurze Schlange, viele junge Frauen darin, hatte sich vor der Eingangstür mit einer kleinen Klappe auf Sichthöhe gebildet. Die Fenster rechts und links neben dem Eingang bestanden aus schwarzem, undurchsichtigem Glas. Auf einem Schild über dem Eingang stand in roter Neonschrift der Name der Bar.

Erich bezahlte, stieg aus und schaute sich zögerlich um.

»Wann macht die Bar auf?«, fragte Erich das Mädchen direkt neben ihm.

Sie wandte sich zu ihm um und sah ihn an. Sie hatte tiefschwarze, lange Haare, die sie offen trug. Große schwarze Augen stachen von der schneeweißen Haut ab. Bekleidet war sie mit einem dunklen Mantel, der Erich für die Jahreszeit zu dünn schien.

»Zehn Uhr«, sagte sie und trat einen kleinen Schritt näher an ihn heran. Jetzt prickelte ihr duftendes Parfüm in seiner Nase. Sie war Russin. Und sie war wunderschön, kaum älter als zwanzig Jahre.

Erich seufzte und trat aus der Schlange in den Schatten des Hauses.

Sie lächelte ihm hinterher. Erich drehte sich zum Parkplatz um. Waren alle Mädchen in der Schlange Nutten?, fragte er sich. So sahen sie eigentlich nicht aus. Aber was wusste er schon?

Die meisten waren jung und sehr gepflegt, sie wirkten fast edel. Anders als die Nutten in der Oranienburger oder in der Straße des 17. Juni. Aber was sollte das hier anderes sein, das Bild passte ja zusammen: Die Autos auf dem Parkplatz waren groß, schwer und dunkel lackiert. Sogar einen Maybach sah er in der Dunkelheit stehen. Jetzt erkannte Erich auch, dass in allen Autos Menschen saßen. Allein oder zu zweit warteten sie im Dunkeln, verraten lediglich durch ihre finsteren Schatten und das Glühen der einen oder anderen Zigarre.

Kurz vor zehn öffnete sich die Tür unter der Neonschrift. Der warme Schein aus dem offenen Eingang tauchte die inzwischen angewachsene Menschenschlange in ein surreales Licht. Unter dem Dampf ihres Atems in der Kälte und dem Qualm der Zigaretten schoben sich die Wartenden in den Eingang. Dann klapperten die Türen der Autos.

Jetzt kamen die schweren Jungs. Unterschiedlichen Alters, geschmückt mit schweren Ringen, goldenen Ketten und teuren Uhren marschierten sie zielbewusst auf den Eingang zu. Wenn sie neben den dunkelblauen oder schwarzen Dreiteilern noch etwas gemeinsam hatten, dann war es das offensiv zur Schau gestellte Selbstbewusstsein in den harten Gesichtern. Sie waren es gewohnt, zu kämpfen und nicht zu teilen.

Keiner in der Schlange protestierte, als die Männer, ohne auf die Wartenden zu achten, im Eingang der Kiew Bar verschwanden.

Als Erich an die Tür kam, wurde ihm schnell klar, dass er nicht so leicht in die Bar kommen würde. Am Eingang saßen drei junge Russen, denen Erich nicht einmal am hellen Tag auf dem Alexanderplatz begegnen wollte. Stiernackige, bullige Mittzwanziger mit kurz geschorenen Haaren und Oberkörpern aus dem Sportstudio. Mürrisch schauten sie Erich an. Es war offensichtlich, dass er mit seiner speckigen Winterjacke, den alten Jeans und Turnschuhen nicht hierher passte.

»Privatclub«, sagte einer, »nur mit Einladung.«

»Ich bin verabredet«, entgegnete Erich und versuchte, möglichst gelangweilt auszusehen.

Vielleicht sollte er jetzt einen größeren Schein zücken, überlegte er.

»Mit wem, mein Freund?«, fragte ihn der Russe abschätzig.

Bevor Erich antworten konnte, drehte sich der Kassierer plötzlich um. Aus dem Halbdunkel tauchte die Gestalt der jungen Frau auf, die Erich zugelächelt hatte. Sie diskutierte kurz mit den drei Türstehern.

»Da, da«, waren die einzigen Worte, die Erich heraushörte.

»Hundert Euro«, war das Nächste, was er verstand.

War das der reguläre Eintritt oder eine Strafe für ihn?

Er zog das Geld aus der Tasche und legte es auf den Tresen. Wie gut, dass er am Zoo noch Geld gezogen hatte. Im Gegenzug erhielt er einen kleinen Stempel, einen Delfin, auf seinen rechten Handballen und zwei Plastikchips als Getränkemarken. Seine schöne Helferin erwartete ihn hinter dem Tresen.

Rauch, zuckende Lichter und schnelle Technomusik empfingen die beiden. Auf der Tanzfläche bewegten sich einige der Mädchen; an der Bar und an den kleinen Tischen saßen die Männer mit ihren ersten Drinks und schauten zu. Die schöne Russin steuerte auf einen freien Hocker an der Bar zu. Sie lächelte.

»Möchtest du mich auf einen Drink einladen? Das ist schon bezahlt.«

Mit einer Kopfbewegung wies sie auf die Plastikchips in seiner Hand.

»Klar, was willst du?«

»Martini Cocktail«, antwortete sie und lächelte Erich weiter an. »Mein Name ist Irina, und deiner?«

Er stellte sich neben sie und winkte nach dem Barkeeper.

»Erich«, sagte er. »Danke noch mal, dass du mir geholfen hast, das war sehr nett.«

Irina legte ihre Hand auf Erichs Unterarm. Sofort spürte er wieder dieses angenehme Kribbeln in der Magengegend.

»Ich dachte, wir könnten uns besser kennen lernen.«

»Ein Martini Cocktail und ein Bier«, versuchte Erich das Gespräch abzulenken, als ihn endlich der Mann hinter dem Tresen bemerkt hatte.

»Du bist sehr lieb«, fuhr Irina fort und drückte ihren Oberkörper leicht an Erich.

Er spürte ihre Brüste an seinem Rücken. Langsam wurde er richtig nervös.

Die Getränke kamen. Als sich Erich mit ihrem Glas in der Hand zu ihr umdrehte, musste sie ihre Stellung an seiner Schulter aufgeben. Mit einem strahlenden Lächeln nahm sie ihm das langstielige Glas ab.

»Trinken wir darauf, dass wir uns kennen gelernt haben.«

»Ja, trinken wir. Und dann sagst du mir, warum du mir hier reingeholfen hast«, antwortete Erich.

»Du bist anders als die da.«

Sie deutete auf die anderen Männer an der Bar, die still die Tanzfläche fixierten und ihre Auswahl für den Abend trafen.

Das bin ich, aber bist du auch anders als die da?, dachte Erich und blickte auf die Tanzfläche, wo sich inzwischen zahlreiche Mädchen gelangweilt zum Technosound aus den Boxen bewegten. Und wenn du anders bist, was machst du in diesem Laden?

»Ich pass wohl nicht so recht hierher und such auch nur jemanden«, versuchte Erich eine Erklärung.

»Und du hast mich gefunden«, lächelte Irina und nahm wieder ihre Position an seiner Schulter ein. »Möchtest du mit mir tanzen?«

Schon der Gedanke jagte Erich den Schweiß auf die Stirn. Er war allenfalls darauf vorbereitet, in eine dunkle Kneipe zu gehen, wo sich auf verschlissenem Mobiliar undurchsichtige Gestalten unterhielten und in den Hinterräumen gestohlene DVD-Spieler lagerten. Was Klaus und er über die Russenmafia gelesen hatten, hatte er für übertrieben gehalten. In der Kiew Bar aber sah er, dass jedes Wort wahr war. Ein Edelambiente mit Bankern und Mädchen, die aussahen, als kämen sie geradewegs aus den teuren Geschäften am Kurfürstendamm. Es würde keine Minute dauern, und er hätte sich mit seiner plumpen Art beim Tanzen zum Gespött aller Gäste gemacht.

»Ich mag die Musik nicht.«

»Magst du mich ein bisschen?«, flüsterte Irina in sein Ohr.

Sie drückte sich noch ein Stück enger an ihn, so dass Erich die Wärme ihres Atems in seinem Nacken spürte. Ihm zitterten die Knie.

»Klar«, brummte er und versuchte, seine Bierflasche zu erreichen.

Jetzt zitterten auch seine Hände.

»Wenn du mich wirklich magst«, säuselte es weiter in seinem Kopf, »können wir ...«

Ein heftiger Schlag auf die andere Schulter ließ Irinas Satz unvollendet. Neben ihm stand Klaus. In Nadelstreifenanzug, mit Rolex und zurückgekämmten Haaren sah er genau so aus, als wäre das Kiew seine Stammkneipe. Er war bester Laune.

»Mensch, Erich, kaum lässt man dich für eine Minute allein, und schon gräbst du die schönste Frau im ganzen Kiew an. Wie machst du das nur?«, lachte Klaus auf ihn ein. »Und willst du uns nicht vorstellen? Vielleicht hat sie eine gute Freundin?«

Elegant schlängelte Klaus sich um ihn herum zu Irina und flüsterte ihr etwas ins Ohr. Erich sah, wie sich ihr Gesicht aufhellte. Sie kicherte, und er spürte, wie sie sich noch enger an ihn schmiegte. Langsam stellte sie ihr Cocktailglas ab, klaubte mit ihren schmalen Fingern die Olive heraus, lachte Erich zu und ging auf die Tanzfläche.

»Sie mag dich«, sagte Klaus und lächelte. »Auch wenn ich das nicht verstehe. Anyway, hast du schon unsere Kontaktperson gesehen?«

Er schaute sich um und musterte die Männer an den Tischen und an der Bar. Erich war noch nicht auf die Idee gekommen, Lew Loutchanskij zu suchen.

»Dort, der könnte dieser Lew irgendwie sein, findest du nicht?«

Klaus wies auf einen Mann, der am anderen Ende der Bar stand. Er war klein, hatte schütteres, blondes Haar und ein rundes, weißes Gesicht. Seine schwarze Hose und das schwarze Hemd betonten die blasse Haut. Eine schwere goldene Kette verschwand im Ausschnitt des Hemds.

»Lew?«, fragte Klaus fast nebenbei den Barkeeper.

Er blickte von seiner Arbeit auf.

»Ist das Lew?«, fragte Klaus und deutete auf den anderen Mann.

Der Barkeeper schaute ihn an. »Kann sein.«

Er war noch jung und schien nicht viel mehr Deutsch zu verstehen als die Namen der diversen Drinks, die er mixte. In seinem linken Ohr steckte ein Knopf in Form eines kleinen, goldenen Totenkopfs.

»Ich muss ihn sprechen. Geschäftlich.« Bei dieser Bemerkung griff Klaus in seine Hosentasche und holte eine silberne Klammer heraus, die diverse Scheine zusammenhielt. Er zog den oberen Schein ab und legte ihn auf den Tresen. Der Barkeeper nahm den Schein und wandte sich ab. Erich und Klaus konnten sehen, wie er zu dem Mann am anderen Ende der Bar ging und diesem etwas ins Ohr flüsterte.

»Du hier warten, später kommen Lew, jetzt keine Zeit«, sagte er. »Noch etwas trinken? Geht auf das Haus.«

Bevor einer der beiden antworten konnte, hatte der Barkeeper ihnen neue Flaschen hingestellt.

»Was ist das für ein Laden?«, wandte sich Erich an Klaus, der sich offensichtlich auszukennen schien.

Die Musik war wieder lauter geworden.

»Das ist die neue deutsch-russische Freundschaft«, rief Klaus zurück. »Der Laden ist bekannt für sein Publikum. Du willst ein Geschäft machen, etwas aus Russland oder einem der anderen GUS-Staaten importieren oder vielleicht beim Zoll sparen? Dann findest du hier die richtigen Kontakte, heißt es. Wenn du etwas kaufen willst, dann bist du hier richtig. Hauptsache, du hast Geld und keine Angst davor, dass es keinen Kaufvertrag mit Unterschrift und Geschäftsbedingungen gibt.«

»Das ist doch ein Puff hier«, schimpfte Erich ihm ins Ohr.

»Nein«, entgegnete Klaus. »Alle Frauen, die hier sind, tun das auf eigene Rechnung. In der Regel sind sie auch nicht darauf angewiesen, sich zu prostituieren. Nicht ausgeschlossen, dass sie es trotzdem machen, aber in der Hauptsache geht es um etwas anderes, nämlich um eine dauerhafte Aufenthaltserlaubnis in Deutschland oder auch weiter westlich.«

Erich schaute ihn verblüfft an. Er hatte noch nicht verstanden.

»Die meisten Frauen hier wünschen sich ein Leben im Westen. Sie beschaffen sich Touristenvisa oder kommen für einige Monate als Studentinnen hierher. Dann beginnt für sie die Jagd. Wer es auf die lange Tour versucht und sich zum Beispiel an den Universitäten in Berlin herumtreibt, der findet vielleicht mit viel Glück einen gleichaltrigen Deutschen, sie verlieben sich ineinander, heiraten und werden glücklich. Die Chance, dass es so romantisch wird und funktioniert, ist aber unter eins zu tausend. Die Chance, dass der Geliebte sich nach dem Ende seines Studiums nicht als karrieretechnische Niete herausstellt, ist nicht einmal zu kalkulieren.«

Er nahm einen Schluck.

»Also ist es doch besser für die Mädels, sich an diejenigen Männer zu wenden, die zumindest eines erreicht haben: Geld. Und hier ist der Marktplatz, auf dem dieser Austausch zwischen Angebot und Nachfrage stattfindet. So viele Geschäftsleute findet man selten auf einem Haufen. Die Infrastruktur ist ideal, der Besitzer und alle Mitarbeiter sind Russen. Er schätzt die Mädchen als zusätzlichen Anreiz für seine Bar, solange sie ihren Stil bewahren und keine offene Prostitution versuchen. Ich denke, die Männer hier schätzen es ganz besonders, dass die Mädchen es ihnen nicht leicht machen.«

Dozierend hob Klaus eine Hand und wies in den Raum.

»Im Puff ist das Geld die alles entscheidende Währung. Wer zahlt, fickt. Hier fließt zwar auch Geld, aber die Mädchen entscheiden, ob ihnen das Geld genug ist oder ob sie es für kein Geld der Welt machen würden. Dadurch sind die Männer gezwungen, sich über ihr Portemonnaie hinaus zu engagieren. Gleichzeitig stehen sie in Konkurrenz zueinander. Wenn man also das ganze feldanalytisch sieht, dann müssen die Männer alle Kapitalsorten, die sie haben, in die Waagschale werfen, um sich möglichst gut zu positionieren. Die Mädchen hier sind keine Nutten. Wenn sie dich einladen, mit ihnen zu reden, dann spendiere ihnen den Drink, den sie haben wollen. Wenn sie mit dir rausgehen wollen, dann frag vorher nach dem Preis. Wenn sie einen Preis nennen, dann biete die Hälfte, und ihr einigt euch bei zwei Dritteln. Wenn du willst, kannst du dich gerne mit einer über Software unterhalten. Ich bin sicher, es gibt hier einige Informatikerinnen.«

Wie zum Beweis winkte Klaus Irina zu, die sich auf der Tanzfläche unterhielt. Sie kam kichernd mit einer anderen Frau zu ihnen herüber.

»Irina«, fragte er, »was machst du tagsüber?«

»Ich studiere Biologie an der TU.«

»Und deine Freundin? Ist sie zum ersten Mal hier?«

»Anna lernt Hotelfachfrau im Adlon.«

»Und was wollt ihr hier?«, ließ Klaus nicht locker.

»Uns amüsieren«, antwortete Irina.

»Es ist Freitag, und hier treffen wir unsere Landsleute. Außerdem treffen wir immer wieder nette Menschen wie euch.« Bei diesen Worten schaute sie Erich tief in die Augen. »Habt ihr noch etwas zu trinken für uns?«

Ohne zu zögern schob Klaus einen Schein in Annas Ausschnitt. Mit gespielter Empörung schlug sie Klaus auf die Hand, hauchte ihm etwas ins Ohr und winkte.

»Bis später.«

Erich wusste einen Augenblick lang nicht, was ihn mehr aufregen sollte; dass Klaus sich verhielt wie ein Zuhälter oder dass den Mädchen sein Verhalten gefiel.

»Du benimmst dich wie der letzte Mafioso«, schrie er Klaus ins Gesicht.

Blitzschnell hatte Klaus ihn an der Jacke gepackt und seinen Kopf zu sich gerissen. Fast schmerzhaft, so dicht war Klaus an seinem Ohr, hörte er ihn flüstern.

»Wenn du nicht gleich alles kaputtmachen willst, dann halt sofort deine Fresse!«

Erich versuchte vergeblich, seinen Kopf aus dem Griff zu befreien.

»Hör zu, ich sage das jetzt nur einmal. Du bist hier mitten im Lager deines Gegners, und du benimmst dich wie der letzte Idiot. Niemals, ich wiederhole, niemals benutzt du noch einmal in dieser Lautstärke Wörter wie ›Mafia‹, ›kriminell‹, ›illegal‹ oder sonst etwas Negatives, verstanden?«

Sein Griff wurde lockerer und Erich konnte sich befreien.

»Um uns herum sind Leute, die wissen, was sie tun. Vielleicht wissen sie auch, dass es nicht legal ist. Was sie aber nicht wissen, ist, dass wir ihre Art von Geschäften nicht mitmachen, und das soll auch so bleiben, sonst können wir gleich gehen.«

»Und trotzdem finde ich, wie du mit den Mädchen umgehst ...«, versuchte Erich eine schwache Gegenattacke.

»Ist genau so, wie sie es hier erwarten«, beendete Klaus den Satz. »Und außerdem bezahle ich heute Abend. Solange wir auf diesen Lew warten müssen, kannst du also Spaß haben.«

Für die nächsten Stunden amüsierten sich die beiden. Erich trank noch drei Bier an der Bar und rauchte. Klaus wechselte zu Mai Thais und B 52s. Er tanzte abwechselnd mit Irina, Anna und anderen Mädchen, denen er immer neue Getränke bezahlte. Die Stimmung im Kiew wurde besser. Die Musik wechselte auf Pop aus den Achtzigern. Irina versuchte mehrere Male vergeblich, Erich in ein Gespräch zu verwickeln. Anna tanzte pausenlos und lächelte die Welt aus großen Augen an.

»Boss jetzt Zeit, da drüben.«

Es war halb zwei, als der Barmann sie wieder ansprach. Er wies auf eine der Nischen an der Längsseite des Raumes. Auf einem der Stühle saß Lew.

»Bitte schön, meine Freunde. Was trinken Sie?« Er sprach ausgezeichnet und akzentfrei Deutsch.

»Ein Geschäftsfreund hat das Kiew empfohlen«, begann Klaus das Gespräch. »Wir suchen Hilfe für ein, sagen wir, Sicherheitsproblem. Konkreter geht es um den Schutz von Daten. Unser Geschäftsfreund sagt, dass wir hier Spezialisten finden könnten, die, na ja, optimale Software programmieren.«

Der Russe überlegte eine Sekunde und erwiderte dann: »Ich kann Ihnen dabei nicht helfen.«

»Wir haben auch einen Namen bekommen«, versuchte es Klaus weiter. »Angeblich ist ein gewisser Herr Vlatov öfter hier. Ein Spezialist auf dem Gebiet.«

Die Nennung des Namens bewirkte keinerlei Veränderung bei Lew.

»Ich kann Ihnen nichts versprechen, aber ich werde einige meiner Gäste nach ihrem Kontakt befragen.« Er sah die beiden abschätzig an. »Wo erreiche ich Sie?«

»Unter meiner Handynummer jederzeit«, sagte Klaus und gab ihm eine Visitenkarte. »Wo wir das erledigt haben, Herr Lew, hätte ich noch eine, sagen wir, eher private Angelegenheit.«

»Gefallen Ihnen die Mädchen in meinem Laden nicht?«

»Das Angebot ist fantastisch, und die Mädchen sind charmant und liebenswert. Ich frage mich nur, ob Sie auch über die Herkunft Ihrer Gäste Bescheid wissen.«

»Wünschen Sie die Bekanntschaft mit einem Mädchen, dass aus einem exotischen Land kommt?«, fragte Lew zurück. »Einige kommen von weit her.«

Lew machte eine Geste, die Klaus seine Diskretion zusicherte.

»Gut, haben Sie zufällig eine Jüdin?«

Lew presste die Lippen aufeinander, und seine Augen verzogen sich zu Schlitzen. Dann fing der Russe schallend an zu lachen.

»Entschuldigen Sie mich«, brachte er hervor. »Ihr Deutschen seid immer wieder für eine Überraschung gut. Erst werft ihr eure Juden ins KZ, dann macht ihr Europa gründlich judenfrei, und jetzt könnt ihr ohne uns keinen hochkriegen.« Er beruhigte sich nur langsam. »Mein lieber Freund, das gefällt mir.« Er hob sein Glas vom Tisch und prostete Klaus zu. »Will sehen, was ich für sie tun kann.«

Er bahnte sich mit Leichtigkeit einen Weg über die Tanzfläche und stieg auf das Podest am hinteren Ende des Raumes, auf dem der DJ stand. Von hier aus hatte man die Tanzfläche und den größten Teil des Kiew im Blick. Nach kurzem Suchen deutete er auf einen Tisch schräg vor dem Ausgang, an dem einer der älteren Anzugträger saß und intensiv auf eine Frau in einem schwarzen Cocktailkleid einredete. »Ich glaube, lieber Freund, sie haben heute kein Glück. Das ist Judit, und ich kann für ihre Herkunft garantieren. Sie kommt seit kurzer Zeit hierher und ist sehr wählerisch. Und es scheint, als ob dieser Gast bereits sein Interesse angemeldet hat.«

»Das letzte Wort ist noch nicht gesprochen«, entgegnete ihm Klaus und fixierte die Personen am Tisch.

Judit war älter als die meisten anderen Mädchen im Kiew, wahrscheinlich Ende zwanzig, und zierlich gebaut. Ihre schulterlangen Haare waren, wie es in der trüben Beleuchtung des Kiew erschien, rötlich und leicht gewellt. Ihre Haut schimmerte hell und mit einiger Mühe konnte man auf ihren Armen und im Gesicht blasse Sommersprossen entdecken. Aus dem ebenen Gesicht stachen ausdrucksstark die vollen, dunkelrot geschminkten Lippen hervor.

»Was soll das alles, Klaus?«, fragte Erich. »Wir stecken in einer Sackgasse, und was machst du? Erst schleuderst du ein Heidengeld herum und jetzt willst du noch mehr Frauen kennen lernen?«

»Wegen des Geldes musst du dir keine Sorgen machen. Wofür haben wir die geheime Kriegskasse von Equilic?« Bei diesen Worten musste Klaus grinsen. »Die Ausgaben setze ich am Montag locker als Geschäftsessen ab. Und die Sache mit dem Mädchen mache ich auch nicht nur zum Spaß. Wir wissen doch, dass Igor Jude war, oder? Es ist doch konsequent, wenn wir die jüdische Spur verfolgen. Wenn hier jemand etwas über Igor weiß, warum dann nicht einer seiner Religionsgenossen? Wenn wir so etwas herauskriegen, gut. Wenn nicht, dann tritt der Alternativplan in Aktion.«

»Was meinst du jetzt schon wieder?«

»Spaß und unkontrollierten, leidenschaftlichen Sex. Und der ist mit einer Jüdin richtig geil, sage ich dir. Ich spreche da aus sehr guter Erfahrung.«

Erich wurde blass vor Zorn. Angewidert blickte er Klaus an. Klaus sah ungerührt wieder zu dem Tisch mit den beiden Gestalten. Judit schien sich angeregt zu unterhalten. Mehrmals lächelte sie, und ihre weißen Zähne blitzten unter den vollen Lippen hervor. Sie trank Mineralwasser.

Der Mann, offensichtlich nicht mehr ganz nüchtern, hatte sein Hemd mitsamt Krawatte geöffnet und hielt sich an einer großen Zigarre fest. Zielgerichtet steuerte Klaus den Tisch an und beugte sich zu ihr, ohne den Mann eines Blickes zu würdigen. Erich sah, wie sie leicht den Kopf schüttelte. Unverrichteter Dinge kehrte Klaus zu Erich zurück.

Es dauerte nicht lange, dann stand der Mann auf und wankte in Richtung Toilette. Kurz danach erhob sich die Frau und kam zu ihnen.

»Was wollt ihr.«

Erich schwieg. Das war nicht sein Spiel. Klaus führte das Wort.

»Informationen. Zum Beispiel deinen Namen.«

»Judit.«

»Hallo, Judit. Das ist Erich, und ich heiße Klaus.«

Sie drängte sich an ihnen vorbei und winkte den Barkeeper heran. Ohne zu fragen, stellte er ihr eine neue Flasche Mineralwasser auf den Tresen.

»Und?«

Sie nahm einen Schluck aus der Flasche und stellte sie wieder zurück auf den Tresen.

Klaus erzählte seine Geschichte mit dem Computerspezialisten und dass Lew meinte, sie müsse Igor kennen.

Teilnahmslos blickte sie ins Leere, während Klaus auf sie einredete. Seine Visitenkarte nahm sie und steckte sie achtlos in ihre Handtasche. Dann blickte sie die beiden an.

»Ich kenne Lew«, erklärte sie mit ruhiger Stimme. »Er würde niemals jemanden weitervermitteln und schon gar nicht an eines der Mädchen. Warum dieses idiotische Versteckspiel? Seid ihr von der Polizei, oder wollt ihr Ärger machen? Was wollt ihr?«

Ihr Deutsch war makellos. Mit einem abschätzenden Blick schaute sie an den beiden herunter. Erich wurde schlagartig bewusst, dass er mit seiner Jacke und den Jeans genau so aussah, wie die unauffälligen Zivilfahnder der Berliner Polizei, über die sie in der Hausbesetzerszene so viel gelacht hatten. Ihm fehlte nur noch der Schnurrbart, um perfekt in das Bild des auffällig unauffälligen Bullen zu passen. Aber vielleicht wahren die letzten Schnauzer inzwischen sogar bei der Berliner Polizei ausgestorben?

»Entschuldige, dass wir dir Scheiße erzählt haben«, mischte sich Erich in das Gespräch ein. »Du hast Recht, Lew hat uns nichts gesagt, und wir machen auch keine Geschäfte.«

Zornig blickte Klaus ihn an. Ihm passte es nicht, dass seine schöne Geschichte gerade von Erich umgeworfen wurde.

»Und von der Polizei sind wir auch nicht«, setzte Erich seine Erklärung fort. »Wir sind Kollegen von Igor und suchen ihn.«

Wie zur Bestätigung zog Erich jetzt seine Brieftasche heraus und gab ihr seine Visitenkarte, die sie ebenso unbeachtet in ihrer Handtasche verschwinden ließ.

»Und?«, fragte sie weiter.

»Igor ist verschwunden«, log Klaus.

»Und?«

»Und wir hatten gehofft, dass du ihn vielleicht kennst und weißt, wo wir ihn finden können?«

Klaus klang gereizt.

»Nein, ich kenne ihn nicht.«

»Weißt du vielleicht, wen wir hier noch fragen könnten«, versuchte es wieder Erich.

»Nein.«

Ohne sich umzudrehen, ging sie zurück zu dem Tisch, an dem der andere Mann wieder Platz genommen hatte. Als ob nichts geschehen wäre, setzten die beiden ihre Unterhaltung fort.

Erich war peinlich berührt, aber diese Frau hatte ihm sehr imponiert.

»Scheiße«, fluchte Klaus. Ohne ein weiteres Wort an Erich zu richten, stürmte er auf die Tanzfläche und war kurz darauf mit Anna verschwunden.

Erich blieb alleine zurück. Er wusste, dass er sich beeilen musste. Ihm war klar, dass es nur um Sekunden ging, bis Irina wieder auftauchen würde. In einem weiten Bogen schlich er um die Tanzfläche und ging zur Toilette. Allein der Gedanke, noch einmal in Irinas schöne Augen zu blicken, ließ ihn zittern. Auch wenn er gewollt hätte – er wusste, dass er heute Nacht nicht konnte. Diese Schmach wollte er weder sich noch Irina antun.

Samstag, 26. Januar

Als Erich aus seinem tiefen Schlaf schreckte, war es neun Uhr zweiundvierzig. Nachdem er ausgiebig geduscht und sich rasiert hatte, zog er sich frische Sachen an. Dann ging er hinunter, um bei Achmed in der Bäckerei seinen ersten Kaffee zu trinken und eine Morgenzigarette zu rauchen.

In Berlin hatte es am frühen Morgen angefangen zu schneien. Die Straße und die Bürgersteige waren bereits von einer geschlossenen Schneedecke überzogen. Vereinzelt sah Erich ältere Männer auf dem Bürgersteig, die die weiße Pracht wegräumten. Ein sinnloses Unterfangen. Es regte sich kein Wind, und der Himmel sah so aus, als ob es den ganzen Tag weiterschneien würde.

»Dein Kaffee ist Klasse, Achmed.«

»Für meine Kunden nur das Beste«, lachte Achmed, setzte die Kanne ab und rückte vertrauensvoll ein Stück näher.

»Ich habe mit meinem Cousin gesprochen, gestern«, flüsterte Achmed ihm zu. »Du weißt schon, wegen der Russen und deinem Freund.«

»Warum?«

»Weil ich dir helfen will. Mein Cousin kennt sich aus in der Szene. Er hat gesagt, du sollst die Finger davon lassen. Mit den Russen ist nicht zu spaßen. Die sind schlimmer als die Jugoslawen und die Italiener. Wer denen in die Quere kommt, der hat nicht mehr lange zu leben. Die schießen alles über den Haufen. Die haben eigene Killertruppen.«

Erich musste an die letzte Nacht denken. Seine Erinnerung an die Kiew Bar passte nicht zu dem Bild der Russenmafia, das Achmed gerade entwarf.

»Weißt du, Achmed«, entgegnete er, »so schlimm sind die alle nicht.«

»Ich glaube meinem Cousin, weil er sich in der Szene auskennt. Was weißt du schon?«

»Nichts«, gab Erich niedergeschlagen zu. »Gar nichts.«

Er bezahlte schnell und ging zum Supermarkt, der einige hundert Meter die Straße aufwärts lag. Auf dem Rückweg beschloss er, sofort bei seinen Eltern anzurufen.

Da seine Mutter gerade einkaufen war, hatte er seinen Vater am Hörer. Das Gespräch mit seinem Vater war kurz. Obwohl sie seit über zwei Wochen nicht miteinander gesprochen hatten, klang die Stimme seines Vaters, als ob Erich eben aus dem Haus gegangen wäre.

»Ach, Erich ...«

Früher war das Verhältnis zwischen seinem Vater und ihm gut, fast leidenschaftlich gewesen. An der Wende 1989 und dem Rauswurf aus der Humboldt-Universität war der Alte aber zerbrochen. Aus dem offenen, von seinen Idealen überzeugten

Mann war ein in sich gekehrter, mürrischer Altsozialist geworden. Er hatte sich mehr und mehr aus der Welt zurückgezogen, hatte monatelang in seiner Datscha mit der großen Bibliothek gelebt. Nur seine Frau schien noch an ihn heranzukommen.

Aber auch Erich hatte sich in dieser Zeit nicht um das Verhältnis zu seinem Vater gekümmert. In den Jahren als Hausbesetzer hatte er seine Eltern vielleicht vier oder fünf Mal gesehen. Und oft ging es ihm dabei nur um Geld für seinen Häuserkampf. Erst mit seinem Abschied aus der Szene hatte sich der Kontakt wieder verbessert. Als Tanja dann schwanger wurde, entstand für einige Monate wieder so etwas wie ein herzliches, fast inniges Verhältnis.

Sie verabredeten, dass er zum Mittagessen kommen solle. Weil bis dahin noch etwas Zeit war, beschloss Erich, noch einmal bei Tanja anzurufen. Er ließ es lange klingeln. Fast schon hatte er aufgegeben, als er endlich Tanjas lachende Stimme hörte.

»Hallo«, sagte sie. »Hier ist der Anrufbeantworter von Lucy, Tanja und Heinz-Peter. Wir sind im Augenblick …«

Wer war Heinz-Peter?

Ohne eine Nachricht zu hinterlassen, legte Erich auf. Es war merkwürdig, dass ihn die Ansage auf dem Anrufbeantworter relativ kalt ließ. Und trotzdem war er sauer. Warum, gottverdammt, ging das alles so schnell? Es waren ja noch keine acht Wochen vergangen, seitdem Tanja und Lucy ausgezogen waren.

×××

Der Weg zu seinen Eltern kam Erich vor wie eine Weltreise. Mühsam kämpfte sich die Straßenbahn die Grabbeallee hoch in Richtung Niederschönhausen. Er war froh, als er bei der Stadtbibliothek aussteigen konnte.

In der Eichenstraße waren die Häuser bereits vorstädtisch geprägt. Die typischen Berliner Mietskasernen gaben hier kein geschlossenes Straßenbild mehr ab. Einfamilienhäuser und Gärten lockerten die Bebauung auf. Erich stapfte vorbei an den grau verputzten Flachdachvillen, in denen sich bis 1989 einige Vertretungen kleinerer sozialistischer Bruderstaaten befunden hatten.

Die Diplomaten und alle Prominenz mit Einfluss in der ehemaligen DDR hatten die Eichenstraße sowie die umliegenden Wohngegenden geliebt.

Während der ersten Umzugswelle Anfang der neunziger Jahre hatte sich das Publikum dann verändert. Inzwischen aber kehrten viele ehemalige Anwohner wieder in diese Gegend mit ihrer wachsenden Zahl von renovierten Altbauten zurück. Stadtnah und doch ruhig im Grünen gelegen, das war die Botschaft, mit der die Immobilienfonds ihre teuer sanierten Quadratmeter an den Mann brachten.

Das Haus, in dem seine Eltern wohnten, war ein dreistöckiger Altbau. An der rechten Seite des Grundstücks führte eine gepflasterte Einfahrt zu den neu angelegten Carports im Hof. Dahinter lag ein kleiner Garten, den die Hausgemeinschaft aber nur selten nutzte. Seine Eltern wohnten im ersten Stock. Sie hatten die große Wohnung mit einem Balkon zur Straße und einem zum Garten hinaus. Ein Privileg, schon zu DDR-Zeiten.

Seine Mutter wartete an der Wohnungstür. Sie hatte ihn durch das Wohnzimmerfenster die Straße heraufkommen sehen.

»Erich, ich freue mich so, dich zu sehen.«

Mit einer etwas ungelenken Bewegung schloss sie ihn in die Arme. Ihm war die plötzliche Nähe seiner Mutter ein wenig unangenehm. Engen Körperkontakt hatte es zwischen ihm und seinen Eltern nie wirklich gegeben. Auch konnte er sich nicht daran erinnern, wann er zum letzten Mal gesehen hatte, dass sich seine Eltern berührten, in den Arm nahmen oder küssten.

»Hallo Mama«, sagte Erich und versuchte, sich aus ihrer Umarmung zu befreien.

Sie ließ ihn gehen.

»Vati ist im Studienzimmer«, erwiderte sie wie zur Entschuldigung, dass sie alleine an der Tür stand.

Das Studienzimmer, oder auch die Textfabrik genannt, war der heiligste Ort in Erichs Kindheit gewesen. Hier, wo der gesamte Bücherschatz von Professor Fischer stand, hatte Erich so viele schöne und spannende Stunden verbracht. An den wenigen Abenden, an denen sein Vater zu Hause war und an seinem Schreibtisch arbeitete, durfte Erich immer länger aufbleiben. Er hatte dann seinen Platz auf einigen Kissen am Boden gehabt, von denen aus er den breiten Rücken seines Vaters am Schreibtisch sehen konnte. Ein riesiger, roter Drache hatte den Rücken seines Vaters bedeckt, wenn er an seinem Schreibtisch saß. Der Drache war auf einem nachtblauen Hausmantel aus Seide, den sein Vater einmal als Geschenk von einer Delegation der Universität Hanoi erhalten hatte. Er symbolisiere die Revolution der Arbeiterklasse in Südostasien, hatte ihm sein Vater immer wieder mit stolzer Stimme erzählt.

In einem der untersten Regale, gleich neben den Kissen, hatte Erich damals seine eigene Bibliothek bekommen. Sein Vater hatte ihm über die Jahre eine sorgfältige Auswahl von Büchern zum Lesen gegeben. Nach der Lektüre und einem kleinen Vortrag, den er über jedes gelesene Buch halten musste, durfte Erich das Buch behalten und in sein Regal stellen. So war eine gut sortierte Bibliothek sozialistischer Kinder- und Jugendbücher entstanden, versetzt mit einigen theoretischen Werken, die Erich schon damals zu trocken fand.

»Komm doch erst einmal herein und zieh deine Jacke aus«, forderte seine Mutter ihn auf. »Du kannst die Schuhe zum Trocknen an die Heizung in der Küche stellen.«

Sie deutete auf das Schuhregal neben der Tür.

»Da steht das zweite Paar Pantoffeln von Vati.«

Er wollte keinen Streit. Widerwillig zog er seine Schuhe aus und die von seinem Vater an. Sie waren ein Stück zu groß für ihn.

»Das Essen ist in fünf Minuten fertig«, rief seine Mutter, als sie wieder in Richtung Küche verschwand.

Erich folgte ihr und stellte seine Turnschuhe an die Heizung. Dann ging er durch die Verbindungstür ins offene Esszimmer und von dort ins Wohnzimmer. Die breite Schiebetür zum Studienzimmer war geschlossen. Er trat heran, klopfte vorsichtig an eine der Milchglasscheiben und wartete.

»Vati?«

»Einen Augenblick.«

»Kann ich reinkommen?«

»Moment.«

Ein Poltern verriet Erich, dass sein Vater von seinem Schreibtisch aufgestanden war. Er hörte das leise Quietschen der linken oberen Schublade. Dort, das wusste Erich, bewahrte sein Vater die Familiendokumente, Sparbriefe und alle weiteren wichtigen Unterlagen auf. Er allein besaß einen Schlüssel für dieses Fach. Nur selten hatte Erich einen schnellen Blick hineinwerfen können, wenn sein Vater für kurze Zeit den Raum verlassen hatte.

Die Schiebetür wurde zur Seite geschoben. Erich sah, wie sehr sich das Studienzimmer verändert hatte. Nachdem sein Vater den größten Teil seiner Bibliothek in die Datscha gebracht hatte, waren die Wände neu gestrichen worden. Der Raum war fast kahl, einige Bilder hingen verloren an den Wänden, und auf zwei einsamen Regalen drängten sich einige Bücher und Papierstapel.

Nur der Schreibtisch stand immer noch, unverrückbar wie mit dem Dielenboden verwachsen, vor dem Doppelfenster.

»Erich. Schön, dich zu sehen«, begrüßte ihn sein Vater.

»Ja, schön.«

»Ist das Essen schon fertig?«, fragte sein Vater weniger ihn als seine Mutter in der Küche.

»Sofort«, scholl es melodisch aus der Ferne. »Ihr könnt euch schon setzen.«

Als die Schalen mit dampfenden Kartoffeln, Rosenkohl und Soße auf dem Tisch standen und seine Mutter die Schnitzel verteilte, fiel Erich sein Gespräch mit Professor Giester wieder ein.

»Ich soll euch schön von Professor Giester grüßen«, begann er.

Sein Vater schaute nicht einmal von seinem Teller auf. Nur seine Mutter blickte ihn an.

»Von wem, Erich?«, fragte sie.

»Na, von Giester, dem Pathologen von der Charité. Er sagt, er würde euch kennen. Ihr wart zusammen in Eisenhüttenstadt, Vati.«

Erich erzählte in wenigen Worten, was in den letzten Tagen in seinem Unternehmen passiert war und wie er Giester getroffen hatte. Von seinen eigenen Ermittlungen ließ er nichts verlauten.

»Mein armer Junge, das muss schrecklich für dich gewesen sein«, sagte seine Mutter, als er erzählte, wie er Igor identifizieren musste.

»Der Tod holt uns alle ein«, brummte sein Vater.

Die Kälte, mit der er diesen Satz hervorbrachte, während er gelassen einen Rosenkohl mit der Gabel aufnahm, um ihn in seinen Mund zu schieben, regte Erich auf. Hatte sein Vater überhaupt kein Interesse mehr an dem, was um ihn herum geschah?

»Manche Leute sind bereits scheintot«, ätzte er zurück, beließ es aber dabei.

Als Nachspeise hatte seine Mutter Quark mit Himbeeren gemacht. Sie stammten aus der eigenen Ernte. Seine Mutter hatte Erich einmal erzählt, wie stolz sein Vater auf die Himbeeren war, die er dem kargen märkischen Boden abrang. Um die Laune seines Vaters aufzubessern, lobte er sie in höchsten Tönen.

Das ließ den Alten nicht unberührt.

»Du hast Recht«, sagte er zu Erich. »Wenn sie mich schon an der Humboldt zum Altmaterial gemacht haben, heißt das noch nicht, dass ich nichts kann. Solche Früchte sollen die erst mal ernten.«

Sie plauderten in lockerer Atmosphäre über die Datscha und den Gemüsegarten, bis Erich den Zeitpunkt für gekommen hielt, einen weiteren Versuch zu starten. In einem Bogen kehrte er wieder zu Igors Tod zurück und zu seinem Anruf bei Giester. Er beschrieb, wie merkwürdig sich der Professor am Telefon verhalten hatte und wie er immer wieder gesagt hatte, dass Erichs Vater ihm dies und jenes erklären könne. Erich fragte seinen Vater, ob der etwas damit anfangen könne.

Erichs Vater lehnte sich in seinem Stuhl zurück und hob den Kopf. Tränensäcke hingen schwer unter seinen Augen, als er die Deckenlampe über dem Tisch anstarrte. Im Gegensatz zur Mutter sah sein Vater viel älter aus als er war.

Erichs Mutter war in der Küche verschwunden, um Kaffee zu kochen. Die Verbindungstür zwischen Esszimmer und Küche hatte sie, wie es ihre Gewohnheit war, zugezogen.

»Was ist denn nun in Eisenhüttenstadt gewesen?«, versuchte Erich erneut, seinen Vater zum Sprechen zu bringen.

Der Alte sah ihn lange an.

»Ich wollte es nicht vor deiner Mutter sagen«, begann er.

»Was?«

»Damals mit Giester. Wir waren so jung, vielleicht neunzehn Jahre alt. Na, was soll es. Wir hatten uns an der Universität kennen gelernt. Auf so einem von den Jugendtreffen. Und wir haben uns gut verstanden, eine Linie gehabt, du verstehst.«

Nachdenklich betrachtete er die schmale Vase auf dem Tisch.

»Im Sommer dann war ja Arbeitseinsatz. Stalinstadt hatte immer noch höchste Priorität. Da haben Giester und ich uns auch gemeldet und sind rausgefahren, um zu helfen.«

Klingt nicht sehr spannend, dachte sich Erich.

»Und was war dann?«

»Dann, ja, dann«, überlegte sein Vater. »Wir waren ja überzeugt. Und deine Mutter hatte ich auch noch nicht kennen gelernt. Das war dann erst ein halbes Jahr später. Im Herbstlager der Leichtathleten.«

»Aber in Eisenhüttenstadt?«

Sein Vater beugte sich leicht zu ihm herüber. Ein Lächeln spielte um seine Augen, wie Erich es lange nicht mehr gesehen hatte.

»Also«, flüsterte er Erich ins Ohr. »Da war ein proletarischer Abend angesetzt. Im ›Aktivist‹, der großen Gaststätte da. Und Giester und ich, wir waren auch da. Na ja, wir waren ja noch jung und unerfahren. Und da waren diese beiden Erntehelferinnen aus Leipzig.«

Gespannt hörte Erich zu. Die Geschichte schien eine neue Wendung zu bekommen.

»Und wir haben getanzt und getrunken und getrunken und getanzt die ganze Nacht. Bis wir dann in eines der noch nicht fertigen Wohnhäuser gegangen sind.«

Hier stockte sein Vater.

»Und dann habt ihr miteinander geschlafen«, ergänzte Erich. »Und weiter? Was war weiter?«

»Nichts.«

»Wirklich nichts?«

Erich spürte fast körperlich, dass sein Vater nicht die Wahrheit sagte.

»Jetzt kannst du auch alles erzählen.«

Unruhig rutschte der Alte auf seinem Stuhl hin und her. »Sie war schwanger. Angelika war nach diesem Abend schwanger.«

Erich stockte das Herz. Sollte er heute erfahren, dass er eine ältere Halbschwester oder einen Halbbruder hatte? Diese Möglichkeit schien ihm, der sich immer Geschwister gewünscht hatte, zu fantastisch.

»Was ist dann passiert«, drang er atemlos weiter auf seinen Vater ein.

»Ich war natürlich bereit, die volle Verantwortung zu übernehmen.«

Erichs Vater sah ihm in die Augen.

»Glaub bitte nicht von mir, dass ich mich davor gedrückt habe.«

»Und weiter?«

Sein Vater sank wieder ein Stückchen in sich zusammen.

»Wie schon gesagt, im Herbstlager, das muss Ende November gewesen sein, habe ich dann deine Mutter kennen gelernt. Wir haben uns sehr schnell ineinander verliebt.«

»Und diese andere Frau?«

»Angelika.«

»Ja, was ist mit ihr und dem Kind passiert?«

Sein Vater schwieg für eine Minute. Dann hob er den Kopf.

»Ist jetzt auch egal«, murmelte er. »Wir haben das Kind abgetrieben. Angelika war damit einverstanden, ich wollte es nicht, und Giester hat es aus ihr herausgeholt. Er war damals ja schon im Medizinstudium und hatte mit einigen Sachen Erfahrung. Das hat er für uns gemacht, weil er ja auch irgendwie mit drinhing.«

Erich stutzte. Wenn alle damit einverstanden waren, dann war die Sache doch in Ordnung gewesen. Er wusste zwar nicht, ob schon damals eine Abtreibung legal gewesen war. Aus seiner Perspektive konnte dem aber nichts entgegengestellt werden.

»Was geschah weiter?«

»Nichts mehr. Angelika ist wieder nach Leipzig. Ich habe in Berlin mein Studium beendet, und wir haben dann bald geheiratet. Ich habe Angelika nie mehr wiedergesehen.«

»Dann ist doch alles gut«, sagte Erich erleichtert.

»Nichts ist gut.«

Verdutzt blickte er seinen Vater an, der aschfahl geworden war.

»Was denn noch«, wollte Erich wissen.

»Die Abtreibung. Du kannst es dir selber ausrechnen.«

Erich schwieg. Sein Vater hatte Recht. Angelika war im Sommer 1955 schwanger geworden. Erst Ende November des Jahres hatte er seine spätere Frau kennen gelernt. Wenn man annahm, dass der Entschluss zur Abtreibung nicht am gleichen Tag gefallen war, als sich die beiden kennen gelernt hatten, dann konnte man noch einen Monat draufrechnen. Das bedeutete aber …

»… dass die Abtreibung nicht in den ersten drei Monaten der Schwangerschaft gemacht wurde?«

»Sie war im fünften Monat«, flüsterte sein Vater. »Deine Mutter weiß nichts davon und darf es niemals erfahren. Solange sie lebt.«

Dann stand er vom Tisch auf und ging aus dem Esszimmer. Erich hörte, wie die Tür zur Toilette geschlossen wurde. Auch ihm war plötzlich speiübel. Warum in alles in der Welt hatte Professor Giester ihn dazu gebracht, seinem Vater dieses schreckliche Geheimnis zu entlocken? War er völlig gestört, oder hatte es ihm Freude gemacht, Unfrieden zu stiften?

Die Toilettentür ging ein zweites Mal und Erich hörte, wie sein Vater ins Studienzimmer trat. Schnell stand er vom Tisch auf und ging durchs Wohnzimmer auf die andere Seite der Wohnung. Sein Vater saß still auf dem blauen Sofa, das an der Längswand dem Schreibtisch gegenüberstand.

»Vati«, versuchte er ihn zu beruhigen. »Das ist doch schon über vierzig Jahre her. Und sie wollte es auch.«

»Es hat mich gepackt und seitdem nicht mehr losgelassen. Genauso wenig wie Giester und Angelika. Aber du hast Recht, Erich.«

Er schien sich zu sammeln. Mit einem Ruck stand er plötzlich auf. Innerhalb von Sekundenbruchteilen hatte er sich wieder in den Mann verwandelt, den Erich als seinen Vater kannte. Der letzte Zweifel war verschwunden hinter einer undurchdringlichen Mauer aus Härte und Selbstgewissheit.

»Eine letzte Frage«, sagte Erich, um die Gelegenheit nicht ganz verstreichen zu lassen.

»Warum haben sie dich den Roten Petrus genannt?«

Ein Hauch von Erleichterung umspielte das Gesicht des alten Fischers.

»Der Rote Petrus. Das habe ich auch schon lange nicht mehr gehört. Komm!«

Zusammen gingen sie wieder ins Esszimmer, wo der Kaffee schon auf sie wartete.

»Ich habe aus meiner Überzeugung niemals einen Hehl gemacht. Mama, sag Erich doch bitte, warum sie mich den Roten Petrus genannt haben.«

Erichs Mutter lächelte und schenkte Kaffee in die weißen Porzellantassen mit dem blauen Blumenmuster.

»Dein Vater war der beste Redner, den ich jemals gehört habe. So überzeugend und so kraftvoll hat er gesprochen.«

Mit verklärtem Gesicht hob sie ihre Kaffeetasse an die Lippen.

»Wenn einer für die gerechte Sache stehen konnte, dann er.«

Die ›Gerechte Sache‹, das war im Hause Fischer immer die neutrale Umschreibung für die sozialistische Theorie gewesen. Auch wenn die Wirklichkeit oftmals anders aussah – mochte der Reale Sozialismus in der DDR auch nicht die Beste aller Welten verkörpert haben, war das noch kein Beweis, dass die Theorie versagt hatte. Sie war immer die ›Gerechte Sache‹ geblieben. Leider war sie immer wieder falsch verstanden, nur im Ansatz umgesetzt oder nicht an die gegebenen Verhältnisse angepasst worden.

»Ich war sozusagen der Prediger im Auftrag der Gerechten Sache«, ergänzte sein Vater. »Du weißt ja, dass Petrus Fischer war. Und wegen meines Namens und meiner rhetorischen Fähigkeiten haben sie mich eben so genannt.«

Nach dem Kaffee half Erich seiner Mutter in der Küche, bis das Gespräch auf Tanja und Lucy kam. Er hatte keine Lust, aber es war zu spät. Bevor er es verhindern konnte, hatte sie das Telefon geholt. Mit Erstaunen stellte Erich fest, dass Tanjas Potsdamer Nummer eingespeichert war. Sie drückte Erich das Telefon in die Hand.

»Hallo?«

Die ihm so vertraute Stimme klang sehr nahe.

»Ich bin's.«

»Oh«, mehr sagte Tanja nicht.

»Ich wollte nicht stören.«

»Erich, was hast du?«

»Wie geht es der Kleinen? Schläft sie wieder gut?«

Der Gedanke, dass jetzt ein gewisser Heinz-Peter alle zwei Stunden durch das Quäken des Babys geweckt würde, befriedigte Erich.

»Was glaubst du? Dass deine Tochter auch deinen Schlaf geerbt hat?«

»Ist doch jetzt egal.«

»Dir ist deine Tochter also egal!«

»Das hat wohl eher etwas mit Heinz-Peter zu tun«, platzte Erich der Kragen.

»Was redest du?«, wehrte Tanja den Angriff ab. »Von wem sprichst du?«

»Du musst dich nicht mehr verstecken, Tanja. Wenn Ihr sogar schon euren Anrufbeantworter gemeinsam besprecht, dann kann ich es dir doch auch ins Gesicht sagen.« Er fühlte, wie der Rosenkohl in seinem Bauch arbeitete. »Scheiße.«

»Hör zu, Erich.« Tanja hatte die wenigen Sekunden zum Nachdenken genutzt. »Mein Privatleben geht dich vorerst gar nichts mehr an«, begann sie. »Wir sind getrennt. Du vernachlässigst Lucy schon seit Wochen. Ich habe das Gefühl, dass sie völlig ohne Vater aufwächst. Schon für sie ist es sehr wichtig, dass sie auch ein natürliches Verhältnis zu einer männlichen Bezugsperson entwickeln kann. Du kannst die Vaterrolle aber gar nicht voll ausfüllen, denn du bist ja nie da. Und über das Telefon wirst du auch kein besserer Vater ...«

So war es immer. Während sich Tanja warm redete, schaltete Erich ab. Nächtelang hatten sie so in der Küche gesessen. Sie hatte ihm ihre Vorstellungen von der Welt, der Rolle der Frau, einer perfekten Erziehung und der neuen dänischen Literatur, ihrem Spezialgebiet, dargelegt. Er hatte ihr zugehört und doch kein Wort verstanden. Und jetzt sah es so aus, dass er sich noch über Heinz-Peter freuen sollte.

»... ist es ja auch für dich besser, Lucy in einer stabilen Struktur zu sehen, aus der sie nicht so einfach herauskippen kann. Denk doch nur mal an später, und dann auch mitten in der Großstadt. Hier hingegen ...«

Im Flur klingelte sein Handy. Wortlos drückte er seiner Mutter den Hörer in die Hand und stürmte in den Flur. Besser noch ein Einbruch im Büro als Tanjas Monolog, dachte er und fingerte das Handy aus der Innentasche seiner Jacke. Auf dem Display erschienen weder Name noch Telefonnummer.

»Ja, Fischer?«

»Erich Fischer?«

»Ja, wer ist da?«

»Ich bin es, Judit.«

»Wer?«

»Judit. Du hast mir gestern Nacht in der Kiew Bar deine Visitenkarte gegeben. Du suchst doch deinen Freund Igor?«

Jetzt fiel es ihm wieder ein. Diese kleine Jüdin, die seinen Kollegen Klaus so wundervoll abgewimmelt hatte.

»Können wir uns treffen?«

»Klar. Ich bin im Augenblick …« Er stockte. »… ich bin im Augenblick im Norden, Niederschönhausen.«

»Kennst du das Café am Neuen See?«

Das war das Stammcafé seiner Kollegin Anette. Dahin schleppte sie ihre Männerbekanntschaften zum Frühstücken oder zum Kaffee. Das Café lag im Tiergarten. Erich war noch nie da gewesen.

»Das ist mein Lieblingscafé!«

»Fünfzehn Uhr.«

»Abgemacht!«

×××

Um vierzehn Uhr siebenundfünfzig stieg er im Tiergarten aus der S3, spurtete die Treppen hinunter und lief den verschneiten Großen Weg hinab, als es wieder klingelte.

»Ja, Fischer?«

»Wo bist du?«

»Ich, äh, ich bin aufgehalten worden«, log er. »In einer Minute.«

»Bis gleich.«

Er musste noch zwei Mal Spaziergänger fragen, bis er das Café am Neuen See gefunden hatte. Der Bau stammte aus den fünfziger Jahren und lag direkt am Ostufer des Neuen Sees. Von außen sah es leidlich verrottet aus. Innen hingegen war das Café modern hergerichtet. Die offene Küche und die Bar auf der rechten Seite waren einladend. Die große Fensterfront wirkte mit dem in Schnee getauchten Hintergrund wie ein überdimensioniertes Wintergemälde. An den im Raum verteilten Tischen saßen verstreut einige Gäste.

Dann sah er Judit. Sie saß an einem der Tische direkt am Fenster und telefonierte, das Gesicht zum Fenster gewandt. In der Dunkelheit der Kiew Bar hatten ihre Haare einen rötlichen Schimmer gehabt. Hier im künstlichen Licht des Cafés erkannte Erich, dass sie dunkelrot waren. Henna, dachte er. Er trat vorsichtig näher, doch sie musste ihn in der spiegelnden Scheibe bereits gesehen haben. Er meinte, so etwas wie ein ›Schalom!‹ aus ihrem Mund zu hören, als sie das Handy auch schon auf den Tisch legte und sich umdrehte.

»Setz dich«, forderte sie ihn auf.

Irgendetwas faszinierte Erich an ihr. Schon in der Bar hatte sie ihm gefallen. Jetzt trug sie Jeans, einen grauen Pullover und darüber eine dunkelbraune, halblange Lederjacke, wie sie seit einiger Zeit modern waren. Sie hatte hohe Wangenknochen und ihr Gesicht war voller blasser Sommersprossen. Vielleicht waren es die Augen, dachte er, weil sie so ausdrucksstark waren und intelligent blickten.

»Was weißt du über den Tod von Igor Vlatov?«, begann sie ohne Umschweife.

Erich zögerte. Eigentlich wollte *er* Informationen über Igors Tod. Nun sah er sich in die Defensive gedrängt.

»So läuft das nicht«, entgegnete er.

»Und wie läuft es dann?«

»Du weißt, wer ich bin und woher ich Igor kenne. Ich weiß aber nichts von dir und deinem Verhältnis zu Igor. Fangen wir doch hier an.«

Sie fing schallend an zu lachen.

»Das gefällt mir«, sagte sie, nachdem sie sich wieder beruhigt hatte. »Ich habe aber nicht vor, einen netten Nachmittag zu verbringen. Ich erzähl dir, wer ich bin, und dann sagst du mir, was du über Igor weißt, okay?«

»Ist klar. Erst deine Geschichte, dann meine.«

»Igor ist ein flüchtiger Bekannter«, begann Judit. »Wir haben uns ab und an gesehen. Dann war er plötzlich verschwunden und ich habe mir Sorgen gemacht. Gestern im Kiew seid ihr dann aufgetaucht. Deswegen wollte ich fragen, ob ihr etwas über ihn wisst.«

»Das glaube ich nicht.«

Sie starrte ihn an. Entweder fühlt sie sich in ihrer Ehre gekränkt und wird auf der Stelle böse, dachte Erich, oder sie sieht, dass man mir keine Gurken für Bananen vormachen kann.

»Warum nicht?«

»Weil du vor einer Minute gesagt hast, dass Igor tot ist. Jetzt ist er plötzlich nur noch ›verschwunden‹. Das passt nicht zusammen.«

Na, was machst du jetzt, fragte sich Erich.

»Ich habe es in der Zeitung gelesen. Reicht dir das?«, versuchte Judit eine neue Erklärung.

Sie sah nicht wie eine BZ-Leserin aus.

»Gut. Und du kennst Igor woher?«

»Wir haben uns eben irgendwann kennen gelernt.«

Erich hatte das Gefühl, dass sie ihm etwas vorspielte. Er hatte keine große Lust, das Gespräch auf diese Art fortzusetzen. Aber er wollte ihr gern die eine oder andere Brücke bauen, um ihre Geschichte zu entwickeln.

»War das vielleicht in der Jüdischen Gemeinde oder in der Kiew Bar?«

Judit schien nicht sonderlich verwundert.

»Du bist gut informiert«, stellte sie fest. »Wir haben uns in der Jüdischen Gemeinde kennen gelernt. In der Kiew Bar sind wir uns nur selten über den Weg gelaufen.«

»Dann war Igor Jude, und du bist Jüdin.«

»Was hat das damit zu tun?«, wollte Judit wissen.

»Äh, nichts eigentlich ... Und was machst du, wenn du nicht in der Kiew Bar bist?«

»Ich arbeite als medizinisch-technische Assistentin im Krankenhaus. Warum habt ihr ausgerechnet im Kiew Informationen gesucht?«

Er erzählte, was sich in seinem Büro ereignet hatte, seit die Polizei den Toten im Osthafen gefunden hatte. Wie er nun selber feststellen musste, hatten sie sich bei ihrer Suche in der Bar ziemlich blöd angestellt.

»Unseren Teil kennst du jetzt«, wagte er dann. »Und warum interessierst du dich für Igors Tod?«

»Wir Juden halten eben zusammen, auch über den Tod hinaus.«

»Ich meine«, nahm Erich einen neuen Anlauf, »glaubst du, dass was dran ist an dieser Geschichte mit der Russenmafia?«

»Nein.«

»Warst du vielleicht mal bei Igor zu Hause?«

»Nein.«

Sie spielt mit mir, dachte Erich.

»Vielleicht hatte es etwas mit Igors Arbeit zu tun?«, fragte sie plötzlich.

»Igor hat doch nur Firewalls gewartet und unser Netzwerk umgebaut«, antwortete er. »Darin war er auch richtig gut.«

»Und nebenbei?«, fragte Judit weiter. »Hat er nebenbei noch etwas gemacht?«

Schon wieder hatte sie den Spieß umgedreht.

»Keine Ahnung, nein.«

»Kann man das kontrollieren?« Sie ließ nicht locker. »Wo liegen denn seine Daten? Auf einem Server oder lokal? Arbeitet ihr mit einem Provider? Und wer macht die Backups?«

Für eine MTA wusste sie gut Bescheid.

»Alle relevanten Daten werden auf den beiden AS 400 zur Verfügung gestellt. Wenn er dort etwas untergebracht haben sollte, was nicht dahin gehört, dann wäre das sofort aufgefallen.«

»Und seine lokalen Platten?«, drang sie weiter auf ihn ein, »CD-ROMs, Disketten, was auch immer?«

»Über Disketten haben wir keine Kontrolle. CD-ROMs kann jeder über unsere zentrale Brennerei brennen. Die Jobs werden durch unsere Administratoren kontrolliert.« Hier grinste er. »Wenn es sich nicht um gerippte Filme, Spiele oder Musik handelt, sind die Admins scharf wie Dobermänner.«

Sie lachte nicht.

»Außerdem können wir das nicht mehr kontrollieren. Am Freitag hat die Polizei den Rechner von Igor mitgenommen.«

»Es muss doch noch was da sein«, sagte sie und blickte Erich konzentriert an.

Er überlegte. Igor hatte wie alle in der Firma eine unüberschaubare Menge von gebrannten CD-ROMs in dem Rollschrank unter seinem Schreibtisch aufbewahrt.

»Die ganze Software aus seinem Schrank hat die Polizei garantiert auch mitgenommen. Da kommen wir zu spät.«

»Und sein Telefon? Sein Handy? Habt ihr dort irgendwelche Mitteilungen gefunden? Post vielleicht?«

»Die Mehlkiste«, platzte es plötzlich aus ihm raus.

Judit verstand nicht.

»Was für eine Kiste?«

»Unser E-Mail-Server.« Er erklärte ihr, dass alle E-Mails zuerst zwischengespeichert und dann dem entsprechenden Adressaten zugeleitet wurden. Und, dass sich seit letztem Dienstagabend niemand über Igors Account eingeloggt hatte. Die E-Mails mussten noch vorhanden sein.

Nachdenklich stützte sie ihr Kinn auf die rechte Hand und sah Erich an.

»Das ist gut. Können wir uns die E-Mails ansehen?«

»Unsere Bürozeiten sind Montag bis Freitag ab neun.«

»Du hast doch einen Schlüssel. Warum so lange warten?«

»Klar habe ich einen Schlüssel. Allerdings habe ich Klaus gesagt, dass wir das gemeinsam checken.«

»Dein Freund Klaus ist bestimmt noch mit seiner Anna unterwegs. Der fällt wohl aus.«

»Außerdem habe ich nicht die Berechtigung für den E-Mail-Server. Alle Passwörter haben die Systemadministratoren.«

»Kannst du dich nicht in das System hacken?«, fragte sie zurück. »Du bist doch bestimmt ein sehr pfiffiger Programmierer.«

Ihre Skrupellosigkeit ließ Erich aufhorchen. So etwas hatten ihn noch nicht viele beim Kaffee gefragt.

»Klar kann ich das. Ich kann es uns sogar noch einfacher machen.« Umständlich kramte er sein Handy hervor. »Ein Anruf, und ich habe die Passwörter.«

»Und, worauf wartest du noch?«

Er spürte in sich ein brennendes Verlangen, mehr über Judit zu erfahren.

»Unter einer Bedingung!«

»Welcher?«

»Auf dem Weg ins Büro bist du nicht so einsilbig wie bisher.«

×××

Sie fuhr einen nachtschwarzen Audi A3. Als Erich auf den Beifahrersitz kletterte, roch er den würzigen Moschusduft der Ledersitze. Dem Tacho zufolge war der Wagen erst wenige Tausend Kilometer gefahren. Der volle Klang des Motors, die Beschleunigung auf dem matschigen Untergrund und die harten Stoßdämpfer verrieten, dass der Wagen keine Standardausführung war.

Judit hieß mit Nachnamen Grinberg und war einunddreißig Jahre alt. Zusammen mit ihren Eltern lebte sie seit 1990 in Berlin. Ihre Eltern und sie waren drei von Tausenden jüdischer Emigranten gewesen, die nach dem Zusammenbruch der Sowjetunion ihre Koffer gepackt hatten und in den Westen gegangen waren. Aufgewachsen war sie in Leningrad, wo ihr Vater als Juwelier gearbeitet hatte. Schon immer hatte es in der UdSSR einen latenten Antisemitismus gegeben. Als dann aber Anfang der neunziger Jahre die wirtschaftliche Situation noch katastrophaler wurde als in den Jahren zuvor, hatten rechtsextreme Gruppen wie Pamjat oder Otschisna rasanten Zulauf bekommen. Ihr offener Antisemitismus hatte bei öffentlichen Pöbeleien nicht Halt gemacht. Ihr Vater hatte eines Morgens an der Wohnungstür Hakenkreuze, einen durchgestrichenen Davidstern und eine Morddrohung gefunden; das war der Anstoß für die Ausreisepläne der Familie gewesen. Etwas später, als im unteren Hausflur eine Liste mit allen jüdischen Einwohnern und der Aufforderung, sie zu meiden, hing, hatten die Grinbergs endgültig aufgegeben.

Es war ihr Glück, dass der letzte Ministerrat der ehemaligen DDR unter Lothar de Maizière im Juli 1990 allen jüdischen Emigranten auf dem Gebiet der DDR ein unbegrenztes Aufenthaltsrecht gewährt hatte. Während sich die BRD auf Bitten Israels mit der Erleichterung der Emigration etwas schwerer tat, handelte die letzte DDR-Regierung schnell und entschlossen. Ein einfaches Touristenvisum reichte damals aus, und das Tor in den Westen stand sperrangelweit offen. Ja, ein Ticket für die Eisenbahn genügte.

Warum ihre Familie und sie nicht nach Israel ausgewandert seien, wollte Erich wissen. Vor Antisemitismus war man schließlich auch in Deutschland nicht sicher. Judit erzählte ihm, dass es das besondere Verhältnis zur deutschen Kultur gewesen sei, das ihre Eltern nach Berlin getrieben habe. Sie hatten zwar alle in der Schule viel über den Großen Vaterländischen Krieg der Sowjetunion gegen Hitlerdeutschland, die Brutalität der Wehrmacht und die Unfassbarkeit des Holocaust gelernt. Ihre Eltern hatten als Kinder selber noch den Krieg erlebt – das Interesse an der deutschen Kultur war von diesen Erfahrungen aber nicht betroffen. Schon in Leningrad hatten sie die deutschen Klassiker gelesen und die großen Komponisten gehört.

Die Realität in Berlin hatte sie dann ernüchtert. Sie erzählte, wie sie direkt vom Bahnhof Lichtenberg in eines der Aufnahmelager verfrachtet wurden. Dort hatten sie sich zu dritt ein kleines Zimmer im zweiten Stock geteilt. Wie sie erst später erfuhr, war die Anlage ein ehemaliges Haus der Stasi gewesen.

In der Jüdischen Gemeinde von Berlin hatten die Grinbergs dann zum ersten Mal erfahren, was die gelebte Solidarität unter Juden bedeutete. Sie wurden mit offenen Armen empfangen. Sprachkurse mussten sie nur wenige machen, denn durch die Lektüre deutscher Literatur hatten sie eine solide Grundlage. Viel schwieriger war es gewesen, sich in die jüdischen Traditionen und Bräuche einzufinden, denen sie in der Sowjetunion nicht nachgegangen waren. Bis auf ihren Namen und die Tatsache, dass in ihrem alten Pass unter Nationalität ›Jude‹ eingetragen war, hatte Judit mit der Religion und Kultur des Judentums nichts zu tun gehabt.

»Zur Jüdin bin ich erst in Berlin geworden«, betonte sie.

Ihren Eltern war es ähnlich gegangen, wenngleich ihre Identifikation nicht über regelmäßige Synagogenbesuche zu den Feiertagen hinausging. In mehreren Kursen, vor allem aber in der gelebten Religion hatte Judit dann auch auf formalem Wege gelernt, Jüdin zu sein.

Da die deutschen Behörden ihren Schulabschluss aus der Sowjetunion anerkannten, konnte Judit sich auf eine Lehrstelle als MTA bewerben. Ja, vielleicht hätte sie studiert, aber ihre Eltern und sie brauchten das Geld. Ihr Vater hatte zwar über die Gemeinde bereits nach kurzer Zeit wieder eine Arbeit als angestellter Juwelier gefunden. Ihre Mutter aber hatte als ehemalige Mathematik- und Chemielehrerin keine Chance auf einen Wiedereinstieg in ihren Beruf bekommen.

Neben ihrer Ausbildung hatte Judit sich viel in der Jüdischen Gemeinde engagiert. Sobald sie auch finanziell auf eigenen Füßen stehen konnte, hatte sie sich eine eigene Wohnung genommen. Ihre Eltern waren bald darauf nach Potsdam gezogen, wo das kleine Geschäft lag, in dem ihr Vater arbeitete.

»Als die Mauer fiel, war nur ein Jude offiziell in Potsdam registriert«, lachte sie. »Meine Eltern waren dann die Nummern zwei und drei.«

Offiziell gehörten sie zu den dreißig Juden, die im März 1991 die Gemeinde in Potsdam gegründet hatten. Ihr selbst wäre das Leben in Potsdam zu ruhig gewesen. Da war ihre Wohnlage in der Nähe des Krankenhauses Moabit, wo sie auch arbeitete, schon besser.

In der Jüdischen Gemeinde hatte sie dann auch Igor kennen gelernt. Sie erzählte Erich, wie er eines Abends bei einem Vortrag in der Gemeinde aufgetaucht war. Sie hatte ihn noch niemals vorher gesehen. Da sie sich viel um neue Mitglieder aus der GUS und deren Integration kümmerte und er aussah wie ein russischer Jude, hatte sie ihn angesprochen. Seitdem, fuhr sie fort, während sie den Wagen die Auffahrt zu den Treptowers hochfuhr, habe sie Igor immer wieder in der Gemeinde getroffen, bis er plötzlich nicht mehr gekommen sei.

×××

Im siebenundzwanzigsten Stock verbreitete die Notbeleuchtung ein schummriges Licht. Sie gingen links den Gang hinunter, der zum Büro der Programmierer führte.

»Wo ist dieser E-Mail-Server?«, fragte Judit.

»An meinem Platz können wir über das Netzwerk rein.«

Der Schreibtisch stand da, wie er ihn am Freitag verlassen hatte. Zwei leere Aluminiumboxen und ein Paar Plastikstäbchen lagen neben der Tastatur. In der Luft hing der billig-süße Geruch von kaltem chinesischen Fastfood.

Erich schaltete seinen Computer an, loggte sich in den Account der Systemadministratoren ein und steuerte den E-Mail-Server an. Ein weiterer Doppelklick, und die Eingabemaske für die Passwörter poppte auf dem Bildschirm auf.

»Das haben wir gleich«, sagte er mehr zu sich und nahm den Telefonhörer.

Über eine Kurzwahltaste wählte er die Nummer des Notdienstes der Administration. Im Wechsel taten die Admins Dienst, um rund um die Uhr Schäden am Netzwerk beheben zu können.

»Ali?«

»Ali, Erich hier. Mein Posteingang funktioniert nicht. Kannst du mir die Passwörter für die Mehlkiste geben?«

»Du machst Witze.«

»Nein! Entweder du kommst jetzt gleich ins Büro, oder du sagst mir die Passwörter!«, drohte Erich.

Er wusste, dass Ali ihm vertraute.

»Aber sag es nicht Stefan.«

»Nein, nein, kein Wort.«

»In Stefans Schrank ist ein grauer Metallkasten. Der Schlüssel ist bei den Stiften auf dem Schreibtisch. Und leg alles wieder so hin, wie es war. Okay?«

»Ali, du bist der Beste«, bedankte sich Erich.

Im Büro der Systemadministratoren sah es noch schlimmer aus als in Erichs. Die Schreibtische quollen über von Werkzeugen, Bedienungsanleitungen, Papierstößen und unzähligen Dosen und Tüten voller Süßigkeiten. Auf den Fensterbänken reihten sich ausgeschlachtete Desktops und Bildschirme aneinander. Große Kisten mit neuer Hardware versperrten den Eingang. Plakate von ›Star Trek – The next Generation‹, ›Buffy – Im Bann der Dämonen‹ und einem Erich nicht bekannten Manga hingen an den Wänden.

In der Metallkiste fand er, kaum leserlich, die Login-Namen und Passwörter für alle wichtigen Bereiche und Server im Netzwerk. Da leben wir in der Welt des Internets, dachte er, während er den passenden Zettel suchte, und der Zugang dazu wird aufbewahrt wie zu Zeiten der alten Römer.

Aus Bequemlichkeit blieb Erich gleich am Schreibtisch sitzen. Judit zog sich einen Stuhl hinzu. Er loggte sich erneut ein und tippte die Passwörter in die Tastatur. Die Eingabemaske auf dem Bildschirm verschwand und machte einem schwarz unterlegten Verzeichnisbaum Platz. Sie waren drin. Dutzende E-Mails hatten sich bei Igor angesammelt. Mit einiger Mühe schaffte es Erich, die Mails auf seinen Postkorb umzulenken. Er schloss die Anwendungen und meldete sich zum zweiten Mal unter seinem Namen an. Langsam scrollte er nach unten und las Absender und Titel der einzelnen Nachrichten.

»Das meiste ist unwichtig.«

Igor erhielt viele Newsletter. Die meisten waren für Programmierer, einige von Nachrichtenseiten: Financial Times, CNN, Prawda. Interessanter waren die Mails von Jane's Weekly Defense Report. Er öffnete eine der Dateien und war überrascht.

»Schau mal, Igor interessiert sich für Militärtechnologie.«

»Sieht so aus«, sagte sie knapp.

Eine Menge E-Mails kamen von den Kollegen. Erich kannte sie alle: Mitteilungen des Vorstands, Nachrichten des Verteilers der Programmierer, Einladungen zum Mittagessen oder zum Kuchen, der in der Küche stand, Fotos und Hoax aus dem Internet.

»Da!«

Irritiert sah er auf den Bildschirm. Zwischen den vielen Mails wäre es ihm beinahe entgangen.

gideon@takata.org.

Er klickte die Nachricht an.

wir sind immer nahe bei dir.
wir müssen uns treffen und sehen, ob wir die großen Pakete gefunden haben.
morgen früh und morgen abend warten wir, wie immer.
g.

> -----Ursprüngliche Nachricht-----
> > Von: Igor Vlatov [SMTP:ivlatov@equilic.de]
> > Gesendet am: Dienstag, 22. Januar 2002 20:43
> > An: gideon, gideon, ST-SW
> > Betreff: hummer
>
> sie sind trocken und warm wie die mehlwürmer
> in der kiste und keiner weiß es hier.
> wann kommt ihr?
> i
>
> -----Ursprüngliche Nachricht-----
> Von: gideon@takata.org
> [mailto: gideon@takata.org]
> Gesendet: Dienstag, 22. Januar 19:05
> An: ivlatov@equilic.de
> Betreff: AW: hummer
>
> sind die haustiere sicher?
> g.
>
> -----Ursprüngliche Nachricht-----
> > Von: Igor Vlatov [SMTP:ivlatov@equilic.de]
> > Gesendet am: Dienstag, 22. Januar 2002 19:03

> > An: gideon, gideon, ST-SW
> > Betreff: hummer
>
> ich kenne genug von ihnen.
> ihr müsst uns rausholen. jetzt!
> oder der deal platzt.
> i
>
> -----Ursprüngliche Nachricht-----
> Von: gideon@takata.org
> [mailto: gideon@takata.org]
> Gesendet: Dienstag, 22. Januar 18:51
> An: ivlatov@equilic.de
> Betreff: AW: hummer
>
> wer sind sie? hast du sie erkannt?
> g.
>
> -----Ursprüngliche Nachricht-----
> Von: Igor Vlatov [SMTP:ivlatov@equilic.de]
> Gesendet am: Dienstag, 22. Januar 2002 16:44
> An: gideon, gideon, ST-SW
> Betreff: hummer
>
> sie haben mich gefunden
> heute morgen habe ich einen von ihnen gesehen.
> Er hat mich aber nicht erkannt.
> was soll ich tun?
> i
>
> > Igor Vlatov equilic AG

> > Back End Development An den Treptowers 1
> > Tel. +49-30-590 091-230 12435 Berlin
> > Fax +49-30-590 091-399 www.equilic.de
> > Mobil +49-173-926 039-5 www.equilic.co.uk
> > E-Mail ivlatov@equilic.de www.equilic.fr«

»Fantastisch«, knurrte Erich. »Die letzte E-Mail kam, da war er vielleicht schon tot.«

»Dann wollen wir doch mal sehen, was das für eine Seite ist«, sagte Erich und tippte takata.org in die Tastatur. Sofort erschien ein Fenster mit der Aufforderung, sich ordentlich anzumelden.

»Mist«, sagte er und schaute sich den Quelltext an. Doch auch hier fand er nichts. »Ich habe mich immer gewundert, dass dieser Kerl kein Privatleben hat. Aber nicht eine Nachricht von einem Freund oder seiner Frau, das ist schon traurig.«

Judit hörte nicht zu. Angestrengt starrte sie auf den Bildschirm.

»Wenn wir die Bedeutung der Haustiere und Kisten entschlüsseln, dann finden wir auch den Grund für Igors Tod. Wo bewahrt man etwas trocken und sicher auf in diesem Büro?«

»Wie kommst du darauf, dass die Tiere hier sind?«

»Irgendwo müssen wir doch anfangen.«

»Warm und trocken ist es nur an einem Ort in der Firma. Richtig staubtrocken und heiß.«

»Wo?«

Sie wurde sichtlich nervös.

»In den Panzerschränken mit unserem Backupsystem. Dort herrscht eine konstante Temperatur von …«

Das Klingeln seines Handys unterbrach ihn.

»Herr Fischer!«

Die Stimme klang vertraut.

»Lestrich hier. Sie erinnern sich?«

»Herr Lestrich, wie kann ich Ihnen helfen?«

Er machte Judit ein Zeichen und verschwand in der Bibliothek der Firma. Dort setzte er sich auf eines der blauen Sofas.

»Ich hoffe, ich störe Sie nicht«, begann Lestrich. »Eigentlich wollte ich Sie nur darüber informieren, dass wir mit den Ermittlungen um den Tod Ihres Kollegen ein gutes Stück weiter sind.«

Erich hatte nicht damit gerechnet, noch einmal etwas von dem Kommissar zu hören. Nach der Identifikation in der Charité war ihre Verbindung abgebrochen. Es gab wirklich keinen Grund, ihn über den Fortschritt der Ermittlungen zu informieren.

»Ich habe gelesen, dass sie den Tod der Russenmafia zuordnen«, rekapitulierte Erich sein Zeitungswissen.

»Sie haben die Presse aufmerksam verfolgt. Dann muss ich Ihnen das ja nicht lange erklären. Herr Vlatov ist mit an Sicherheit grenzender Wahrscheinlichkeit ein Mitglied der OK, entschuldigen Sie, der organisierten Kriminalität gewesen. Wahrscheinlich Softwarebeschaffung.«

»Warum steht dann in der Zeitung, dass es sich um Mädchenschmuggel und Prostitution gehandelt hat?«, wollte Erich wissen.

»Ach, wissen Sie, Herr Fischer, das war doch nur eine Ente, um die Presse ein bisschen ... na ja, Sie wissen schon. Wir suchen ganz konkret nach Software. Nach Daten.«

»Und deswegen haben Sie Igors Computer mitgenommen«, ergänzte Erich.

»Beweismittel, richtig.«

»Sie haben nur eines übersehen«, trumpfte Erich auf und erzählte Lestrich von den E-Mails.

Lestrich hörte schweigend zu.

»Und?«, fragte er schließlich, »haben Sie was gefunden?«

»Haustiere«, antwortete Erich kryptisch, schob dann aber sofort die Erklärung nach. »Haustiere, die warm und trocken liegen.«

»Wo liegen sie?«, wollte Lestrich wissen.

»Das wissen wir noch nicht.«

»Herr Fischer, bitte bleiben Sie, wo Sie sind. Ich bin in zwanzig Minuten bei Ihnen.«

Erich steckte sein Handy zurück in die Jackentasche und trat auf den Gang. Judit war nirgends zu sehen.

»Judit?«

Langsam ging er den Gang weiter. Fast erleichtert sah er, dass die Tür zum Vorstandsbüro verschlossen, diejenige zum Serverraum aber sperrangelweit offen stand. Judit stand vor dem linken der beiden Panzerschränke.

»Wie kommst du hier rein?«

Sie drehte sich um.

»Die Schlüssel waren bei deinen Admins.«

Das komplett fehlende Schuldbewusstsein und ihr offener Blick faszinierten Erich mehr als dass er sich aufregte. Sie war wirklich eine interessante Frau. Ganz anders als Tanja oder Anette, so sachlich, so nüchtern und direkt. Er hätte sich am liebsten an den Türrahmen gelehnt und zugesehen. Stattdessen hörte er wieder ihren Befehlston.

»Hilf mir suchen, und steh da nicht so rum!«

Er liebte starke Frauen.

»Wonach suchen wir?«

»Haustiere!«

Sie nahmen die übereinander gestapelten Server im Schrank unter die Lupe. Er erzählte von Lestrichs Anruf.

»Was hast du ihm erzählt?«, wollte sie wissen.

»Dass wir die Lösung für Igors Tod vielleicht in diesen Schränken finden«, antwortete er.

»Das war ein Fehler«, flüsterte sie und wurde hektischer.

Erich verstand nicht.

»Warum?«, fragte er.

»Glaub mir einfach«, antwortete sie. »Schließlich begehen wir hier gerade einen Einbruch, Diebstahl und dazu noch Industriespionage.«

Für ihn war es selbstverständlich, an den Servern herumzubasteln und die Panzerschränke zu öffnen. Schlagartig wurde ihm bewusst, dass es einen Unterschied gab zwischen dem, was er hier unter der Woche tat, und dem, was er gerade machte.

»Scheiße!«

»Bleib ruhig«, fauchte sie. »Mach lieber den anderen Schrank auf!«

Sie gab ihm Schlüssel und Zettel für die Zahlenkombination. Seine Hände zitterten, als er die Kombination einstellte und den Schlüssel ins Schloss stecken wollte. Mit einem leisen Kratzen rutschte ihm beim ersten Versuch der Schlüssel vom Schloss ab und fiel auf den Boden.

»Scheiße!«

Sie sah nicht auf, als er sich hinkniete, um den Schlüssel aufzuheben. Mit der Rechten tastete er unter dem Regal entlang, unter das der Schlüssel gerutscht war. Er hatte ihn schon gefunden, als er auf dem unteren Server etwas entdeckte.

»Verdammt!«

Die flackernden grünen Leuchtdioden verrieten Erich, dass der Server arbeitete. Im schmalen Zwischenraum zwischen ihm und dem nächsten Regalboden sah er sie. Mit zittrigen Fingern fummelte er die CD-ROM hervor. Sie war golden, mit schwarzem Edding beschriftet. Russisch, ›Maden, Mehlwürmer, Mehlkiste‹ – Igor hatte Humor.

Es klingelte an der Eingangstür.

Er sah Judit an.

»Du musst verschwinden!«

Die CD-ROM in seiner linken Hand wurde durch den weiten Ärmel seiner Jacke verdeckt.

»Was hast du gefunden?«

»Schließ den Schrank wieder zu und dann die Tür und dann versteck dich!«, keuchte er. »Ich halte den Kommissar auf!«

Mit rasendem Herz warf er ihr den Schlüssel zu und stürmte aus dem Raum. Er steckte die CD-ROM in seine äußere Jackentasche. Was, wenn der Kommissar sie in flagranti ertappte? Der Vorstand würde nicht zögern, ihn zu entlassen. Das wäre das Ende seiner Karriere.

Es läutete zum zweiten Mal, als er die Eingangstür öffnete.

»Guten Abend, Herr Fischer«, grüßte Lestrich freundlich und trat ein.

Wie selbstverständlich ging er den Gang hinunter, wo Erichs Büro war. Wenn Judit noch im Serverraum war, würde der Kommissar sie sehen und misstrauisch werden. Gingen sie in die andere Richtung, konnte sie die Schlüssel nicht zurückbringen. Er musste Zeit gewinnen.

»Moment!«, rief Erich dem Hauptkommissar hinterher. »Herr Lestrich?«

Lestrich blieb stehen.

»Wollen Sie vielleicht etwas trinken? Einen Kaffee oder ein Wasser?«

»Nein, danke«, Lestrich war kurz angebunden. »Ich möchte mir diese E-Mails von Herrn Vlatov ansehen.«

Wieder wandte er sich ab. Erich lief ihm hinterher. Wie konnte er Lestrich aufhalten, ohne sich verdächtig zu machen? Ihm fiel keine Lösung ein. Über den Flur konnte man bis in den anderen Flügel der Etage blicken. Als sie um die Ecke bogen, sah Erich erleichtert, dass der Gang auf der Höhe des Serverraums dunkel war. Die Tür war zu.

Judit hatte es geschafft. Jetzt musste er ihr nur noch Zeit geben, die Schlüssel zurückzubringen und sich zu verstecken.

»Ist noch jemand im Büro?«, meldete sich Lestrich erneut.

Der Kommissar wies auf die beiden Stühle, die hinter Erichs Schreibtisch standen. »Oder haben Sie den schon für mich hingestellt?«

»Ja, natürlich, ja. Bitte setzen Sie sich doch.«

Schnell zog er die Maus über den Schreibtisch und loggte sich als Administrator aus. Dann tippte er seinen Namen ein. Anstelle der vertrauten Benutzeroberfläche erschien ein Warnhinweis:

Anmeldung nicht möglich.
Ein anderer Benutzer ist bereits mit diesem Namen angemeldet.

»Ist vielleicht doch noch jemand hier, Herr Fischer?«

Erich fiel Stefans Computer ein.

»Nein. Warten Sie einfach hier.«

Das andere Büro war leer. Ruhig glommen die Bildschirme der Computer über dem Chaos auf den Schreibtischen. Die Schublade des Rollcontainers war verschlossen, der Stuhl stand wieder an seiner alten Stelle. Sogar Stefans Computer war im Stand-by-Modus. Sie musste ihn gerade erst ausgeloggt haben. Alles war so, als ob sie nie hier gewesen wäre. Nur der Duft ihres Parfüms hing noch leicht in der Luft.

Zur Sicherheit griff Erich den Telefonhörer und wählte seine eigene Büronummer. Lestrich nahm den Hörer ab.

»Hallo?«

»Können Sie versuchen, mich jetzt einzuloggen? Der Benutzername ist ›efischer‹, das Passwort ›lucy15‹ – Lukas, Ulbricht, Caesar, Ypsilon. Fünfzehn als Zahl, eins und fünf.«

»Jetzt geht es«, hörte er im Hörer. Erleichtert legte Erich den Hörer zurück und preschte den Gang hinauf zu seinem Büro.

Nachdem Kommissar Lestrich alle E-Mails auf eine Diskette gespeichert hatte, erhob er sich.

»Herr Fischer, ich bin Ihnen einige Erklärungen schuldig. Wenn Sie nichts dagegen haben, dann möchte ich Sie bitten, mich in die Zentrale zu begleiten. Dort werden Sie meinen Vorgesetzten kennen lernen, und er wird Sie über alles in Kenntnis setzen.«

Als sie aus der Drehtür der Treptowers in die kalte Berliner Nacht traten, sah er, dass Judit weg war. Sie hatte es tatsächlich geschafft.

×××

Lestrich parkte schräg gegenüber dem Bahnhof Friedrichstraße. Er führte Erich in eines der renovierten Bürohäuser. Im dritten Stock stiegen sie aus dem Fahrstuhl in eine Art Konferenzzimmer. Vor den Fenstern hing das Plakat des Immobilienmaklers.

»Setzen Sie sich, Herr Fischer«, forderte Lestrich ihn auf. Dann verschwand er durch eine Seitentür.

Erich ließ sich am Kopf des langen, schwarzen Konferenztisches nieder. Er zählte neun weitere Stühle und ein Telefon. In der Ecke des Raumes stand ein Beistelltischchen mit einer Auswahl von Getränken. Eine Thermoskanne, wahrscheinlich Kaffee, Wasser und einige kleine Flaschen Orangensaft. Ansonsten war der Raum kalt und leer.

Kommissar Lestrich erschien in Begleitung von zwei Männern. Den einen erkannte Erich als Bangen, Lestrichs Kollegen.

»Kaffee?«, fragte Lestrich und ging hinüber zu dem kleinen Tisch. »Herr Fischer«, fuhr er fort, »dies ist mein Vorgesetzter, Oberkommissar Kratzer. Kommissar Bangen kennen Sie ja bereits.«

»Kratzer. Angenehm«, stellte sich der Oberkommissar vor.

»Herr Fischer«, setzte Lestrich wieder an, »hat uns heute Abend wertvolle Informationen darüber gegeben, wo die Daten von Korsar sind. Gruppe drei kümmert sich bereits darum.« Er blickte Erich an. »Korsar ist der Deckname für Ihren Kollegen Igor Vlatov«, erklärte er. Dann wandte er sich wieder an Kratzer. »Aufgrund seiner wertvollen Mitarbeit habe ich Herrn Fischer versprochen, ihm die Hintergründe unserer Ermittlungen zu erklären.«

Kratzer nahm einen Schluck.

»Herr Fischer!«, begann er. »Deutschland ist Ihnen zu Dank verpflichtet.«

Erich verstand kein Wort. Was sollte dieses ganze Theater? Da nach Kratzer auch die anderen beiden Kommissare ihre Tasse genommen hatten, trank auch er einen Schluck.

»Ich verstehe nicht ganz«, nahm er schließlich seinen Mut zusammen.

Kratzer setzte ein väterlich gutmütiges Lächeln auf.

»Wir drei gehören zu einer Ermittlungsgruppe, welche die organisierte Kriminalität in Deutschland bekämpft. Vom Bundesnachrichtendienst haben Sie sicher schon einmal gehört?«

Erich nickte.

»Gut, dann kann ich mir die Worte sparen. Viele Leute da draußen«, er wies mit einem Nicken auf die Fenster, »denken, dass sich das Aufgabenfeld unserer Organisation seit dem Ende des Kalten Krieges gewandelt hat. Manche gingen so weit zu behaupten, der BND habe einen Teil seiner Legitimation verloren. Ich kann Ihnen, Herr Fischer, bestätigen, dass dem nicht so ist. Richtig dagegen ist, dass unsere Aufgabe schwieriger geworden ist als jemals zuvor. Sie wissen doch, was die Aufgabe des BND ist, Herr Fischer?«

Erich kam sich vor wie bei einer mündlichen Prüfung, für die er sich nicht vorbereitet hatte. Er nickte.

»Gut.« Kratzer schien zufrieden. »Nach wie vor ist das Sammeln und Auswerten von Informationen über potenzielle Gegner unseres Landes ein wichtiger Beitrag zur Sicherheit des Landes. Wir, das heißt die Abteilung V innerhalb des BND, beschäftigen uns mit der Sicherheit des BND selber und vor allen Dingen mit der Abwehr von Gegenspionage.«

Erich wurde mulmig, während Kratzer fortfuhr.

»Nun ist das kein Geschäft, wie Sie es aus dem Kino kennen, Herr Fischer. Wir kidnappen keine Menschen und tauschen auch nicht nachts unsere Agenten gegen andere Agenten aus. Wir ermitteln, analysieren und geben Direktiven. Handeln tut dann die Polizei der jeweiligen Bundesländer. Also könnten wir Sie jetzt gar nicht verhaften, auch wenn wir das gerne tun würden.«

Er lachte über seinen Scherz.

In Erichs Ohren klang es eher wie eine nicht besonders gut versteckte Drohung.

»Was wollen Sie von mir?«, fragte er.

»Wir möchten, dass Sie uns helfen, Herr Fischer«, erhob Lestrich seine Stimme. »Sie erweisen sich und unserem Land damit einen großen Dienst.«

»Herr Fischer«, ergänzte Kratzer, »wir verstehen Ihre aktuelle psychische Situation. Der Tod Ihres Kollegen und die Aufregungen der letzten Tage waren sehr belastend für Sie. Wir können Ihnen helfen. Unsere Psychologen haben viel Erfahrung mit Menschen, die so etwas durchgemacht haben. Ich garantiere dafür, dass sich diese Sachen nicht negativ auf Ihre weiteren beruflichen und privaten Pläne auswirken werden.«

Noch eine Drohung, dachte Erich. Sie spielen ›Guter Polizist – böser Polizist‹ mit mir. Aber warum?

»Ich glaube, ich verstehe Sie noch immer nicht ganz«, entgegnete er vorsichtig.

Lestrich räusperte sich.

»Wie ich Ihnen bereits gesagt habe, besteht der Verdacht, dass Ihr Kollege mit einer kriminellen Organisation in Verbindung stand.«

Kratzer fiel ihm ins Wort.

»Industriespionage, Herr Fischer, ist kein Kavaliersdelikt.«

»Die Russenmafia in Deutschland«, versuchte Lestrich mit sanften Worten zu erklären, »ist eine der Organisationen, die unsere Abteilung V seit einiger Zeit im Visier hat. Sie mögen denken, dass das nicht den Aufgaben entspricht, die uns laut Verfassung zukommen. Vergessen Sie dabei aber nicht, dass sich eine lukrative Zusammenarbeit zwischen den Geheimdiensten aus der GUS und dieser Mafia entwickelt hat. Heute spionieren die Dienste nicht mehr für ein Land. Sie tun es für Geld. Viel Geld. So einfach ist das. Unser Auftrag ist es, die gegnerischen Organisationen zu finden, zu infiltrieren und zu vernichten.«

»Also war Igor tatsächlich …«, wollte Erich wissen.

»… ein Mitglied?«, beendete Lestrich die Frage. »Ja und nein. Ihr Kollege Igor war ein ehrbarer Mann. Er war, was man einen Vertrauten der Führungsspitze nennen könnte. Das machte ihn für uns so wertvoll. Denn gleichzeitig war Ihr Kollege ein Mann mit Prinzipien. Ab einem bestimmten Punkt war er nicht mehr bereit, die kriminellen Machenschaften seiner Paten mitzutragen. Ab da hat er sich uns anvertraut.«

Ein Verräter, dachte sich Erich. Igor war ein Verräter, der aus der Russenmafia aussteigen wollte.

»Und darum musste er sterben?«

»Korsar besaß Zugang zu fast allen Daten der großen Clans«, erklärte Lestrich. »Innerhalb der Organisation war er eine Art IT-Berater und half bei der Buchhaltung und Verwaltung der Geschäfte. Sie können nicht ahnen, was er für ein großes Wissen gehabt hat.«

»Ein Wissen, das jetzt verloren ist oder gut versteckt wird«, drohte Kratzer. Er blickte Erich wie ein angriffslustiger Dobermann an. »So viel Wissen. Und in unserer Zeit lässt sich dieses gesamte Wissen auf eine kleine CD-ROM pressen.«

Wieder versuchte Lestrich, die Worte seines Vorgesetzten abzumildern.

»Unsere Spezialisten haben den Computer von Korsar analysiert. Leider haben sie keine der Dateien gefunden, die wir so dringend benötigen und die Korsar uns übergeben wollte. Sie haben aber eine Menge Spuren von Datentransfers gefunden.«

Er zog ein kleines Notizbuch aus der Innentasche seines Mantels.

»Die Transfers gingen an die so genannte Brennerei in Ihrer Firma. Dort kann man Daten auf CD-ROM brennen. Leider waren unsere Daten weder auf den CD-ROMs im Schreibtisch von Korsar noch bei ihm zu Hause.«

»Glauben Sie nicht, dass Sie unbeschadet davonkommen, wenn die Polizei die Firma auffliegen lässt und dort die Daten gefunden werden.« Das war wieder Kratzer. »Sie alle könnten wegen Mitgliedschaft in einer kriminellen Vereinigung angeklagt werden. Was das für die Karriere bedeutet, muss ich wohl nicht erklären.«

Für eine Minute herrschte Stille am Tisch. Von draußen klang leise das Gequietsche einer einfahrenden S-Bahn vom Bahnhof durch die Scheiben.

»Was sind das denn überhaupt für Daten?«, fragte Erich.

Kratzer antwortete.

»Controllingdaten. Ihr Kollege, Herr Fischer, hat uns mitgeteilt, dass die Organisation ihre Geschäfte so gründlich aufbereitet wie ein guter deutscher Mittelständler: Überweisungen, Bankverbindungen, Einnahmen, Ausgaben, Anlagen, Gewinne, alles. Sogar über die Entnahmen für wohltätige Zwecke sollen sie Buch führen. Wahrscheinlich handelt es sich dabei eher um Schmiergelder in großem Stil. Diese Daten sind fundamental für unsere Ermittlungen.«

Lestrich ergänzte.

»Mit Hilfe dieser Daten können eine ganze Menge Krimineller überführt und vor Gericht gebracht werden. Verstehen Sie, Herr Fischer, die Hintermänner, nicht der kleine Mann auf der Straße. Im Kampf gegen die Mafia haben wir nur Erfolg, wenn wir auf der einen Seite einzelne Mitglieder gewinnen, die dann gegen die Organisation aussagen und dafür Haftverschonung bekommen. Sie wissen schon, die Kronzeugenregelung. Auf der anderen Seite müssen wir die illegalen Aktivitäten und Geldströme lückenlos belegen können. Erst wenn wir wissen, dass eine Summe X dort abgebucht und auf dem Konto der Waffenfirma Y wieder aufgetaucht ist, dann kriegen wir einen Haftbefehl vom Staatsanwalt.«

»Das klingt gefährlich«, sagte Erich. Er hatte sich langsam beruhigt und hörte interessiert zu.

»Das ist gesellschaftlicher Sprengstoff«, bestätigte Lestrich. »Die Schmiergeldzahlungen gehen nach unseren Erkenntnissen bis in die höchsten Wirtschafts- und Politikkreise des Landes. Mit diesen Daten könnten wir in großem Stil aufräumen und den Ring dieser Mafia auf Jahre hinaus sprengen. Deswegen ist uns Ihre Mithilfe ja auch so wichtig.«

Erich fühlte sich jetzt doch geschmeichelt.

»Vielleicht hat die Russenmafia die Daten wieder in ihre Hände bekommen«, schlug er vor.

»Das ist möglich, aber unwahrscheinlich«, antwortete Lestrich. »Wenn sie die Daten wieder hätten, dann bräuchten sie nicht in die Wohnung von Herrn Vlatov einzubrechen oder in Ihr Büro.«

»Möglicherweise haben sie die Daten dort gefunden«, meinte Erich. »Seitdem bei uns eingebrochen wurde, ist ja nichts mehr passiert.«

»Zumindest nichts Illegales. Da haben Sie Recht.« Erwartungsvoll sah Lestrich ihn an.

»Wie meinen Sie das?«, fragte Erich unsicher zurück.

»Unterschätzten Sie die organisierte Kriminalität nicht. Wenn die Russen spüren, dass sie mit Gewalt nicht weiterkommen, dann setzen sie auch, sagen wir, subtilere Mittel der Verführung ein.«

Jetzt wurde Erich alles klar. Von wegen Freundschaft mit Igor, Jüdische Gemeinde, Krankenhaus in Moabit. Die Geschichte hätte ihm spätestens dann komisch vorkommen müssen, als er ihr Auto gesehen hatte. Nagelneu und viel zu teuer für eine MTA. Und wie gezielt sie nach den Daten gesucht hatte!

»Wissen Sie, Herr Kommissar«, begann er nach einer kurzen Pause, »ich habe Ihnen am Telefon nicht alles erzählt.«

Erich seufzte und begann seine Erzählung mit dem Zeitpunkt, als Klaus und er den Verdacht geschöpft hatten, dass die Russenmafia im Spiel sein könnte. Er erzählte von dem Abend in der Bar und Judit, und wie sie gemeinsam in die Firma gefahren waren. Während der Schilderung, wie sie es geschafft hatten, an Igors E-Mails zu gelangen, klingelte sein Handy.

»Gehen Sie ruhig dran«, forderte Kratzer ihn freundlich auf. »Soll ja keiner denken, dass Sie verhaftet sind.« Wieder lachte er maßlos über seinen eigenen Scherz.

»Mann, Erich! Wo steckst du denn?«

Klaus war wieder aufgetaucht.

»Ich, ich bin gerade in einer Besprechung«, antwortete Erich und blickte die Kommissare an. »Ich rufe gleich zurück.«

»Das kann doch nicht wahr sein!«, schrie Klaus erbost. »Erst meldest du dich nicht, dann erreiche ich dich nicht, und jetzt hast du keine Zeit? Und währenddessen wird in den Serverraum der Firma eingebrochen!«

»Was?«

»Ich war gerade auf dem Weg in die Stadt. Du weißt, da komme ich an unserem Tower vorbei. Und was sehe ich? Licht in deinem Büro und in den Fenstern daneben. Vor der Tür stehen drei schwarze Lieferwagen. Amerikanisch. Ich gehe also rein und frage den Portier. Der sagt mir, dass jemand am frühen Abend zu Equilic gegangen sei. Also denke ich, das bist du. Ich fahre hoch. Über Handy warst du ja nicht zu erreichen. Also denke ich, du bist im Büro und hast keinen Empfang. Ich also durch die Vordertür rein und um die Ecke geschaut. Was sehe ich? Irgendwelche Typen, die vor dem Serverraum stehen. Schweres Gerät daneben, Bohrmaschinen und so. Wahrscheinlich noch mehr drinnen im Raum. Da hab ich mich aber ganz schnell verpisst. Jetzt sitze ich hier im Auto und habe die Lieferwagen im Blick. Mann, ist das spannend. Und wo bist du? Hallo?«

Erich wusste nicht, was er sagen sollte. Die Russenmafia, schoss es ihm durch den Kopf. Judit hatte ihre Leute verständigt, und die nahmen jetzt den Serverraum auseinander. Aber Judit wusste ja, wo die Schlüssel für den Raum waren. Hieß das, dass sie nicht mit den Mördern von Igor im Bunde stand? Wer wusste noch von dem Serverraum außer ihm, ihr und …

Gerade rechtzeitig unterdrückte er den Impuls, Lestrich anzusehen. Vorsichtig versuchte er, sich auf sein Handy zu konzentrieren.

»Ist gut. Ja, mache ich … Ich komm dann vorbei … Ja, das finde ich. Bis dann.«

»Was ist los mit dir, spinnst du?«, hörte er die empörte Stimme am anderen Ende. Dann schaltete er das Gerät ab.

»Ein Freund. Wir sind verabredet«, log Erich.

»Dann wollen wir zusehen, dass wir hier fertig werden«, erwiderte Lestrich freundlich. »Sie haben uns gerade erzählt, wie Sie die Passwörter gefunden haben. Was passierte dann?«

Erich hatte nur noch ein Ziel: raus. Er brauchte Ruhe, wollte überlegen, was er als Nächstes machen konnte. Wem er noch vertrauen durfte.

»Herr Fischer«, rief Kratzer. »Erzählen Sie ruhig weiter.«

»Da gibt es nicht mehr viel ... dann rief ja auch schon der Kommissar an ... und dann haben wir gewartet ... das heißt, ich habe gewartet.«

»Und Ihre Begleitung, diese Judit?«

»Die«, stotterte Erich, »die ist dann weg. Ich habe sie weggeschickt.«

»Wir können auch anders, Herr Fischer«, drohte ihm Kratzer jetzt direkt. »Wenn das, was Sie uns hier auftischen, nicht stimmen sollte. Mit Ihnen und mit jedem anderen. Ich wiederhole: jedem und jeder!«

»Herr Fischer«, Lestrich war immer noch freundlich. »Wir sind gerne bereit, Ihnen zu glauben. Ich frage Sie jetzt und hoffe, Sie antworten offen und ehrlich. Wollen Sie das machen?«

»Ja. Natürlich, ja.«

»Nehmen wir einmal an, Ihre Vorgesetzten erfahren, dass Sie sich ohne Erlaubnis auf andere Server hacken, dort fremde E-Mails lesen und den Inhalt an Dritte weitergeben. So, wie Sie es mit dieser Judit getan haben.«

Erich wurde flau im Magen.

»Und dazu müssen wir nicht einmal in Erscheinung treten. Die E-Mails Ihres Kollegen befinden sich in Ihrem Posteingang. Ich vermute, Sie haben sogar die Konfiguration so geändert, dass alle Nachrichten für Herrn Vlatov auch bei Ihnen eintreffen.«

Sie hatten ihn. Hatte er denn überhaupt noch eine Wahl?

»Was wollen Sie von mir?«

»Die Wahrheit«, antwortete Lestrich. »Waren Sie schon im Serverraum, bevor ich bei Ihnen war?«

Erich nickte.

»Haben Sie die Panzerschränke geöffnet?«

Wieder nickte Erich.

»Was haben Sie in den Schränken gefunden?«

Die Stimme von Lestrich war jetzt hart und fordernd.

Sofort fiel Erich die CD-ROM in seiner Jackentasche ein. Wahrscheinlich waren die Kommissare den Daten in diesem Moment so nahe wie niemals vorher. Er könnte sie aus der Tasche ziehen, und der Alptraum wäre vorbei. Irgendetwas hielt ihn jedoch zurück. Weder der Kommissar noch Judit hatten gesehen, dass er diese CD-ROM gefunden hatte. Es war den Versuch wert.

»Im linken Schrank habe ich nichts gefunden. Bevor ich den rechten aufmachen konnte, haben sie geklingelt.«

»Und Ihre Begleiterin?«

Nur weg, irgendwie raus hier, summte es in Erichs Kopf.

»Als wir zusammen im Raum waren, hat sie nichts gefunden«, sagte er schließlich. »Aber ich musste Ihnen dann ja die Tür aufmachen, Herr Kommissar.«

»Wo finden wir diese Judit?«

»Ich weiß es nicht«, antwortete Erich leise. Er hatte weder Adresse noch Telefonnummer. »Sie hat mich doch angerufen.«

»Das werden wir herausbekommen, verlassen Sie sich drauf«, polterte Kratzer wieder los.

Wie auf ein Zeichen gingen die drei ins Nebenzimmer.

Das Einzige, was Erich in seiner Wut und Verzweiflung hörte, war das leise Quietschen der nächsten S-Bahn von draußen. Verstohlen wischte er sich über Nase und Augen.

»Wir wären dann fertig.«

Lestrich hatte allein den Raum betreten.

»Heißt das, ich kann gehen?« Erich sah einen Hoffnungsschimmer am Horizont.

»Ja. Gehen Sie jetzt zu Ihrem Freund. Wir werden Sie wieder anrufen. Und noch etwas: Diese Unterhaltung bleibt unter uns. Wir wollen doch nicht, dass irgendjemand falsche Schlüsse über Ihre Integrität ziehen könnte. Sie gehören doch ab jetzt zu uns.«

Erich stand auf. Er spürte, wie sein ganzer Körper zitterte. An der Tür hörte er, wie Lestrich hinter ihm herrief.

»Und vergessen Sie nicht, Herr Fischer, wir tun nur unsere Pflicht. Tun Sie auch die Ihre, und es wird niemandem etwas geschehen.«

xxx

Auf der Straße verstand Erich, was es hieß, ohne eigenes Dazutun zu einem Teil von etwas Anderem zu werden. Er verstand auch, was es bedeutete, Informationen über Dritte herauszugeben, um seine eigene Haut zu retten. Es spielte keine Rolle, ob diese Informationen unwissentlich unter Druck preisgegeben wurden. Wenn Lestrich nicht zufrieden war mit dem, was er gesagt hatte, dann würde er ihn anschwärzen. Damit wäre auch Ali dran, weil er ihm vertraut und die Passwörter für die Mehlkiste gegeben hatte. Falls Lestrich zufrieden war, würde er Judit jagen. Sie musste auf alle Fälle mit Schwierigkeiten rechnen. Aber war sie nicht selber schuld? Was wusste er schon von ihr, außer dass er sie attraktiv fand?

Mutlos und auf schwachen Beinen trottete Erich über die Straße und stieg die Treppe zum Bahnhof hinauf. Er musste sich entscheiden. Klaus. Klaus steckte fast so tief drinnen wie er. Entschlossen griff er sein Handy und suchte die richtige Nummer.

»Mann, Erich. Was ist mit dir los?«, dröhnte Klaus in seinem Ohr. Anhand der Geräusche war zu erkennen, dass Klaus im Auto saß.

»Entschuldige, Klaus. Ich konnte gerade nicht.«

»Du verpasst das Beste. Hier ist Bewegung in die Sache gekommen.«

Erich wollte ihn warnen. Aber er kam nicht zu Wort.

»Gerade eben sind die Männer wieder runtergekommen. Ich habe sechs Leute gezählt. Die haben ihre Sachen in die Autos getan, und seitdem sitzen sie da rum und warten. Und, Moment ...«

»Klaus!«, rief Erich in Panik. »Fahr da weg! Hörst du?« Das Einzige, was er hörte, war das Radio. »Klaus!«

»Kein Problem, ich musste nur mal eben abtauchen«, erklang Klaus' Stimme wieder. »Sie sind jetzt losgefahren und an meinem Auto vorbei. Ich fahr hinterher.«

»Lass die bloß in Frieden!«, schrie er, doch anstelle einer Antwort erzählte Klaus ihm, was er sah.

»Okay, wir sind die Auffahrt runter und fahren ... ja, rechts rum in die Hofmannstraße. Kluges Kerlchen, willst die Ampel umgehen? Da bin ich noch besser, warte nur ab.« Erich wusste, dass Klaus die Auffahrt hinunter und dann rechts quer über den Vorplatz zur Hofmannstraße fuhr. Das war zwar verboten, störte aber keinen, der sich auskannte.

»Sehr schön«, hörte Erich in seinem Ohr. »Wir biegen ab und fahren gleich in Richtung Schlesisches Tor. Da ist mehr Verkehr, und ich kann etwas näher ran. Dann werden wir uns gegenüberstehen ... und ich werde fragen: ›Was macht ihr in meiner Firma?‹ Und sie werden sagen: ›Oh‹ ... Das gibt es doch nicht. Scheiße, verdammte.«

»Was ist los?«, fragte Erich panisch nach.

»Mist«, hörte er Klaus keuchen. »Bullen! Sie haben das Handy gesehen. Ich melde mich.«

Erich konnte sich ein erleichtertes Grinsen nicht verkneifen. Er war froh, dass Klaus die Verfolgung abbrechen musste. Noch bevor er einen weiteren Gedanken fassen konnte, klingelte es erneut. »Erich, hier ist Judit.«

Ein wohliger Schauer durchfuhr ihn. Er kannte ihr Spiel nicht, aber er freute sich dennoch.

»Judit.«

»Du wirst beschattet.«

Der wohlige Schauer verwandelte sich in ein Zittern.

»Was, wieso?«

»Ein Mann, schwarze Lederjacke, Jeans, Turnschuhe, zirka Mitte vierzig, dunkelblonde Haare, mit Pilotenbrille. Er ist dir aus dem Haus gefolgt.«

Erich hätte nicht im Traum daran gedacht, sich auf den wenigen Metern zur S-Bahn umzudrehen. Vorsichtig blickte er den Bahnsteig hinauf und hinunter, bis er ihn fand. Er lehnte lässig an einem der Fahrscheinautomaten und schaute ins Nichts.

»Ich sehe ihn«, flüsterte er.

Mit ihrer Kommandostimme gab Judit ihm Instruktionen.

»Lass ihn nicht aus den Augen und versuche, ihn beim Aussteigen abzuhängen. Spring im letzten Augenblick aus dem

Zug. Ich rufe dich später an. Wir müssen uns treffen – alleine.«

»Moment, ich muss dir was sagen, du …«

Sie hatte ihr Handy bereits wieder abgestellt.

Den ersten Versuch machte Erich am Alexanderplatz. An der Friedrichstraße war der Mann mit der schwarzen Lederjacke eine Tür weiter in den Zug gestiegen und hatte sich rechts neben den Eingang gesetzt. Als dann das Signal ertönte, sprang Erich auf und trat auf den Bahnsteig. Schnell stieg er die Rolltreppe in den Bahnhof hinunter und drehte sich erst am Fuß der Treppe vorsichtig um. Auf der Treppe stand der Mann und blickte ihn an. Als ob er ihn nicht bemerkt hätte, stellte Erich sich vor einen der Imbisse und kaufte sich ein Croissant. Langsam schlenderte er zum nächsten Kiosk und kaufte sich neue Zigaretten. Als er aus dem Kiosk trat, begann es in der Unterführung lebendig zu werden. Die U5 aus Hönow. Gegen den Strom lief er in Richtung U-Bahn die Treppen hinunter, machte dann aber kehrt und hängte sich an eine Gruppe holländischer Touristen, die laut grölend die Treppen hinaufgingen. Oben stürmte er erneut die Rolltreppe zur S-Bahn hoch und wartete.

Die S 5 nach Strausberg-Nord fuhr ein. Im letzten Moment sprang Erich durch die Tür. Langsam ging er den Gang in den hinteren Zugteil hinunter. Nur um sicher zu sein.

In der Mitte des Zuges sah er seinen Verfolger. Zum Aussteigen war es zu spät. Sein Handy klingelte.

»Klaus hier. Ich habe sie verloren.«

Gut so, dachte Erich.

»Wo bist du?«

»Schlesisches Tor, Ecke Skalitzer. Und du?«

»S-Bahn Richtung Warschauer. Ich bin in zwei Minuten da.«

»Ich hole dich ab.«

»Warte vor dem Eingang. Ich hab's eilig.«

Er schaltete sein Handy aus, drehte sich um und ging in Richtung Zugende. Jeder Meter zählt, dachte er sich. Als die S 5 eine Minute später in den Bahnhof Warschauer Straße einfuhr, war er der Erste, der aus der Tür sprang. Er musste sich nicht umdrehen, um zu wissen, dass die Lederjacke ihm folgte. Zwei Stufen auf einmal hetzte er die Treppe hoch und stürmte vorbei an den kleinen Verkaufsbuden auf die Brücke hinaus. Mitten auf dem Fahrradweg stand ein feuerroter BMW.

»Freundschaft«, begrüßte ihn Klaus, als Erich die Beifahrertür des Wagens aufriss, und legte zum Gruß die rechte Hand an den Scheitel.

»Gib Gas!«, fuhr Erich ihn atemlos an.

Mit aufheulendem Motor schnellte der Wagen nach vorne. Die Straße war feucht. Durch das Rückfenster erkannte Erich, wie die schwarze Lederjacke auf die Straße stürmte und zu einem Handy griff.

»Außerdem heißt es ›Immer bereit‹ und nicht ›Freundschaft‹. Das eine sind die Jungen Pioniere, das andere ist die FDJ. Merk dir das endlich!«

Schnell fuhren sie die Warschauer Straße hinauf in Richtung Frankfurter Allee.

»Wohin fahren wir?«, wollte Klaus wissen. »Und was ist überhaupt los? Wer verfolgt dich?«

»Fahr einfach geradeaus.«

Erich musste seine Gedanken ordnen. Im Auto fühlte er sich schnell wieder sicherer. In kurzen Sätzen erklärte er Klaus, was passiert war.

»Die Sache wird immer interessanter«, war der einzige Kommentar.

»Hast du noch etwas rausbekommen?«

Ohne die Details auszulassen, erzählte Klaus, dass er mit Anna ins Hotel Adlon gefahren war, wo sie arbeitete. Sie hatte einen guten Freund an der Rezeption, der ihnen ein freies Zimmer bis zum nächsten Morgen gegeben hatte. Dort hatten sie noch einige Joints geraucht und die Minibar geplündert, bis sie schließlich im Bett gelandet waren. Am Samstagmorgen sei ihnen dann aber endgültig die Kondition ausgegangen und sie hatten das Zimmer räumen müssen. Er hatte sich ein Taxi genommen und war nach Hause gefahren, wo er bis zum späten Nachmittag geschlafen hatte. Dann hatte er versucht, Erich zu erreichen.

»Warum hast du eigentlich nicht die Polizei gerufen, als du die Männer gesehen hast?«

»Weil mir der Portier in der Eingangshalle gesagt hat, dass die Wagen draußen der Polizei gehörten«, antwortete Klaus. »Ich habe ihm das nicht geglaubt, aber versuch mal, mit einem dieser Menschen zu diskutieren.«

»Was du da sagst, deckt sich doch ganz gut mit dem, was mir passiert ist«, erklärte er. »Lestrich war der Einzige, der von den Panzerschränken gewusst hat. Er hat dann seine Kollegen verständigt.«

»Welche Panzerschränke, was redest du?«

In knappen Worten schilderte Erich seinen Tag.

»Diese Schlange«, entfuhr es Klaus. »Nimm dich vor der in Acht.«

»Du bist nur angepisst, weil sie dich in die Wüste geschickt hat«, entgegnete Erich.

»Ist doch egal. Was weiß sie?«

»Auf jeden Fall weiß sie nicht, dass ich im Serverraum etwas gefunden habe.« Mit einem triumphierenden Lächeln kramte Erich in seinen Jackentaschen herum, bis er die CD-ROM hervorzog und in die Luft hielt. »Ich wette, hier finden wir, worauf alle so scharf sind.«

»Dann lass uns diese Daten näher betrachten«, meinte Klaus und wies nach hinten. Auf der Rücksitzbank lag eine schwarze Tasche.

»Warum hast du einen Laptop dabei?«

»Hatte ich nach dem letzten Termin im Auto liegen lassen«, grinste Klaus. »Ist doch gut, dass er nicht geklaut wurde.«

Erich zog den Laptop heraus und schob die CD-ROM in das Laufwerk. Mit leisem Schnurren setzte sie sich in Bewegung.

»Merkwürdig«, sagte er, während er das Verzeichnis der CD-ROM studierte.

»Was?«

»Sie ist so gut wie leer. Mehrere .xls und kleine Programme, die ich nicht zuordnen kann.«

»Was sind das für Exceldateien?«

Erich versuchte, eine Datei zu öffnen. »Gesperrt«, antwortete er. »Die Dateien sind zugriffsgesperrt und, wie mir scheint, verschlüsselt. Um das zu hacken, brauche ich Zeit und mehr Kapazität.«

Missbilligend betrachtete er den Laptop. Aus purer Langeweile kopierte er die Dateien komplett auf den Desktop.

»Und die Programme?«

»Das kann ich so schnell nicht sagen«, wich Erich aus. »Dazu müsste ich mir den Code genauer anschauen.«

»Scheiße. Und jetzt?«

Sie hatten die Schönhauser Allee erreicht. Klaus bog ab und steuerte den Wagen wieder in Richtung Zentrum.

»Wir können den Kommissar anrufen und die CD-ROM abgeben«, schlug Erich vor.

»Findest du, das ist eine gute Idee?«

»Nein. Ich trau Lestrich nicht.«

Ehrlich gesagt wusste Erich überhaupt nicht, wem er trauen sollte.

»Ich auch nicht«, bekräftigte Klaus.

»Und Judit? Vielleicht kann sie mit den Daten was anfangen.«

»Traust du ihr etwa?«

»Ich weiß nicht.«

Er kramte sein Handy aus der Innentasche seiner Jacke hervor. Über das Menü rief er die Anrufliste ab. Ihre Nummer war nicht gespeichert, Nummernunterdrückung.

»Ich muss was essen.« Klaus bremste direkt vor einer Dönerbude.

Erich spürte, wie ihm schon beim Anblick der appetitlich im Schaufenster angerichteten Salate und Börek das Wasser im Munde zusammenlief. Er schaute auf die Uhr. Fast halb elf. Das letzte Essen lag lange zurück. Er klappte den Laptop zu und legte das Gerät vorsichtig hinter seine Füße auf den Fahrzeugboden.

Mitten in ihr Abendbrot erklang das unmelodische Schrillen von Erichs Handy. Beinahe hätte er sich an einem der dünnen Fleischlappen verschluckt.

»Erich, ich bin es.«

»Judit!«

Sofort ließ Klaus seinen Döner sinken.

»Was will sie?«, zischte er Erich zu.

Erich machte eine Handbewegung, um Klaus zum Schweigen zu bringen.

»Hast du den Typen abschütteln können?«, fragte sie.

»Kleinigkeit. Woher hast du gewusst, dass er hinter mir her war?«

»Ich bin euch mit dem Auto gefolgt. Dann habe ich in der Friedrichstraße gewartet. Ich wollte nach dir rufen, als du über die Straße gingst. Dann kam aber dieser Typ hinterher.«

Erich grinste. Dafür hatte sie eine kleine Belohnung verdient.

»Judit, hör zu. Ich habe was gefunden.«

Klaus' Augen weiteten sich. Mit einer schnellen Handbewegung hatte er den Dönerrest auf den Plastiktisch gelegt und Erich auf den Oberarm geschlagen. Mit seiner Linken zeigte er ihm einen Vogel.

»Wir treffen uns am Ku'damm, Ecke Knesebeckstraße, vor dem Mercedeshändler. In zwanzig Minuten.«

×××

Vor den großen Schaufenstern des Mercedeshändlers war kein Parkplatz mehr frei. Klaus parkte den Wagen in zweiter Reihe auf der Busspur und schaltete die Warnblinkanlage ein, während sie warteten.

»Ist sie das?«, fragte Klaus und wies in den Rückspiegel des BMW.

Erich drehte sich um. Hinter ihnen hatte gerade ein schwarzer Wagen gehalten. Die üppige Chromfront und die eckigen Scheinwerfer verrieten das amerikanische Fabrikat. Erich kannte den Wagentyp nicht.

»Nein. Sie hat einen schwarzen Audi A 3.«

»Verdammt!«, fluchte Klaus plötzlich los. Ein zweiter Wagen war aus dem Verkehrsstrom auf die Busspur gefahren und schoss rückwärts auf den BMW zu. Die Bremslichter tauchten den Innenraum in hellrotes Licht, als der Wagen direkt vor dem BMW zum Stehen kam.

»Wer immer das ist«, rief Klaus, »er hat uns eingeschlossen.«

Die Beifahrertür wurde geöffnet und zwei Männer kletterten heraus. Auch beim hinteren Wagen wurde eine Tür geöffnet und mit lautem Knall wieder ins Schloss geworfen.

»Was wollen die?«, fragte Erich.

»Das sind die Typen von den Treptowers.«

Vorsichtig öffnete Klaus das Fenster.

»Aussteigen!« Als Klaus ihn nur stumm anblickte, wiederholte er seinen Befehl. »Aussteigen!« Seine Stimme hatte eine dunkle Färbung. Zur Warnung öffnete er sein Jackett und entblößte Schulterhalfter und Pistole.

»Ich glaube, der meint es ernst«, sagte Klaus.

Mit vorsichtigen Bewegungen schoben sie sich aus dem BMW.

»Die Daten!«, herrschte sie der Mann an, als sie nebeneinander standen. »Los!« Er war definitiv ein Russe.

»Ich verstehe nicht. Und Sie täuschen sich bestimmt, wir sind …«, versuchte es Klaus mit bebender Stimme. Unwillkürlich hatte er einen Schritt auf den Mann zu gemacht.

»Zurück!«, fauchte dieser und zog seine Pistole. »Ihr habt Daten. Auf CD.« Er winkte die anderen beiden zu sich, wies auf Erich und murmelte einige Worte. »Du, herkommen!« Grob packten sie Erich an den Armen.

»Moment!«, rief Klaus. »Das geht doch auch friedlicher.«

Beruhigend legte er seine Hand auf den Unterarm von einem der Männer. Bevor er reagieren konnte, boxte ihm dieser auf die kurze Rippe. Mit einem Schmerzensschrei ging Klaus in die Knie. Mit geübtem Griff packte ihn der andere am Kragen und schleuderte ihn mit Kopf und Bauch auf die Motorhaube des BMW.

»Stopp!«, rief der Anführer.

Der Russe ließ Klaus los. Erich spürte einen eisernen Griff und dazu noch einen Mittelfinger, der zielsicher die Stelle gefunden hatte, an der er eine Arterie seines Arms abdrücken konnte. In Sekunden spürte er, wie die Schmerzen in seinem Arm wuchsen.

»Loslassen«, bat er, doch der Griff verstärkte sich nur. Mit der einen Hand hielt er ihn fest, mit der anderen durchwühlte er Erichs Jackentaschen und warf alles achtlos auf die Straße.

Plötzlich lockerte sich der Griff. Wie vom Blitz getroffen stürzte Erich zu Boden und krümmte sich vor Schmerz. Mit flimmerndem Blick sah er sein Portemonnaie, seine Zigaretten und sein kleines Taschenmesser vor sich auf dem Asphalt liegen. Der Russe hatte eine CD in der Hand. Unsanft wurden Erich und Klaus von den anderen beiden Männern hochgerissen. Mit letzter Kraft schleppte sich Erich um den BMW herum, öffnete die Beifahrertür und ließ sich in den Sitz plumpsen. Die beiden Männer gingen ebenfalls zum ersten Wagen. Er sah Klaus an. Die Sache hatte nicht einmal zwei Minuten gedauert.

Dann sah er Judit. Vorsichtig hob er seine Hand ein kleines Stück.

Sie verstand. Sobald der Russe ihr den Rücken zuwandte, zeigte Judit mit ihrer linken Hand auf Erich, dann auf sich und wies schließlich den Bürgersteig hinunter. An der nächsten Ecke stand ihr Audi, höchstens zwanzig Meter.

»Klaus!«

»Gottverfluchte Scheiße!«

»Klaus, kannst du laufen?«

Klaus lehnte kalkweiß am Lenkrad.

»Wir kommen hier nicht weg. Die Scheiß-CD haben sie, dann kriegen sie noch den Laptop. Dann lassen die uns in Frieden.«

»An der Ecke steht Judit. Wenn wir schnell sind, dann schaffen wir es.«

»Wenn wir nicht schnell sind, kriegen wir noch mehr in die Fresse«, antwortete Klaus und massierte sich die Rippen.

»Wenn die gleich merken, dass sie die falsche CD haben, werden sie erst richtig ungemütlich.«

Erich erklärte ihm, dass Igors CD immer noch im Laptop war. Dann machte er Judit ein Zeichen. Ohne zu zögern verließ sie ihren Posten und schlenderte zu ihrem Wagen. Im Außenspiegel sah Erich, wie sie sich ans Steuer setzte. Für einen Sekundenbruchteil blitzten die Bremslichter des Audi auf. Sie hatte den Motor gestartet und wartete. Er nahm den Laptop an die Brust.

»Jetzt! Los!«

Mit einem Sprung war Erich aus dem Wagen. Klaus hatte die günstigere Startposition und war als erster am Ziel. Früher war Erich ein guter Sportler gewesen, aber die Zigaretten, das Bier und die Computer hatten Kraft gekostet. Mit heulendem Motor setzte sich der A 3 in Bewegung.

»Mach schon! Los! Fahr!«, schrie Klaus in Panik. Judit blieb ruhig. Mit durchdrehenden Reifen fuhr sie die Knesebeckstraße in Richtung Lietzenburger hinauf.

Der Fahrer des hinteren Lieferwagens rannte hinter ihnen die Straße hinauf.

»Verdammt! Tu doch was, er kommt!«, schrie jetzt auch Erich. Mit leisem Surren verriegelten sich die Türen.

Der Mann hatte den Audi erreicht und rüttelte an der Tür.

»Mach die Sicherung raus, ich stoße ihn weg!«, herrschte Klaus Judit an.

»Du machst gar nichts«, entgegnete sie ruhig. Das mach ich.« Mit einer leichten Bewegung steuerte sie den Wagen in Richtung der parkenden Autos. Im Audi hörten sie nicht mehr als das Krachen eines abbrechenden Spiegels und den Schrei des Mannes. »Schaltet eure Handys ab«, befahl Judit. »Sie werden gleich kommen.«

Auf dem Kurfürstendamm waren die Lieferwagen rückwärts bis zur Ecke Knesebeckstraße gefahren und hatten die Verfolgung aufgenommen.

»Wir müssen nach Friedrichshain«, rief Erich. »Da kenne ich eine Menge Verstecke.«

Judit steuerte den A 3 an der Urania vorbei zum Schöneberger Ufer. Sie fuhr exzellent.

»Pass auf!«, schrie Klaus plötzlich.

Vor ihnen sprang die Ampel auf Rot. Mehrere Autos blockierten die Spuren. Ohne auf die Bremse zu gehen, fuhr Judit mitten durch die Autos. Es blitzte zwei Mal.

»Das kostet dich den Führerschein«, bemerkte Klaus trocken.

Mit fünfundneunzig Stundenkilometern raste der A3 am Landwehrkanal entlang. In der Dunkelheit waren die Verfolger nicht von den anderen Autos zu unterscheiden.

»Sie sind hinter uns. Sie erkennen das Auto«, meldete sich Judit.

»Es gibt viele A 3«, wollte Klaus sie belehren.

»Wir haben ein kaputtes Rücklicht«, gab sie ruhig zurück.

»Hier links rein«, befahl Erich, als sie die Boxhagener Straße entlangfuhren.

Ohne zu fragen, bog Judit in die Kreutziger Straße ein, bis sie auf einen Wendeplatz kamen. Vor ihnen lag die Rückwand eines Wohnhauses, links die Kfz-Werkstatt Goldbeck, rechts der abgeschlossene Parkplatz derselben Firma.

»Und jetzt?«, fragte sie Erich eher neugierig als ängstlich.

Früher war Erich öfter dort gewesen, um gebrauchte Autoteile abzustauben. Manchmal hatten sie die Teile dann reparieren können und selber verwendet oder verkauft. Er wusste auch, dass im Hinterhof der Werkstatt, gleich rechts neben der Garageneinfahrt, ein Dreikant hing, mit dem man den schmalen Fußgängerdurchgang zur Frankfurter Allee öffnen konnte. Goldbeck brauchte diesen Schlüssel manchmal, wenn er ein neues Auto in den Verkaufsraum im Vorderhaus bugsieren wollte. Und für den Audi war die Durchfahrt breit genug.

Es dauerte keine Minute, und sie hatten die Metallbügel aus der Durchfahrt entfernt. Langsam dirigierte Judit den A 3 durch die schmale Gasse. Noch bevor Erich und Klaus die Sperren wieder eingesetzt hatten, sahen sie ihre Verfolger am Eingang der Kreutziger Straße. Sie schienen sich ihrer Sache sicher zu sein. Der hintere Lieferwagen blockierte die Straße, während sich der vordere langsam in Richtung Wendeplatz bewegte.

Sie stiegen wieder in den Audi, der mit laufendem Motor auf dem Bürgersteig stand. Zielsicher lenkte Judit den Wagen zurück in den stadtauswärts rollenden Verkehr auf der Frankfurter Allee.

»Und jetzt?«, fragte Judit erneut. Zum ersten Mal blickte sie sich um und sah Erich direkt in die Augen. »Wir müssen aus der Stadt. Hier suchen sie uns.«

»Weiter geradeaus.« Er wusste, wo keiner sie vermuten würde.

»Was wird hier eigentlich gespielt?«, meldete sich Klaus wieder zu Wort.

»Später.«

×××

In Müncheberg verließen sie die Bundesstraße und fuhren nach Norden Richtung Prädikow. Nach wenigen Kilometern bogen sie auf einen schmalen Weg, der rechts in den schwarzen Wald hineinführte.

»Da liegt Buckow«, erklärte Erich. Die schmale Straße schlängelte sich durch den verschlafenen Ort. Sie erreichten die alte Villenkolonie des Städtchens, das seit dem Anschluss an das Eisenbahnnetz ein beliebter Ausflugs- und Urlaubsort der Berliner war. Direkt am See hielten sie vor einem älteren Holzhaus.

Erich ging auf eine neben der Tür hängende Laterne zu. Geübt nahm er sie herunter und schraubte den Boden heraus. In der Vertiefung für die Glühbirne, in einer kleinen Plastiktüte, lag gut versteckt der Schlüssel.

»Schließ auf«, befahl er Klaus und hängte die Laterne wieder an ihren Platz.

Im Haus war es bitterkalt. Sie traten in einen kurzen Flur. Rechts ging eine Tür ab in die Küche. Auf der linken Seite lag eine kleine Schlafkammer, daneben ein Badezimmer und die Treppe in den ersten Stock. Im hinteren Teil des Hauses konnte man durch die großen Fenster des Wohnzimmers die graue Eisfläche des Sees erkennen.

In der Küche hatte sich seit Erichs letztem Besuch vor einigen Jahren nichts verändert. Noch immer stand vor dem Fenster der roh zusammengezimmerte Esstisch, in der Ecke der große Küchenschrank mit den dunklen Türen aus Eiche. Die andere Seite des Raumes nahmen der primitive Spülstein und ein großer, weiß emaillierter Metallherd ein, dessen Abzug in der dahinter liegenden Wand verschwand. In großen gotischen Lettern stand auf der Klappe der Bratröhre: *1937 – Modell Sieg.*

»Das ist die einzige Heizung.«

»Feuermachen ist Männersache.«

Ohne zu zögern kniete Klaus sich hin und öffnete die Klappen. In einem Weidenkorb neben dem Herd fand er Zeitungspapier, trockene Späne und größere Holzscheite. Schnell hatte er einen Scheiterhaufen aus den Spänen und dem Papier gebastelt und das Feuer in Gang gesetzt.

»Wir können Kaffee machen.«

Judit hatte die Tür des Vorratsschranks geöffnet. Neben Einmachgläsern und Marmelade hatte sie ein Paket Kaffee sowie Filtertüten entdeckt. Auf einem kleinen Tablett standen zwei Fläschchen mit Kaffeesahne und die alte Zuckerdose aus Porzellan.

Für eine Sekunde kam es Erich so vor, als hätte seine Mutter alles für sie bereitgestellt.

»Ja, die Becher sind über der Spüle. Ich muss mal eben woandershin.«

In der Kloschüssel war Eis. Nachdem er fertig war, warf er einen Blick ins Wohnzimmer. Auch hier war alles beim Alten. Dann stieg er die Treppe zum ersten Stock hinauf und erkannte sofort den Wandel. Wände und Decken waren entfernt worden. Ein riesiges Arbeitszimmer war entstanden. Die Mauern verschwanden hinter den übervollen Bücherregalen. Über ihnen wölbte sich der Dachstuhl. Vor dem Fenster stand, wie in der Stadtwohnung der Fischers, ein Schreibtisch.

Für eine Sekunde genoss Erich die nächtliche Aussicht über den Schermützelsee. Dann strich er an den Regalen entlang und begutachtete die Bibliothek seines Vaters. Viele der Werke begrüßten ihn wie einen alten Freund. Missbilligend stellte er fest, dass sein Vater auch viele seiner, Erichs Bücher nach Buckow gebracht hatte. »Na so was«, brummelte er.

Er kannte die Systematik seines Vaters und wurde neugierig, ob der Alte ihm auch die Foliantenbände mit Dokumenten aus dem Ersten Weltkrieg abgeluchst hatte. Auf diese Bände war Erich immer sehr stolz gewesen. Er hatte sie zufällig bei einer Art Haushaltsauflösung gefunden. Sein Vater hatte ihn verschiedene Male gebeten, ihm die Bände zu überlassen. In einem der unteren Regale sah er die Folianten stehen. Gedankenverloren zog er einen Band heraus, blätterte einige Seiten um und stellte ihn zurück ins Regal. Zu spät merkte er, wie er das Buch rechts neben der Lücke nach hinten schob. Mit einem kräftigen Poltern fiel es in den Zwischenraum zwischen der schrägen Wand und den Regalen.

»Ist was?«, hörte er Klaus aus der Küche.

»Alles Okay, ich habe hier was fallen gelassen«, rief er zurück.

Schnell räumte er die Bücher aus dem untersten Regal, bis er mit seinem Arm das Buch erreichen konnte. Da war noch etwas. Vorsichtig zog er beides ans Licht. Ein Karton aus dünner, graubrauner Pappe. Ihn packte die Neugierde. Vorsichtig schob er den Deckel ein Stück zur Seite. Der Stoß vergilbter Papiere fesselte augenblicklich seine Aufmerksamkeit. Sein Blick fiel auf ein Dokument, dessen gestochene Handschrift er sofort erkannte.

Verpflichtung
2. Juli 1955
Ich, Manfred Fischer, geboren am 26. 2. 1934 in Altlandsberg, wohnhaft in Berlin, Zionskirchstraße 12, verpflichte mich, auf freiwilliger Grundlage mit dem Ministerium für Staatssicherheit zusammenzuarbeiten. Ich erkläre mich bereit, dem Ministerium für Staatssicherheit alle Dinge, die sich gegen die Sicherheit unseres Staates richten, in schriftlicher, mündlicher oder sonstiger Form zur Kenntnis zu geben.
Über diese Verpflichtung bewahre ich gegenüber allen Personen strengstes Stillschweigen. Meine Mitteilungen richte ich einzig an die mir durch das Ministerium für Staatssicherheit zugewiesene Kontaktperson.
Ich wurde darüber belehrt, daß ich bei dem Bruch dieser Verpflichtung dem Ministerium für Staatssicherheit und meinem Heimatland großen Schaden zufüge und den Aufbau des Sozialismus behindere. Aus diesem Grund kann ich für den Bruch meiner Verpflichtung bestraft werden.
Zur Wahrung der Geheimhaltung meiner Person als Mitarbeiter des Ministeriums für Staatssicherheit wähle ich mir den Namen Paulus.

Unterschrift
Manfred Fischer
Zur Kenntnis genommen
A. Taschner

»Verdammt!«

Also waren die vielen Gerüchte doch nicht unbegründet gewesen. In der Uni hatte man das immer hinter vorgehaltener

Hand gemunkelt. Nachgewiesen hatte es ihm aber niemand. Auch nicht, als nach der Wende die Archive des MfS geöffnet und nach und nach immer mehr Mitarbeiter enttarnt wurden. Sein Vater hatte sich vehement gegen jeden Vorwurf zur Wehr gesetzt. Verstört kramte er weiter.

Bezirksverwaltung
für Staatssicherheit
Abteilung VIII
Berlin, 15. 6. 1955

M a ß n a h m e p l a n
Zur verstärkten offensiven Rekrutierung und operativen Einarbeitung neuer Mitarbeiter in den Sommerbrigaden Stalinstadt
...
V. Maßnahmekomplex
Im Rahmen der offensiven Rekrutierung sind folgende Annäherungen an Zielpersonen, denen eine operative Tätigkeit mit dem MfS zugetraut wird, zu befolgen:
- *Im Verlauf der ideologischen Fortbildungen werden Aufrufe gestartet mit dem Inhalt, sich mit seiner hauptberuflichen Tätigkeit für den weiteren Aufbau des MfS zu verpflichten.*
- *In Einzelgesprächen bei unterschiedlichen Gelegenheiten werden die Zielpersonen über Sinn und Zweck des MfS in Kenntnis gesetzt.*
- *Bei geselligen und kameradschaftlichen Abendveranstaltungen werden Zielpersonen durch andersgeschlechtliche Mitarbeiter des MfS gezielt und geheim angesprochen oder durch andere Maßnahmen über-*

zeugt. Die Zielpersonen sollen sich für die Inoffizielle Mitarbeit bereit erklären.

Zusatz:

– Zielpersonen, denen durch Mitarbeiter des MfS illegale oder den Zielen der Arbeiterklasse feindliche Aktivitäten nachgewiesen werden können, werden unter Androhung von Strafe als Inoffizielle Mitarbeiter rekrutiert.

Verantwortlich für den Maßnahmenkomplex ist die KD Leitung.

Der letzte Absatz erfüllte Erich mit einer gewissen Hoffnung. Vielleicht war die Geschichte seines Vaters mit der Schwangerschaft wahr und er war in diese groß angelegte Operation des MfS irgendwie hineingezwungen worden?

Bezirksverwaltung
für Staatssicherheit
KD Stalinstadt
Unterabteilung Abwehr
Stalinstadt, 28. 7. 1955
Abs: KD Leitung

Z w i s c h e n b e r i c h t

Wir bestätigen den Erhalt des Maßnahmeplans und den Beginn der Aktion. Bereits im Vorfeld der Aufstellung der Sommerbrigaden sind die angeforderten zusätzlichen Kräfte eingetroffen und wurden an entsprechenden Stellen plaziert. Drei Wochen nach Anlaufen der Rekrutierungsphase und der Umsetzung des Maßnahmekomplexes gemäß Maßnahmeplan konnten meh-

rere Zielpersonen zur Zusammenarbeit mit dem MfS bewegt werden. Als Hauptamtliche Mitarbeiter haben sich zur Verfügung gestellt:
Heinz Greiben, geb. 14. 10. 1935 in Königsberg, wohnhaft in Greifswald
Gerhard Maskow, geb. 5. 2. 1933 in Parchim, wohnhaft in Rostock
Walter Zinn, geb. 23. 11. 1933 in Berlin, wohnhaft in Berlin

Gemäß Maßnahmekomplex freiwillig haben sich zur Inoffiziellen Mitarbeit verpflichtet:
Angelika Schuber, geb. 3. 7. 1936 in Eichstätt, wohnhaft in Leipzig. Deckname »Leni«
Manfred Fischer, geb. 26. 2. 1934 in Müncheberg, wohnhaft in Berlin. Deckname »Paulus«
Florian Giester, geb. 5. 3. 1934 in Berlin, wohnhaft in Berlin. Deckname »Anatom«
Jürgen von der Mahr, geb. 25. 5. 1935 in Kassel, wohnhaft in Berlin.

Gemäß Maßnahmenkomplex nicht freiwillig hat sich zur Inoffiziellen Mitarbeit verpflichtet:
Klaus-Rüdiger Bohrer, geb. 14. 5. 1936 in Breslau, wohnhaft in Berlin. Deckname »Sänger«
Der IM Sänger wurde beim Diebstahl von Baumaterialien durch die IM Leni, Anatom und Paulus gestellt und in Folge durch die KD Leitung angeworben.

KD Leitung
A. Taschner

Konnte sich dieser Taschner geirrt haben? War sein Vater in die falsche Spalte gerutscht? Hastig blätterte Erich das nächste Dokument auf.

Bezirksverwaltung
für Staatssicherheit
KD Stalinstadt
Unterabteilung Abwehr
Stalinstadt, 25. 9. 1955

Abschlußeinschätzung:
IM »Paulus«, Reg.-Nr.: X/476/55

Der IM wurde am 2. 7. 1955 durch die KD Stalinstadt auf der Grundlage der politisch-ideologischen Überzeugung für die Zusammenarbeit mit dem Ministerium für Staatssicherheit berufen.
Nach der Berufung des IM erfolgte sein erster probehafter Einsatz mit dem Ziel der vorbeugenden Verhinderung von Werkstoffdiebstählen und der ständigen Klärung der Frage »Wer ist wer?« unter den freiwilligen Bauhelfern der Sommerbrigaden in Stalinstadt. Die Berichterstattung des IM erfolgte in mündlicher und dann in schriftlicher Form. Durch den Einsatz des IM konnte es zur Aufklärung von zwei Diebstählen von Baustoffen für den Wohnkomplex V kommen. Ebenfalls in der Klärung der »Wer ist wer?«-Frage leistete der IM gute Dienste. Ihm ist das Anwerben weiterer IM zuzuschreiben.
Die Berichterstattung des IM konnte als objektiv und sehr überzeugend eingeschätzt werden.

Mit dem Abschluss des Baudienstes in Stalinstadt ist der IM am 20. 9. 1955 nach Berlin zurückgekehrt. Eine weitere Indienstnahme des IM wurde von ihm gewünscht und schriftlich fixiert.
Der IM wird abschließend als sehr zuverlässig und weiterer Förderung wert eingeschätzt.

KD Leitung
A. Taschner

Das war es also, was Professor Giester ihm in dem Telefongespräch mitteilen wollte. Dass er und Erichs Vater in Eisenhüttenstadt zu Mitarbeitern der Stasi geworden waren. Fassungslos überflog Erich die handschriftlichen Berichte und mit der Schreibmaschine getippten Aufträge, die sein Vater im Laufe der Jahre abgefasst und erhalten hatte. Er fand viele Namen prominenter Sportler aus den fünfziger und sechziger Jahren, einige sogar alte Freunde seiner Eltern. Viele Angehörige der ehemaligen Akademie der Wissenschaften der DDR und Angestellte der Universität waren darunter. Dann stolperte er über ein Dokument aus dem Jahr 1975.

Ministerrat der Deutschen Demokratischen Republik
Ministerium für Staatssicherheit
Der Minister
Berlin, 20. 8. 1975
– streng geheim –

A u s z e i c h n u n g
als »Verdienter Mitarbeiter des MfS«
des IM »Paulus«, Reg.-Nr. X/476/55

Haben *Sie* noch genug Platz auf Ihrem Konto?
JA, dann rufen Sie an:
01 80/578 80 14
(12 Cent/Min. Intelegence)
Staatliche Lotterieeinnahme der SKL Weisheit in Leipzig

Aufgrund seiner langjährigen Tätigkeit für das MfS und der dabei erbrachten außerordentlichen Leistungen verleiht das MfS im Namen des Zentralkomitees der Deutschen Demokratischen Republik dem IM »Paulus« den Kampforden in Gold sowie die unbegrenzte mietfreie Verfügung über das Objekt VD – 140/X3 in Buckow.

Mit sozialistischem Gruß
Erich Mielke«

Angewidert erkannte Erich, dass all die kleinen Privilegien, die er in seiner Kindheit genossen hatte, nicht die Frucht der wissenschaftlichen Tätigkeit seines Vaters gewesen waren. Die Wohnung in Niederschönhausen, das Auto, die Reisen, alles war von Paulus zusammenspioniert und ausgehorcht worden. Das Haus, in dem er in diesem Augenblick saß – ein Geschenk der Stasi. Irgendwie musste sein Vater es geschafft haben, diese Leihgabe in ein ordentliches Eigentumsverhältnis zu überführen. Ziellos blätterte Erich weiter. Das letzte Schreiben war vom Dezember 1991.

»Dein Kaffee wird kalt.« Klaus erschien auf der Treppe. »So sah also eure sozialistische Nischengesellschaft aus, nicht schlecht. Die Nische hätte ich auch genommen.«

Erich war nicht zum Scherzen zumute. Stumm legte er das letzte Blatt aus der Hand und erhob sich schwerfällig. Aus dem kleinen Küchenradio ertönten die Null-Uhr-Nachrichten. Leise schloss er die Tür hinter sich zu.

Sonntag, 27. Januar

Der Herd verbreitete eine angenehme Wärme. Judit saß am Esstisch und nippte an ihrem Kaffee. Sie hatte noch eine Packung Zwieback im Schrank gefunden Die heiße Brühe war stark und verbrannte Erich fast die Zunge.

»Du siehst schlecht aus«, stellte Judit fest und betrachtete Erich.

»Danke.«

Wusste sie, wie er sich gerade fühlte? Er sah sie an. Ein Lächeln umspielte ihren Mund.

»Zwieback?«

»Wo wir es so gemütlich haben«, mischte Klaus sich ein, »kann ich endlich erfahren, was hier eigentlich los ist?«

Nachdenklich blickte Judit in ihren Becher. Dann stellte sie ihn vor sich auf den Tisch, neigte den Kopf und ballte ihre schmalen Hände zu Fäusten.

»Wir hätten ein großes Unglück verhindern können«, sagte sie ohne aufzublicken. »Die Daten eures Kollegen waren der Schlüssel. Jetzt ist es zu spät.«

»Blödsinn«, schnitt ihr Klaus das Wort ab. Er konnte es nicht erwarten, ihr zu vermitteln, dass er mehr wusste als sie. »Wir haben die Daten!«

»Wo?«, flüsterte sie.

Bevor Erich antworten konnte, schlug Klaus mit der flachen Hand auf den Tisch.

»Nein«, rief er. »Nicht schon wieder. Erst beantwortest du unsere Fragen. Wer bist du, und was waren das für Typen?«

Für Sekunden knisterten die Flammen im Herd. Bis Judit antwortete.

»Russen, Tschetschenen, Georgier, was du willst. Sie sind die Killer. Belanglose Mörder.«

»Das geht bestimmt auch detaillierter«, zischte Klaus. »Oder wir sitzen die ganze Nacht hier und spielen Katz und Maus.«

Schon wollte Erich schlichtend eingreifen, als er sah, wie sich Judit offensichtlich über Klaus amüsierte.

»Sie sind hinter den Daten her, die Erich gefunden hat. Ich weiß nicht, wie ihr es geschafft habt, die Daten zu behalten. Aber dass ihr sie habt, ist die Hauptsache.«

»Was sind das für Daten?«, hakte Klaus ungeduldig nach.

»Ihr werdet es mir nicht glauben: Ich weiß es selber nicht genau.« Sie räusperte sich. »Wir stehen seit einiger Zeit mit Igor Vlatov, wie er sich zuletzt genannt hat, in Verbindung. Als er noch in Russland gearbeitet hatte, hieß er Iwgeni. Er brauchte Hilfe.«

»Wer ist ›wir‹?«

Erich war die Situation unangenehm. Seine Neugierde konnte er trotzdem nicht beherrschen.

»›Wir‹, das ist eine Organisation, die verfolgten Juden in aller Welt hilft, ihren Peinigern zu entkommen und nach Israel auszuwandern. Wir schützen unsere Leute und unser Land. Ich arbeite für diese Organisation.«

Während sie sprach, blickte sie Erich in die Augen, als wollte sie um Verzeihung dafür bitten, dass sie im Café am Neuen See die Unwahrheit gesagt hatte. Wie viele falsche Wahrheiten und Lügen werde ich noch hören, dachte Erich.

»Die E-Mails, die wir auf der Mehlkiste gefunden haben«, fiel Erich ihr plötzlich ins Wort. »Du weißt schon, die mit den Haustieren ... Du kanntest die E-Mails bereits, stimmt das?«

Judit sah ihn an. In ihrem Gesicht spielte sich keine Regung ab.

»Ich habe die E-Mails selber mit Igor ausgetauscht. Wir hatten vereinbart, alle Nachrichten sofort zu löschen. Deine Idee mit diesem E-Mail-Server brachte mich darauf, dich so in die Firma zu locken. Wir gingen von Anfang an davon aus, dass die Daten irgendwo dort versteckt sein mussten.«

»Du hast mich benutzt«, stellte Erich fest.

»Sagen wir, ich habe deine Ideen in die richtigen Bahnen gelenkt«, korrigierte sie.

Erich schwieg.

»Arbeitet ihr verdeckt?«, bohrte Klaus weiter.

»Ja. Wir operieren nur in Ausnahmefällen offiziell.«

»Warum sollten wir dir trauen und nicht zur Polizei gehen?«, platzte es aus Erich jetzt heraus.

»Weil ich euch geholfen habe, Erich.« Sie sah ihn wieder mit ihren großen dunklen Augen an. »Ich habe dir gesagt, dass du beschattet wirst. Ich habe euch bei der Flucht vorhin geholfen.«

»Das bedeutet nicht, dass wir nicht zur Polizei oder zum Bundesnachrichtendienst gehen könnten.«

»Die Polizei kann euch vor den Killern nicht schützen«, antwortete Judit schnell. »Wir schon. Und der BND ist in die ganze Geschichte nicht involviert.«

»Und meine Unterredung heute Abend? Lestrich?«

Judit nahm ihren Becher und trank einen Schluck.

»Gehört zu unseren Gegnern. Traue ihm nicht.«

Er wollte ihr nicht glauben.

»Was ist der Beweis dafür, dass ich ihm nicht trauen kann, aber dir?«

Sie lehnte sich zurück.

»Woher wussten sie, dass wir am Nachmittag in euren Büros waren? Es ist kein Zufall, dass dieser Kommissar genau in dem Augenblick vor der Tür steht, wenn wir eine neue Spur haben. Du selber hast ihm davon am Telefon erzählt. Keine zehn Minuten später ist er da. Zufall? Warum benutzt der BND ein leer stehendes Bürogebäude und nicht seine offiziellen Räume? Zufall? Woher wussten sie, dass wir uns am Kurfürstendamm treffen wollten? Zufall? Sowohl die Killer als auch dein Kommissar stehen miteinander in Verbindung.«

»Eins nach dem anderen«, entgegnete Erich. »Dass der Kommissar und seine Leute mit der Sache am Kurfürstendamm etwas zu tun haben, ist nicht bewiesen.«

»Das stimmt. Beweisen kann ich es nicht.«

Erich hatte das Gefühl, dass sie die Wahrheit sagte. Das würde erklären, warum Lestrich und die anderen ihn so in die Mangel genommen hatten. Und das leere Büro war ihm auch gleich merkwürdig vorgekommen.

»Meinst du, sie haben unsere Gespräche abgehört?«

»Das ist sicher. Es gibt keine andere Erklärung dafür, dass die Killer von unserem Treffen gewusst haben. Sie müssen dein Handy abhören und inzwischen wahrscheinlich auch unsere.« Sie wies auf sich und Klaus. »Es würde mich nicht wundern, wenn dieser Kommissar schon wieder angerufen hat.«

Ohne nachzudenken kramte Erich sein Handy aus der Innentasche seiner Jacke. Es kribbelte in seinen Fingern, das Gerät einzuschalten und zu sehen, ob neue Nachrichten oder Anrufe gekommen waren.

»Sobald dein Handy Netzverbindung hat, wissen sie, wo wir sind«, warnte Judit.

Erich wusste, dass jedes Handy über die Zelle im Funknetz zu orten war. Wenn sie das Wochenendhaus kannten, würden sie schnell da sein.

»Gut.« Er überlegte eine Sekunde. »Noch einmal von vorne. Woher kennst du Igor?«

Sie erklärte, dass Igor ukrainischer Computerfachmann gewesen war, der nach eigenen Aussagen an geheimen Projekten in Russland mitgearbeitet hatte. Aus Skrupel hatte er dann im Sommer des Vorjahres den Ausstieg aus seiner Arbeit gesucht und über einen Freund Kontakt mit der Organisation aufgenommen. Als Jude wollte er nach Israel auswandern und die Informationen über seine Arbeit gleich mitbringen. Da es viele Leute in Russland gab, die versuchten, als Juden getarnt ein Einreisevisum nach Israel und dann in die USA zu erhalten, gab es eine Reihe von Untersuchungen, bis er ausgeflogen werden sollte. Noch während der Untersuchung von Igor sei dieser plötzlich verschwunden. Er hatte den Kontakt mit der Organisation abgebrochen und war untergetaucht. Erst vor wenigen Tagen hatte er sich wieder gemeldet, dieses Mal aus Berlin, wo er unter einem falschen Namen arbeitete. Um das Misstrauen auf Seiten der Organisation zu besänftigen, hatte Igor verschiedene Hinweise darauf gegeben, an was für Projekten er mitgearbeitet hatte. Noch während diesen Hinweisen nachgegangen wurde, hatten die Killer seiner alten Arbeitgeber ihn gefunden und hingerichtet.

»Du hast Igor also niemals gesehen?«, wollte Klaus wissen. Ihm schien die ganze Geschichte unglaubwürdig.

»Doch. Wir hatten Kontakt über das Internet. Am letzten Montag haben wir uns in der S-Bahn getroffen, mit der er zur Arbeit fuhr. Igor hat mir dabei die Informationen gegeben, die wir erst überprüfen mussten. Zum nächsten ausgemachten Treffen am Dienstag ist er dann nicht mehr erschienen.«

»Was waren das für Informationen?«

»Euer Kollege hat in Russland für eine Firma gearbeitet, die zum Konglomerat der Sudex SA gehört. Es gibt verschiedene Hinweise darauf, dass diese Firma zum Netz der so genannten Russenmafia gehört. Auch viele Kräfte des ehemaligen KGB sind darin engagiert. Die Hinweise von Igor deuten darauf hin, dass gefährliche Güter aus Russland exportiert werden sollen.«

»Welcher Art?«

Sobald es spannend wurde, musste man ihr die Dinge aus der Nase ziehen.

»Atommüll.«

Klaus fing schallend an zu lachen.

»Verstehe ich das richtig?«, fragte er. »Die Russen kriegen Geld für ihren Atommüll, und wir in Deutschland bezahlen Milliarden für die Endlagerung unseres eigenen Mülls? Warum verkaufen wir den Müll nicht auch und reformieren mit dem Geld unsere marode Wirtschaft?«

Zum ersten Mal schien Judit um ihre Beherrschung zu kämpfen. Mit funkelnden Augen sah sie Klaus an, der weiter über seinen Witz lachte.

»Ich habe vom ersten Augenblick an gewusst, dass du ein Riesenarschloch bist«, zischte sie ihm zu.

Klaus' Lachen verstummte.

»Weißt du überhaupt, wovon ich spreche?« Sie sah ihn herausfordernd an, bevor sie weitersprach. »Hochradioaktives Material. Uran. Plutonium. Spaltbare Materie. Kontaminierter Stahl. Staub. Alles, was nach Jahren von einem Atomreaktor übrig bleibt. Das Zeug strahlt Jahrhunderte. Tschernobyl war ein Betriebsunfall dagegen.«

Langsam wurde Klaus mulmig.

»Aber eine Atombombe kann man damit doch nicht bauen?«, fragte er vorsichtig.

»Keine Nuklearwaffe im herkömmlichen Sinn«, antwortete Judit. »Aber was viel gefährlicher ist, sind die schmutzigen Bomben, die man mit diesem Material bauen kann und wird.«

Erich wollte die Aufmerksamkeit von Klaus ablenken.

»Was sind schmutzige Bomben?«

»Herkömmliche Sprengladungen, die zusammen mit radioaktiv verseuchten Materialien in die Luft gejagt werden«, erklärte sie. »Die Sprengwirkung ist minimal im Vergleich zu einer echten Nuklearwaffe. Die Verseuchung der Umgebung läuft dagegen auf das Gleiche hinaus.«

»Du meinst, der Sprengstoff verteilt die Strahlung erst?«

Judit griff nach der Zuckerdose und schüttete sie aus. Mit wenigen Strichen skizzierte sie eine Art Landkarte.

»Das hier ist Downtown Manhattan. Hier der Hudson, Staten Island, New Jersey, Brooklyn und so weiter.« Dann bohrte sie ein Loch in den Zucker. »An dieser Stelle stand das World Trade Center.«

»Klar.«

»Ihr habt die Bilder gesehen. Als die Türme kollabiert sind, hat es in diesem Umkreis«, dabei zeichnete sie einen weiten Kreis um fast die gesamte Karte, »eine gigantische Staubwolke gegeben. Für Wochen war man damit beschäftigt, den Staub aus allen Straßen, Häusern, Klimaanlagen und so weiter zu entsorgen. Noch heute findet man den Staub in jeder Ecke.«

Mit Schrecken wurde Erich klar, was sie sagen wollte.

»Angenommen, in einem der Flugzeuge hätte sich eine Ladung mit hochradioaktiven Substanzen, am besten zu Staub zermahlen, befunden, New York …«

»… wäre noch heute eine verseuchte Stadt«, beendete er den Satz.

»Wir können nicht einmal schätzen, wie viele Menschen an den Spätfolgen einer radioaktiven Verstrahlung umkommen würden«, fuhr sie fort. »Jeder, der in einer radioaktiven Staubwolke steckt, wird mehr oder weniger stark verstrahlt. Abhängig davon, wie nahe man am Einschlagsort ist oder wie lange der Staub auf und im Körper sitzt, bilden sich die Geschwüre. Um die Ausbreitung und weitere Kontamination von Menschen zu unterbinden, wird ganz Manhattan südlich des Central Park auf Monate hinaus zum Sperrgebiet erklärt werden. Panik bricht aus.«

»Das ist das Ende der amerikanischen Aktienmärkte«, steuerte Klaus.

»Das Ende einer Stadt«, sagte Erich tonlos, »ausgelöst durch einige Tonnen Müll.« Er sah Judit an. »Das ist das totale Horrorszenario.«

»Worst case, ja. Die USA würden so einen Schlag überleben. Viel schlimmer aber wäre«, wieder begann sie eine Landkarte zu zeichnen, »viel schlimmer wäre es hier.«

Israel.

»Eine schmutzige Bombe in Tel Aviv, und die Stadt stirbt. Wenn Tel Aviv stirbt, dann stirbt auch ganz Israel. Wir Juden werden nicht in einem verseuchten Land leben. Das bedeutet das Ende von Zion.«

»Was für die gesamte arabische Welt leider erfreulich wäre«, ergänzte Klaus. »Es gibt nicht wenige Kräfte, die ein bisschen Strahlung in Kauf nehmen würden, wenn nur Israel von der Landkarte verschwände.«

»Sie werden den Tempelberg nie betreten.«

Judits Stimme war hart und kalt geworden.

»Seriöse Schätzungen gehen von weit über hundert Atom- und Neutronenbomben aus, die ihr in Dimona und anderswo hergestellt habt. Auf jeden Fall genug, um den gesamten Nahen Osten zu vernichten.«

»Selbst wenn sie die gesamte Regierung und die militärische Führungsspitze treffen sollten, werden sie es nicht aufhalten können. Der nukleare Gegenschlag läuft automatisch.«

Atemlos hörte Erich zu. Er wusste, dass es bereits im Jom-Kippur-Krieg 1973 beinahe soweit gekommen wäre. Historiker gingen davon aus, dass der Nahe Osten damals nur wenige Stunden von einem atomaren Inferno entfernt gewesen war. Angeblich waren die israelischen Bomben scharf, die Raketen und die Jäger für die tödliche Fracht bereits betankt gewesen, als sich die Lage an den Fronten für die israelische Armee endlich stabilisierte.

»Du arbeitest für den Mossad«, sagte Klaus.

Ihr Schweigen war Antwort genug. Wo waren sie bloß hineingeraten?

Schließlich räusperte sich Erich.

»Ich hole die CD-ROM mit den Daten«, sagte er und stand auf. »Sie ist im Laptop im Wagen.«

»Ich komme mit«, sagte sie.

»Und ich mache wohl neuen Kaffee«, sagte Klaus.

Sie traten in die kalte Nachtluft. Schweigend gingen sie durch den kleinen Vorgarten und das Tor zu Judits Wagen. Erich öffnete die Beifahrertür und zog den Laptop vom Rücksitz des Wagens. Judit war um den Wagen herumgegangen und hatte die Kofferraumklappe geöffnet. Als ihr Oberkörper wieder aus dem Kofferraum emportauchte, hatte sie einen schwarzen Aktenkoffer in der Hand. Erich fragte nicht, was sie damit wollte. Ohne ein weiteres Wort gingen sie den kurzen Weg zurück ins Haus. Klaus kniete vor dem Herd und legte Holz nach.

»Kaffee kommt«, sagte er.

Vorsichtig legte Erich den Laptop auf den Tisch. Judit stellte den Aktenkoffer daneben und nestelte an dem kleinen Zahlenschloss herum, bis die Verschlüsse zurückschnappten. Aus der oberen Tasche zog sie einen Nokia Communicator. Die Küchenlampe warf ein gelbliches Licht auf den Inhalt des Koffers. Neben einigen gebündelten Geldscheinen, verschiedenen Papieren und Kartenmaterial schimmerte mattes schwarzes Metall. Erich erkannte sofort, was es war. Auch Klaus hatte die Uzi und die diversen Magazine gesehen.

»Ist die etwa echt?«, fragte Klaus.

»Habt ihr immer noch nicht begriffen, was hier gespielt wird?«, antwortete Judit ruhig. »Die Russen haben euren Kollegen ermordet, um an diese Daten zu kommen.« Sie wies mit dem Finger auf den Laptop. »Ihr habt sie heute Abend verarscht und seid dann abgehauen. Glaubt ihr wirklich, die lassen euch in Frieden? Egal, ob ihr die CD-ROM hier habt oder nicht. Ihr wisst zu viel.«

Sie griff in ihre Handtasche und zog eine weitere Waffe heraus. Die kleinkalibrige Beretta legte sie neben den Aktenkoffer auf den Esstisch.

»Die CD hätte ich euch schnell abgenommen«, sagte sie und deutete auf ihr kleines Waffenarsenal. »Vielleicht könnt ihr mir jetzt vertrauen.« Sie aktivierte den Communicator und tippte die Geheimzahl ein. »Ich muss die Daten in Sicherheit bringen«, sagte sie. »Wenn unsere Station sie übernommen hat, kümmern wir uns um den Rest.«

Sie wählte eine Nummer und begann schnell zu sprechen.

»Ich verstehe kein Wort, aber es ist eindeutig Iwrit«, flüsterte Klaus Erich zu. »Dieser Teil der Geschichte stimmt zumindest.«

Sie sprach jetzt lauter und in längeren Sätzen.

»Ich glaube«, fuhr Klaus fort, »sie schildert gerade, was passiert ist.«

Erich sah ihn an und schwieg.

»Ja«, bestätigte Klaus. »Jetzt ist sie bei unserer Flucht und dass wir nicht in Berlin sind. Sie möchte, dass wir ... keine Ahnung, verstehe ich wieder nicht.«

Angestrengt hörten die beiden Judit zu. Mit kurzen Unterbrechungen, in denen sie mit dem Kopf nickte, sprach sie weiter auf ihren unbekannten Gesprächspartner ein. Schließlich legte sie das Gerät auf den Tisch und sah Klaus an.

»Du sprichst Iwrit?«

»Nicht gut«, antwortete er auf Hebräisch.

Erich sah beide an. Etwas verband sie, was ihn ausschloss.

Judit blieb beim Deutsch.

»Ich habe mit meinem Teamleiter gesprochen«, erklärte sie. »Wir sind mit einem kleinen Team in Berlin. Mein Boss, Alon, schickt einen Wagen.«

»Warum fahren wir nicht hin?«, wollte Erich wissen.

»Die Russenmafia kennt meinen Wagen jetzt«, antwortete sie. »Wir wissen nicht genau, welche Ressourcen sie haben. Wir müssen aber davon ausgehen, dass sie ein großes Netz von Informanten in der ganzen Stadt haben. Jede Fahrt zu unserer Station wäre ein Risiko. In spätestens einer Stunde sind wir hier raus.«

Erich musste an die Dokumente denken, die er gefunden hatte. Sein Vater war aus Überzeugung Inoffizieller Mitarbeiter des MfS gewesen, er selber war am frühen Abend zur geheimen Mitarbeit bei dem, was er für den Bundesnachrichtendienst gehalten hatte, verpflichtet worden. Judit arbeitete für den israelischen Geheimdienst. Und Klaus? Für wen arbeitete Klaus? Er nahm sich vor, seinen Kollegen genauer zu beobachten. Von Judit wollte er aber noch mehr wissen.

»Was sind das für Leute, die mich heute Abend an der Friedrichstraße befragt haben?«

Sie sah ihn an.

»Ich weiß es nicht genau. Ich vermute, es handelt sich um bezahlte Mitarbeiter der Russenmafia. Es kann sogar sein, dass sie selber Polizisten sind. Zumindest dieser Lestrich machte auf mich den Eindruck.«

»Könnten es auch ehemalige Stasileute sein?«

»Ihr habt damit ein Riesenproblem in Deutschland«, entgegnete Judit. »Natürlich könnte das sein. Wir wissen, dass die Russenmafia eng mit Kräften des ehemaligen KGB und dessen Nachfolgeorganisationen zusammenarbeitet. Und die alten Netzwerke lassen sich bestimmt gut verwenden. Wenn der Preis stimmt.«

×××

In der Küche war es so mollig warm, dass Erich seine Jacke auszog. Sie blieben am Esstisch sitzen und tranken Kaffee. Judit wollte noch viele Kleinigkeiten über Igor und sein Arbeitsgebiet wissen. Erich und Klaus gaben bereitwillig Auskunft, froh, dass zumindest Judit ruhig und gelassen blieb. Als das Nachtprogramm durch die Zwei-Uhr-Nachrichten unterbrochen wurde, schaute Judit auf ihre Uhr.

»Alon kommt spät.«

Unruhig rutschte Erich auf seinem Stuhl hin und her.

»Was hat das zu bedeuten?«

Judit schaltete ihren Communicator wieder an und tippte die Geheimzahl und eine Telefonnummer ein. Das regelmäßige Tuten eines freien Anschlusses war zu hören.

»Die Station muss rund um die Uhr besetzt sein«, sagte sie nachdenklich.

Klaus, der aufgestanden war und aus dem Fenster blickte, meldete sich zu Wort.

»Ist doch egal. Ich glaube, da kommen deine Freunde.«

Im Wald, der den schmalen Weg zum Haus begrenzte, sahen sie mehrere Lichtkegel.

»Prima, ich gehe dann noch mal pissen.«

Klaus verschwand über den Gang.

Mit für den verschneiten Weg zu hohem Tempo kamen zwei Autos auf das Haus zu. Auf dem Wendeplatz vor dem Gartenzaun teilten sie sich und hielten vor und hinter Judits Audi. Ihre Scheinwerfer tauchten das Haus in grelles Licht.

»Das ist nicht Alon!« Mit einem Satz sprang sie auf und rannte um den Esstisch. »Licht aus«, schnauzte sie Erich an und griff in den offenen Aktenkoffer.

Erich hörte, wie sie ein Magazin in den Schaft der Maschinenpistole schob und sie entsicherte. Wie im Reflex hatte er das Licht abgedreht und sich neben sie gestellt. Die Scheinwerfer erfüllten den Raum mit ihrem kalten weißen Licht.

»Kannst du damit umgehen?«

Ohne zu zögern hatte Judit ihm die kleine Beretta vom Esstisch zugesteckt. Verwundert fühlte Erich das kalte Metall in seinen Händen.

»Ja, ich glaube schon.«

Nach zwei Versuchen hatte er den Sicherungshebel der Waffe gefunden und umgelegt. Mit einem weiteren Handgriff hatte er die Waffe entsichert. Er hockte sich neben Judit in die Deckung des Esstisches. Gemeinsam blinzelten sie in das Licht der Scheinwerfer.

»Kannst du was sehen?«, wollte sie wissen. »Ist das vielleicht die Polizei?«

Erich erkannte nichts. Instinktiv hoffte er, dass es die Polizei war und sie dem ganzen Spuk ein Ende machen würde. Noch nie in seinem Leben hätte er sich so über die Anwesenheit der Polizei gefreut wie in diesem Augenblick.

»Da!«, sie wies auf eine Stelle im Wald. »Kein Polizist. Sie kreisen das Haus ein.«

Mit einiger Mühe konnte Erich in der Dunkelheit zwei Männer ausmachen, die sich langsam nach links bewegten. Sie trugen unauffällige Straßenkleidung und in ihren Händen Pistolen. Wie Polizisten sahen sie nicht aus.

Plötzlich hörte Erich das gedämpfte Zischen der Toilettenspülung. Eine Tür ging, und dann hörte er vom Gang die Stimme von Klaus.

»Ich mache schon mal die Tür auf.«

Gehörte Klaus zu ihnen?, schoss es Erich durch den Kopf. Stand sein Kollege auch auf der Gehaltsliste der Russenmafia? In der Bar hatte er sich ja bestens ausgekannt. Und kaum hatte Erich die CD von Igor gefunden, meldete er sich. Erichs Gedanken überschlugen sich. Judit handelte.

Mit ohrenbetäubendem Lärm bellte die Uzi los und sandte einen Feuerstoß über den Esstisch zum Fenster. Das Glas und die Leisten zwischen den Butzenscheiben zersplitterten und flogen in die kalte Nacht hinaus. Erich meinte zu hören, wie die Kugeln auf das Metall und Glas der wartenden Autos klatschten. Aber das musste eine Sinnestäuschung gewesen sein.

Die Antwort kam sofort. Auf einer Breite von zwanzig Metern sah Erich Mündungsfeuer aufblitzen. Pistolenschüsse zuerst, Sekundenbruchteile später das ihm von der NVA bekannte Rattern von zwei AK 47. Die Kugeln der Kalaschnikows zersiebten die Vorderfront des Hauses. Glas splitterte in allen Räumen. Es dauerte nur Sekunden, dann konzentrierte sich das Feuer auf das Küchenfenster. Zunächst nahe an der Decke, dann immer tiefer, trafen die Kugeln den Vorratsschrank und die hinter dem Herd liegende Wand. Holz, Glas und Steinsplitter schwirrten durch den gesamten Raum.

»Auf den Boden!«

Instinktiv hatte Erich sich unter den Esstisch fallen lassen und schützte seinen Kopf mit beiden Armen vor herumirrenden Querschlägern und Trümmerstücken. Judit lag knapp neben ihm, und durch den stinkenden Qualm der Uzi meinte er sogar, den Duft ihrer Haare riechen zu können.

»Sind die alle wahnsinnig?«

Klaus kam auf allen Vieren flach auf den Boden gepresst in die Küche gerobbt, Haare und Kleidung bedeckt mit Holzsplittern von der Eingangstür. Er blutete aus einer Schnittwunde an der Hand.

»Der Laptop und der Koffer!«

Wie durch ein Wunder stand beides noch unversehrt auf dem Esstisch. Judits Communicator war durch eine Kugel vom Tisch gefegt worden und lag zerfetzt vor dem Herd. Mit einer katzenhaften Bewegung hatte sich Judit zu Erich gedreht und war über seinen Rücken und seine Beine auf die andere Seite des Tisches gekrochen. Für den Bruchteil einer Sekunde spürte er ihren schlanken Körper, dann war sie über ihn hinweg. Im toten Winkel neben dem Esstisch war sie aufgestanden und fegte mit einer Hand über den Tisch.

»Aufpassen!«

Der Laptop kam zuerst. Ohne weiter auf Erich zu achten, hatte Judit ihn vom Tisch gestoßen in die Richtung, wo er auf dem Fußboden lag. Er sah ihn plötzlich einen Meter über seinem Kopf in der Luft auftauchen und auf ihn zuschießen. Instinktiv hob er die Arme noch weiter vor sein Gesicht. Der Laptop krachte mit einer Längsseite auf seinen rechten Unterarm. Erich hatte das Gefühl, als ob er ihm die Speiche brach.

Gegen den Aktenkoffer hatte er keine Chance. Nur schemenhaft sah er das schwarze Ding in der Luft, da landete es schon auf seiner Brust und ergoss seinen Inhalt auf den Küchenboden. Verzweifelt versuchte Erich mit seiner linken Hand, die überall verteilten Magazine, das Geld und die Papiere wieder einzusammeln.

»Ich helfe dir, gib mir den Laptop!«

Klaus' Stimme war unnatürlich hoch. Seine Hand zitterte, als er sie Erich entgegenstreckte. Erich hatte keine Zeit zu überlegen. Er spürte, wie sein rechter Unterarm wehtat.

»Kannst du schießen?«

Klaus nickte.

»Tontauben, Luftgewehr und Luftpistole. Ich bin anerkannter Wehrdienstverweigerer.«

»Das reicht.« Mit seiner linken Hand schob er Klaus die Beretta über den Boden zu. »Sie ist entsichert.«

»Wir feuern auf mein Kommando«, rief Judit. »Du versuchst, die Scheinwerfer zu treffen. Ich gebe Deckung ... Los!«

Wieder bellte die Uzi. Sofort verstummte draußen das Rattern der AK 47 und der Pistolen. Der Respekt vor der israelischen Maschinenpistole war groß. Es dauerte nur eine halbe Sekunde, dann hatte Klaus die Beretta mit beiden Händen in Anschlag gebracht. Er feuerte schnell hintereinander sechs Schüsse in Richtung des einen Scheinwerferpaares ab und verfehlte.

»Magazin!«, rief Judit. Erich warf es ihr zu. Dann nahm er eines der kleineren für die Beretta und wollte es Klaus zuwerfen.

»Scheiße, kannst du ...?« Schnell kroch Erich zu ihm hinüber und wechselte ihm das Magazin.

Klaus gab sein Bestes. Dieses Mal war er ruhiger und hatte mehr Erfolg. Klirrend gingen die Scheinwerfer des einen Wagens zu Bruch und das Licht erlosch. Es dauerte nur Sekunden, bis draußen das Rattern wieder einsetzte. Die Schüsse konzentrierten sich auf das Küchenfenster. Judit und Klaus gingen auf den Boden. Erich versorgte sie mit neuer Munition.

»Das halten wir nicht lange durch!«, schrie Judit gegen den Lärm an. »Wir müssen hier raus!«

Erich spürte in der Dunkelheit die Augen der anderen. Er hatte sie in dieses Versteck geführt, er musste sie wieder hinausschaffen. Krampfhaft überlegte er. Wo hatte er sich doch gleich im Sommer manchmal versteckt? Ob es die Büsche und Hecken noch gab, durch die er früher gekrochen war? War inzwischen in Ufernähe gebaut oder waren neue Zäune errichtet worden? Sie mussten es einfach versuchen.

»Wir können durchs Wohnzimmer raus und dann durch den Garten runter an den See. Dort ist es dunkel!«, schrie er über das Rattern und Klatschen der einschlagenden Kugeln.

»Wie lange brauchen wir für die Strecke?«, wollte Judit wissen.

»Wenn ich vorgehe und die Terrassentür aufmachen kann, unter zehn Sekunden bis zum Ufer.«

Judit sah das Risiko. »Wenn wir das Feuer nicht erwidern, dauert es höchstens zwanzig Sekunden, und sie stürmen das Haus. Unser Vorsprung ist gering.«

»Ich kenne die Gegend«, versuchte Erich sie zu beruhigen.

»Sie kommen!«, unterbrach sie Klaus.

Durch das zerschossene Fenster konnten sie erkennen, dass zwei Gestalten im Zickzack auf die rechte Seite des Grundstücks rannten.

»Dort sind sie außerhalb unseres Schussfeldes«, rief Judit nervös. Ohne weiterzusprechen legte sie an und feuerte eine gezielte Garbe in Richtung der beiden Gestalten. Noch ehe der letzte Schuss verhallt war, waren die beiden Männer zu Boden gegangen.

»Die Streuung der Uzi ist extrem. Man trifft entweder eine ganze Armee oder nicht einmal einen Elefanten auf drei Meter.«

Wieder setzte das Feuer aus der Dunkelheit ein.

»Nimm den Laptop und mach deine Tür auf!«, befahl sie Erich. »Wir kommen gleich.«

Erich klemmte sich den Laptop unter seinen rechten Arm und kroch in Richtung Küchentür. Im Flur sah er das Licht des zweiten Scheinwerferpaares durch die Löcher der Wohnungstür. Er nahm seinen ganzen Mut zusammen, schnellte auf die Füße und spurtete den Gang hinunter ins Wohnzimmer. Beinahe wäre er über die Sitzgruppe vor der Fensterfront gestolpert. Schnell hatte er die Sessel beiseite gestoßen und die große Glastür von innen aufgemacht.

»Alles klar!«, schrie er in Richtung Küche. Dann hockte er sich neben die Tür und versuchte, draußen etwas zu erkennen.

Der Garten war relativ schmal, nur wenige Meter breiter als das Haus selber. Dichte Hecken aus Sanddorn grenzten ihn von den Nachbargrundstücken ab. Seine Eltern liebten den sauren Saft der Beeren und hatten viel Zeit in die Aufzucht und Pflege der Büsche investiert. Ihre Dichte und die vielen harten Stacheln machten den Sanddorn zu einer kaum durchdringbaren Mauer. Hinter der Terrasse erstreckte sich ein Stück Rasen, dahinter zogen sich im Sommer die Beete bis knapp ans Ufer des Schermützelsees. Mitten durch sie hindurch ging ein Plattenweg, von dem unter der Schneedecke nichts zu erkennen war. Einzig das kleine Gewächshaus nur wenige Meter vom Ufer entfernt verriet Erich, wo der Weg entlangführte. Mit Mühe konnte er den kleinen Holzsteg erkennen, auf dem er früher gerne gesessen und geangelt hatte.

Dann hörte er sie kommen. Ein weiterer Feuerstoß aus der Uzi und das langsamere Knallen der Beretta erklangen, dann herrschte für eine Sekunde Stille, ehe die Gegenseite das Feuer erwiderte. Polternd tauchte Judit im Gang auf und spurtete durch die geöffnete Terrassentür ins Freie. Im Rennen lud sie ihre Maschinenpistole nach. Klaus war kurz hinter ihr und sprang mit einem Satz an ihm vorbei in den Garten.

Erich folgte ihm Richtung Ufer.

»Direkt am Ufer links«, keuchte er, »da ist ein schmaler Weg.«

Er übernahm die Spitze, Klaus die Mitte, und Judit sicherte nach hinten ab. Wie von Sinnen raste Erich, den Laptop immer noch unter den Arm gepresst, auf das Ufer zu und wollte kurz vor der offenen Eisfläche scharf links abbiegen. Seine Turnschuhe fanden keinen Halt.

»Scheiße!«

Mit einem dumpfen Krachen schlug er auf dem Eis auf. Der Laptop glitt ihm aus der Armbeuge und schlitterte einige Meter auf den See hinaus. Noch ehe er etwas sagen konnte, rannte Klaus auf das Eis, um den Computer zu holen. Sie hörten ein lautes Knacken und dann ein Splittern. Klaus hatte den Laptop erreicht und ihn mit einer Hand aufgenommen, als das Eis unter seinen Füßen nachgab und er bis an die Hüften einbrach.

»Verdammt«, fluchte er. »Hier.« Er schob den Computer über das Eis zu Erich. »Ich klemme fest.«

Erich machte vorsichtig einige Schritte auf die Eisfläche hinaus und streckte Klaus die Hand hin. Er spürte, wie Judit seinen Gürtel packte.

»Los«, kommandierte sie. »Zieh dich raus!«

Das Eis ächzte. Klaus versuchte, sich mit einer Hand abzustützen und mit der anderen Hand an Erichs Hand zu gelangen. Beim dritten Versuch bekam er seine Hüfte weit genug aus dem Loch, um sich mit dem Oberkörper flach auf das Eis zu legen. Mit einem kräftigen Stoß an der Kante des Eislochs befreite er sich und glitt auf die beiden zu.

»Mist verdammter!«, fluchte er, als er versuchte aufzustehen.

Vor dem Haus hatten die Schüsse aufgehört. An ihre Stelle waren Schreie und Kommandos getreten. Sie hörten, wie die Angreifer ins Haus eindrangen und durch die Terrassentür in den Garten stürmten.

»Schnell! Schnell!«, flüsterte Judit.

Selbst in seinen besten Zeiten war Erich nicht so schnell gelaufen wie in dieser Nacht. Er erkannte den schmalen Fußweg am Ufer nur mühsam; aber die Angst verlieh ihm Flügel. Sie hatten keine fünfzig Meter geschafft, als die ersten Kugeln rechts und links an ihnen vorbeipfiffen und in die Bäume schlugen. Dann hatten sie die Stelle, die er suchte, erreicht.

»Hier links in den Wald.«

Dieses Mal war er auf die Fliehkraft vorbereitet und schlitterte, ohne zu stürzen. Klaus und Judit waren dicht hinter ihm.

»Ducken!«, befahl Erich. Er kämpfte sich die seichte Anhöhe des Hügels hinauf. Beinahe wäre er gegen einen abgeknickten Ast gerannt, den der letzte Sturm heruntergerissen hatte. Noch wenige Meter, und sie hatten den parallel zum Ufer führenden Waldweg erreicht. Ohne sich umzudrehen, stürmte Erich den Weg rechts entlang, immer weiter weg von Datscha und Kindheit.

Nach dreihundert Metern ging ihm langsam die Puste aus. Sofort hatten ihn die anderen beiden eingeholt. Ihm wurde schwarz vor Augen. »Ich kann nicht so schnell ...«, japste er und rang nach Atem.

»Weiter!«

»Wir müssen vom Weg runter!«, keuchte Erich. »Unsere Spuren ...« Er deutete auf die Abdrücke ihrer Sohlen, die sich in der Dunkelheit hinter ihnen verloren. »Die kriegen uns.«

»Komm!«

Judit fasste ihn unter den Arm und wollte ihn in den Wald links vom Weg zerren.

»Nein«, rief er und steuerte die rechte Seite des Weges an. »Erst hier runter.«

Sie liefen ihm nach und wühlten sich in das Dickicht des Unterholzes. Nach fünfzehn Metern stießen sie wieder auf den Weg und überquerten ihn.

»Wir sind gleich auf der Höhe«, flüsterte Erich. »Dahinter geht es wieder bergab zum nächsten See.«

Auf der Höhe der flachen Hügelkette war der Wald lockerer. Unter den kahlen Laubbäumen gab es keine geschlossene Schneedecke mehr. Bei Tageslicht hätte jedes Kind ihre Spuren gesehen. Bei Nacht blieb ihnen die Hoffnung, unentdeckt zu entkommen. Nach einer kurzen Verschnaufpause hatte Erich wieder genügend Luft, um langsam den Höhenzug entlangzutraben.

Nach wenigen Minuten erreichten sie das Ende des Weges. Ein sanfter Abstieg führte sie aus dem Wald auf die Dorfstraße zurück. Gegenüber lag die Jugendherberge von Buckow, die um diese Jahreszeit geschlossen war. Hinter ihnen war es still geworden.

×××

Es hatte aufgehört zu schneien. Über ihnen erstreckte sich der weite Himmel einer brandenburgischen Winternacht. Von

Osten her wehte ein stetiger, leichter Wind, der das nackte Geäst der Bäume sanft hin und her schwanken ließ. Abgesehen von dem fahlen Schein der Sterne war weit und breit kein Licht zu sehen. Keine dreißig Kilometer waren es bis nach Berlin, der Hauptstadt einer der größten Industrienationen der Welt – es hätte auch mitten in Sibirien sein können.

»Mir ist schweinekalt.«

Klaus zitterte am ganzen Körper. Seine Kleidung war bis auf Bauchhöhe durchnässt. Sie wussten, dass sie ständig in Bewegung bleiben mussten, bis sie einen Platz gefunden hatten, an dem es wärmer war.

Sie trabten ein Stück an der Straße entlang, immer auf der Hut vor plötzlich auftauchenden Autos. Noch hatten ihre Verfolger die Jagd nicht aufgegeben. Von der Straße bogen sie nach wenigen hundert Metern links in einen Waldweg ab. Es war die alte Straße nach Waldsieversdorf, einem kleinen Weiler zwischen Müncheberg und Buckow, den sie auf der Hinfahrt passiert hatten. Es gab dort einen Gasthof. Kurz vor dem Ortseingang sahen sie das Licht von Scheinwerfern durch den Wald dringen. Hastig stolperten sie in den Wald und versteckten sich hinter einer kleinen Tannengruppe. Von dort aus beobachteten sie, wie ihre Verfolger langsam den Weg hinunterfuhren.

»Sie haben Nachtsichtgeräte«, flüsterte Judit. »Wenn sie einen Wärmescanner haben, sind wir geliefert.«

Erst als der Wagen im Ort verschwunden war, trauten sie sich wieder aus ihrem Versteck. Waldsieversdorf war zu gefährlich. Besser, sie gingen weiter durch den Wald bis zur alten Bahnlinie Buckow-Müncheberg. Sie mussten dann nur dem Bahndamm folgen, um automatisch nach Müncheberg zu gelangen.

»Hauptsache, wir bleiben nicht stehen«, sagte Klaus.

Aus Vorsicht schlugen sie einen weiten Bogen. Die letzten Kilometer nach Müncheberg legten sie dann zügig zurück. Erich spürte, wie seine Beine immer schwerer wurden. Er wusste, dass seine Kraftreserven bald verbraucht waren.

Er führte sie an der Kirche vorbei ins Zentrum von Müncheberg.

»Hier kenne ich mich nicht mehr aus.«

»Wir müssen einen Wagen auftreiben, sonst erfriere ich.« Klaus hatte sofort damit begonnen, Turnübungen auf der Straße zu machen. »Lange schaffe ich das nicht mehr.«

»Wir brauchen zuerst ein Telefon.«

An der Bushaltestelle fanden sie eine Zelle. Erich fand in seiner Hose etwas Kleingeld und gab es Judit.

»Es muss etwas passiert sein«, sagte sie, nachdem sie mehrere Male versucht hatte, ihre Station in Berlin anzurufen. »Ich erreiche niemanden.«

»Ich dachte immer, der Mossad ist unfehlbar«, krächzte Klaus.

»Wir sind gewarnt worden. In jeder größeren Stadt gibt es eine Anzahl von freiwilligen Helfern, unseren Sayanim, die sich oft aus den Mitgliedern der Jüdischen Gemeinden rekrutieren. Sie observieren, mieten sichere Wohnungen, leisten Botendienste. Seitdem die Emigration aus Osteuropa angefangen hat, hat es mit diesem System immer wieder Probleme gegeben. Möglich, dass ein Sayan auch für die Russenmafia arbeitet. Wir bieten die Ehre, die Russen bieten das Geld.«

Die Erklärung für den Überfall in Buckow, dachte Erich.

»Das bedeutet aber auch«, führte er seinen Gedanken aus, »dass wir nicht sicher davon ausgehen können, dass wir deinen Freunden trauen können.«

»Nicht in Berlin. In der Küche eures Hauses haben sie bestimmt meinen Aktenkoffer gefunden. Die Munition und die Papiere darin verraten ihnen genug. Ich bin sicher, dass sie alle Adressen, die sie von uns kennen, überwachen werden.«

Erich dachte angestrengt nach. Wem konnten sie noch trauen?

»Achmed!«

Judit und Klaus blickten ihn mit fragenden Augen an. Wild kramte Erich in den Taschen seiner Jacke und Hose. Wo hatte er die verdammte Karte von seinem Bäcker hingesteckt? Achmed war der Einzige, der nicht geleugnet hatte, dass er Verbindungen ins kriminelle Milieu besaß. Außerdem hatte er aus seiner Antipathie gegenüber der Russenmafia keinen Hehl gemacht. Der Feind deines Feindes ist dein Freund, dachte Erich.

»Warum nicht eine türkische Bäckerei«, witzelte Klaus. »Da ist es wenigstens warm um diese Uhrzeit.«

Es war kurz vor vier.

»Wenn dieser Achmed wirklich Verbindungen hat, könnte es klappen«, sagte Judit.

Es gab traditionell gute Verbindungen zwischen der Türkei und Israel. In der Regel konnte man sich auf die Türken verlassen.

Mit steifen Fingern wählte Erich die Nummer auf der Visitenkarte. Es tutete lange, bis eine Stimme ertönte.

»Achmed Besir?«

Im Hintergrund hörte Erich den lauten Klang türkischer Popmusik.

»Achmed, hier ist Erich«, begann Erich.

»Wer?«

»Erich Fischer.«

»Kenne ich nicht. Ist das ein Scherz, oder was? Woher hast du die Nummer?«

»Kein Scherz, nein!« Er überlegte eine Sekunde. »Du hast mir deine Karte gegeben, in deiner Bäckerei. Es geht um …«

»Kenne ich nicht.«

»Achmed, ich bin dein Freund. Mein Kollege ist von der Russenmafia ermordet worden. Das stand in der Zeitung. Wir haben gestern Morgen darüber gesprochen. Ich brauche deine Hilfe.«

»Ich erinnere mich. Du hast mir nicht geglaubt.«

»Jetzt glaube ich dir. Hundert Prozent. Die sind hinter mir her. Du musst mich rausholen.«

»Ich bin auf dem Weg in die Bäckerei«, antwortete Achmed. »Wir treffen uns da.«

»Das geht nicht.«

Er versuchte Achmed klar zu machen, in welcher Lage er sich befand. Achmed verstand nicht. Angstvoll starrte Erich dabei auf die Anzeige des Telefonapparates. Viel zu schnell rutschte das letzte Kleingeld durch. Ein Tuten in der Hörermuschel verriet Erich, dass er nur noch wenige Sekunden hatte.

»Müncheberg. An der B 1 Richtung Küstrin. Wir warten an der Kirche. Müncheberg …«, schrie er in den Hörer.

»Ich komme mit …«, war das Letzte, was er von Achmed hörte.

Das Warten kam Erich schlimmer vor als die Flucht durch den Wald. Alles Reden war verboten. Er wusste, dass er den Kampf gegen die Müdigkeit nicht mehr lange durchstehen konnte. Seit er sich mit Klaus dessen letzte Zigarette geteilt hatte, war die Situation fast unerträglich geworden.

»Ein Auto.«

Klaus war an der Reihe gewesen, Wache zu halten, und winkte ihnen zu. Von Osten rollte langsam ein hellgrüner alter Daihatsu Cuore die Hauptstraße herunter. Im Abstand von hundert Metern folgte ein schwarzer BMW. Der Daihatsu hielt direkt vor dem Kirchberg, der BMW parkte auf der gegenüberliegenden Seite der Straße. Ein Mann stieg aus dem ersten Wagen und blickte sich suchend um.

»Ist er das?«, flüsterte Judit.

Erich nickte.

»Frag ihn, was das für ein anderes Auto ist!«, befahl sie ihm. Er sah, dass sie ihre Uzi wieder aus dem Gürtel gezogen und entsichert hatte.

»Achmed!«

»Wo bist du, mein Freund Erich?«

Konzentriert starrte Achmed zur Kirche.

»Wer ist in dem anderen Wagen?«

»Meine Kollegen. Denkst du, ich fahre allein hierher? Ich bin nicht blöde.«

Achmed drehte sich um und machte ein Zeichen. Die Türen des BMW gingen auf und drei junge Männer stiegen aus. Sie trugen Trainingsanzüge und darüber schwarze Lederjacken. Einer hatte einen Schnurrbart.

Erich konnte keine Waffen erkennen. Fragend sah er Judit an.

»Geh zuerst, aber langsam!«, zischte sie. »Wir geben dir Deckung.«

Der Gedanke, zwischen die Fronten zu geraten, behagte Erich nicht. Langsam stand er auf und löste sich aus dem Schatten der Kirche, bis Achmed ihn fixierte. Erich blieb stehen.

»Was ist, bin ich dein Freund, oder was?«

Erich zögerte.

»Warum kommst du nicht allein?«

»Habe ich dir gesagt, dass ich meinen Cousin mitbringe? Mitten in der Nacht, nach Brandenburg. Bin ich lebensmüde?« Achmed wies auf die anderen Männer. »Habe ich dir erzählt von meinem Cousin Murat. Wir nennen ihn *erkek kedi,* dass heißt auf deutsch der Kater. Er kennt sich aus und hat Freunde. Du kannst ihm vertrauen.«

Einer der drei Männer löste sich vom Auto und streckte Erich seine Hand hin.

»Murat«, stellte er sich knapp vor.

Erich erkannte eine gewisse Ähnlichkeit in den Gesichtern der Männer. Das sie Cousins waren, schien ihm nicht ausgeschlossen. Er musste es einfach riskieren.

»Ich bin auch nicht alleine hier.«

Murat zuckte zusammen und trat einen Schritt zurück. Seine rechte Hand verschwand in der Jackentasche. Mit zusammengekniffenen Augen sah er sich um.

Erich beruhigte ihn und winkte in Richtung Kirche.

»Alles klar, kommt her.«

Judit und Klaus traten aus der Dunkelheit hervor und stiegen zur Straße hinunter. Die Uzi war unter ihrer Jacke verschwunden.

Schnell hatten sie sich gegenseitig bekannt gemacht.

»Wird Zeit, dass wir hier verschwinden«, sagte Judit und sah sich um. »Ihr fahrt mit ihm«, sie deutete auf Achmed. »Ich fahre im anderen Auto mit dem Laptop.«

Erich wollte protestieren. Warum sollten sie sich trennen, fragte er sich. Was würden Klaus und er machen, wenn Judit mit dem Cousin von Achmed … oder noch schlimmer, wenn der Cousin und die anderen Männer sie …

»Der Laptop bleibt bei uns«, entgegnete er scharf.

Judit machte einen Schritt auf ihn zu. Sie stellte sich auf die Zehenspitzen und schob ihren Kopf an Erichs Ohr.

»Dann pass gut auf! Ich brauche euch noch. Beide.«

Als Erich ihre Lippen schon an seinem Ohrläppchen zu spüren glaubte, hatte sie ihren Kopf wieder zurückgezogen. Ohne sich noch einmal umzudrehen, ging sie mit Murat über die Straße und stieg in den schwarzen BMW. Erich und Klaus kletterten in Achmeds Daihatsu und drehten die Heizung voll auf. So schnell wie es die glatten Straßen erlaubten, fuhren sie in Richtung Berlin.

Auf der Fahrt wollte Achmed kein Wort darüber hören, warum Erich und die anderen in Schwierigkeiten waren. Je weniger er wisse, desto weniger könne er weitersagen. Er sei mit Leib und Seele Bäcker und würde nur helfen, weil sie Freunde seien. Die meiste Zeit telefonierte er auf Türkisch. Erich verstand nur Bruchstücke. Wie viele Türken hatte Achmed die Angewohnheit, bestimmte Sachen mit ihrem deutschen Namen zu benennen. Straßen, Namen, einige Zahlen. Interessiert lauschte Erich dem abgehackten türkisch-deutschen Monolog, den Achmed in der Dunkelheit des Wagens führte:

»... Oranienstraße ... Club ... BMW ... zu teuer ... Sportfelgen ...« Dann ein neues Gespräch: »... Laugenbrötchen ... Angebot ... fünfundzwanzig Cent ... Sonderaktion ... Hygienevorschriften ... Lager ...«

×××

Er musste eingeschlafen sein. Der Daihatsu holperte auf den Bordstein. Orientierungslos blinzelte Erich durch das Seitenfenster des Wagens. Sie standen irgendwo in Berlin, direkt vor einem alten Geschäft. Licht drang durch die beschlagenen Schaufenster des Ladens. Sie waren eingefasst von alten, dunkelblau gestrichenen Holzrahmen. Der Eingang war stilecht eingerahmt durch ebenfalls dunkelblau gestrichene Säulen aus Holz oder Eisen. Auf einem alten Schild über dem Eingang stand der Name: ›Oranien Kaffee‹. Die Türe war geschlossen, aber durch die Schaufenster konnte man schemenhaft Gestalten erkennen.

Achmed öffnete die Fahrertür, ohne den Motor abzustellen.

»Hier seid ihr sicher.«

Erich konnte kaum die Augen offen halten. Mühsam öffnete er die Beifahrertür und schob die Beine auf den Bürgersteig. Den Muskelkater würde er niemals vergessen. Schwerfällig drehte er sich um und weckte Klaus. Dann stolperte er hinter Achmed her auf das ›Oranien Kaffee‹ zu.

Die Tür zum Café war nicht abgeschlossen. Achmed trat als erster ein. Ein älterer Türke mit langem, weißem Bart und einem abgetragenen dunkelbraunen Anzug kam auf sie zu und begrüßte Achmed leise auf Türkisch. Erich und Klaus ignorierte er. Leise begannen Achmed und der Alte ihre Unterhaltung. Erich sah sich im Raum um. Was von außen aussah wie ein Jahrhundertwende-Laden, entpuppte sich innen als türkisches Vereinsheim. In der Mitte des Raumes stand noch der alte Tresen des ursprünglichen Cafés, dahinter die Relikte eines riesigen Buffets. Links daneben führte eine Tür nach hinten. Unter der Decke hing der üppige Stuck einer längst vergangenen Zeit. Die Wände waren weiß gestrichen und vollgehängt mit türkischen Fahnen, Fotos von türkischen Fußballmannschaften, Postern von Istanbul, Mekka und Jerusalem und vielen Dingen, die er nicht erkennen konnte.

Ein Billardtisch stand in der Ecke, daneben ein Kicker, dazu Tische und Stühle aus billigem Stahlrohr und furniertem Pressholz. Auf einem Regal in der anderen Ecke des Raumes stand ein riesiger Fernseher.

Außer ihnen, Achmed und dem Alten saß noch ein halbes Dutzend Männer an zwei zusammengerückten Tischen. Sie tranken Tee aus Gläsern und rauchten. Als die Tür aufging, hatten sie ihre Unterhaltung für Sekunden unterbrochen und Erich und Klaus neugierig betrachtet. Dann widmeten sie sich schnell wieder ihren Geschäften.

»Ich muss jetzt«, sagte Achmed.

»Moment.« Erich wusste nicht, ob er sich bedanken sollte.

»Was noch?«

»Wo bleiben die anderen?«

Als Erich zum letzten Mal in den Rückspiegel gesehen hatte, da fuhr der schwarze BMW noch dicht hinter ihnen. Vor dem Café war er jedoch nicht.

Achmed legte Erich seine Hand auf den Unterarm.

»Murat und deine Freundin müssen noch etwas erledigen. Sie kommen dann hierher. Zehn Minuten. Ich muss jetzt in die Bäckerei. Salam.«

»Danke, Achmed. Ich hoffe, wir sehen uns Montag im Laden.«

Der weißbärtige Türke, offenbar so etwas wie der Verwalter des Cafés, wies ihnen einen Tisch in der Nähe des Fernsehers zu. Ihre Präsenz schien ihn zu stören. Er sprach nur schlecht Deutsch und verstand noch weniger. Nach einigen Minuten brachte er zwei Gläser und eine kleine Kanne mit türkischem Mokka.

Klaus verlangte mit einer Geste nach Zigaretten. Der Alte brachte eine Packung Marlboro, dann verschwand er durch die Hintertür neben dem Buffet. Klaus zündete sich genüsslich eine Zigarette an und inhalierte tief. Auch er hatte auf der Fahrt etwas geschlafen und sich wieder aufgewärmt. Er griff nach der Fernbedienung und schaltete den Fernseher ein. Auf CNN und N 24 lief ein Bericht aus Berlin. Die Reporter standen auf der Straße, im Hintergrund konnte man Blaulicht und den gelblichen Schein von Feuer erkennen. Sanitäter und Polizisten liefen aufgeregt durch die Gegend.

»Wir stecken ziemlich tief in der Scheiße«, fing Klaus an. »Aber das macht nichts. Lass uns zusehen, dass wir diese Scheißdaten von Igor loswerden.« Er deutete auf den Laptop, den er die ganze Zeit unter dem Arm geklemmt hatte. »Ich glaube, dann nehme ich mir erst mal drei Wochen Urlaub und verschwinde aus Berlin. Wenn ich dann wiederkomme, ist Gras über die Sache gewachsen.«

Unter der ununterbrochen ins Mikrofon redenden CNN-Reporterin stand mit weißer Schrift *Terror Bombing in Berlin* auf einem roten Balken.

»Wenn wir uns jetzt gehen lassen, haben wir verloren«, sagte Klaus eindringlich und blickte auf den Fernseher. »Wenn ich eine Lektion gelernt habe, dann die: Gib nie auf. Noch sind wir am Leben und haben die Trümpfe in der Hand. Solange wir diese Daten hier besitzen, wird uns nichts passieren. Verstehst du, Erich? Noch leben wir.«

Erich wusste nicht, ob er weinen oder lachen sollte. Es berührte ihn, dass Klaus versuchte, ihn wieder aufzubauen. Trotzdem wurde ihm mit jedem Wort bewusster, was sie in den letzten Stunden durchgemacht hatten. Er spürte, wie ihm Tränen in die Augen stiegen. Abrupt stand er auf und stürzte zur Toilette.

Er öffnete den Hahn und wusch sich das Gesicht mit eiskaltem Wasser. Im Spiegel erkannte er sich nicht mehr. Der Anblick war so schrecklich, dass Erich unwillkürlich grinsen musste.

»Wie scheiße du aussiehst«, sagte er zu seinem Spiegelbild, »kein Wunder, dass es mit den Frauen nicht klappt.«

Judit hatte ihm das alles eingebrockt. Ohne ihren Anruf hätte er einen monotonen Samstag mit seinen Eltern verbracht.

Jetzt stand er auf der stinkenden Toilette eines türkischen Männerklos mitten in Kreuzberg, es war halb sechs Uhr morgens, und er war Hauptakteur mitten in einem Krieg, von dessen Existenz er noch vor fünfzehn Stunden nicht einmal die leiseste Ahnung gehabt hatte. In einer Nacht hatte er genug erlebt, um seinen Enkelkindern jahrelang etwas erzählen zu können.

Und ohne den Tod von Igor, dessen Geheimnis und all die Angst, die er seitdem ausstehen musste, hätte er Judit nie getroffen. Wie aus dem Nichts war sie aufgetaucht und hatte sich innerhalb von Stunden einen festen Platz in Erichs Gedanken- und Gefühlswelt erobert. Sie, Judit, zeigte ihm, dass er lebte und weiterleben wollte. Klaus hatte Recht. Nicht aufgeben, immer weitermachen. Das war der Schlüssel für die Zukunft.

Entschlossen tauchte Erich seinen Kopf unter den eiskalten Wasserstrom und wusch sich kräftig den Kopf.

»Helden wie wir«, sagte er zu seinem Spiegelbild und öffnete die Tür zum Café.

Sofort sah er, dass etwas nicht stimmte. Klaus saß mit durchgedrücktem Rücken kerzengerade auf seinem Stuhl, die Zigarette achtlos in der Hand. Judit war da. Sie starrte auf den Fernseher. Hinter ihr stand Murat, die Arme vor der

Brust gekreuzt, und blickte finster drein. Stumm setzte er sich auf seinen Stuhl und blickte ebenfalls auf den Fernseher. Immer noch sendete CNN dieselben Bilder aus Berlin: Feuer im Hintergrund, Rauch, Blaulichter, Menschen, Chaos.

Klaus blickte zu ihm hinüber. Dann nickte er mit dem Kopf zu Judit.

»Ihr Team. Es hat eine schwere Explosion in ihrer Station gegeben. Deswegen hat sie niemanden erreicht. Es gibt mehrere Leichen. Vermutlich sind sie alle tot.«

Erich räusperte sich.

»War es eine ... eine ...«, mühsam tastete er sich vorwärts, »war es eine schmutzige Bombe?«

»Baruch HaShem, nein«, antwortete sie und starrte auf den Bildschirm. »Wahrschcinlich eine Panzerfaust. Alon, Yigal, Seev und die anderen, sie sind alle tot.«

»Die Polizei geht bisher von einem Anschlag der Palästinenser aus«, erklärte Klaus. »Ein Bekennerschreiben gibt es aber noch nicht.«

»Das war die Russenmafia«, mischte sich Murat ein. »So arbeiten nur die. Jeder Zweifel ausgeschlossen.«

Erich wollte nicht überlegen, woher Achmeds Cousin das wusste, oder zu welcher Geheimorganisation er gehörte.

»Wann ist es passiert?«

»Kurz nachdem Judit angerufen hat«, antwortete Klaus. »Gegen ein Uhr fünfzehn. Zeugen wollen gesehen haben, wie mehrere dunkle Lieferwagen vor dem Haus anhielten. Sekunden später gab es dann Explosionen und die Wagen sind abgefahren. Soweit man bisher erkennen kann, ist der erste Stock des Gebäudes völlig zerstört worden. Genau da saßen Judits Kollegen.«

»Woher wussten sie, wo die Station war?«

Judit antwortete ruhig und gefasst.

»Die Räume sind durch eine Tarnfirma angemietet. Offiziell ist es ein Import-Export-Geschäft. Wir haben das Büro als Basis benutzt, um die Hintergründe deines Kollegen zu recherchieren. Es muss eine undichte Stelle geben. Wir waren gerade eine Woche da.«

Mit einem kleinen Ruck kehrte das Leben in Judits Körper zurück. Ihr Ausdruck wurde wieder hart und konzentriert. Wenn sie über den Tod ihrer Landsleute traurig war, dann verbarg sie das hinter einer Maske aus Disziplin und Pflichtgefühl.

»Wir können hier nicht bleiben. Unsere Station ist vernichtet. Die Botschaft kümmert sich um den Rest. Ich muss die Daten direkt in unsere Zentrale bringen.«

»Wo liegt die Zentrale?«, fragten Erich und Klaus wie aus einem Mund.

»In Wien. Ich muss nach Wien. Und zwar ganz schnell.«

»Raus aus Berlin«, sagte Klaus. »Was habe ich vorhin gesagt? Genau das machen wir jetzt.«

»Ihr bleibt hier in Sicherheit«, fiel Judit ihm ins Wort. »Ich fahre allein. Murat und seine Leute können euch für einige Tage Schutz geben. Wenn die Daten ausgewertet sind und die Lage wieder sicher ist, könnt ihr nach Hause gehen. Die Organisation sorgt dann für eure Sicherheit.«

Sie stand auf. Erich sah sie an. Der Optimismus, den er sich so mühsam auf der Toilette eingeredet hatte, zersplitterte in tausend Scherben. Sein kurzer Traum war ausgeträumt. Fordernd streckte sie ihre Hände nach dem Laptop aus.

»Wir fahren mit. Ohne uns gibt es keine Daten.« Blitzschnell hatte Klaus seine Hand auf das Gerät gelegt.

Sie zögerte nicht lange.

»Wir fahren mit dem Auto. Wenn wir uns abwechseln, können wir schneller da sein. Kommt!«

Vor der Tür des Kaffees stand ein silberfarbener Fünfer-BMW. Die Blinker leuchteten auf, als Judit die Zentralverriegelung öffnete.

»Woher hast du ...?«

»Ich habe mit Murat ein Geschäft gemacht. In seiner Branche kann man jede Art von Kooperation und Hilfe gebrauchen.«

xxx

Antenne Brandenburg sendete die erste Morgensendung. Die Straße war schneefrei und trocken. Ohne sich um die angegebenen Geschwindigkeitsbegrenzungen zu kümmern, beschleunigte Judit hinter der Stadtgrenze den BMW auf zweihundertzwanzig Stundenkilometer.

Vorbei an Dessau, Halle und Leipzig rasten sie Richtung Süden. Keiner von ihnen sprach. Hinter Weißenfels hielten sie auf einer Raststätte. Judit zog den Schlüssel ab und verschwand. Klaus, den Laptop wieder unter dem Arm, ging mit Erich auf die Herrentoilette.

»Ich weiß, es klingt völlig schwachsinnig jetzt«, sagte Klaus, als sie allein waren. »Aber, Judit, die Frau hat schon Klasse und Rasse. Ich meine, nicht nur Körper, verstehst du? Die hat wirklich Charakter und Mut. Intelligent und alles. Hast du gesehen, wie sie mich immer anschaut? Ich sage dir, da läuft noch was. Oder was meinst du?«

»Weiß nicht.«

Klaus war nicht zu bremsen.

»Ich bin ja sonst eher für blond. Aber so ein bisschen Exotik kommt auch mal gut.«

Erich fehlten die Worte. Verzweifelt versuchte er, sich auf etwas anderes zu konzentrieren, Klaus einfach nicht zuzuhören. Am liebsten hätte er ihn geschlagen, stattdessen holte er tief Luft und folgte ihm zurück zum Auto. Ihm war speiübel vor Eifersucht.

Dann kam Judit.

»Du fährst«, sagte sie zu Klaus. »Ich gehe nach hinten.«

Erich war erleichtert. Auf dem Beifahrersitz hatte er Klaus besser unter Kontrolle und konnte zur Not einschreiten.

»Dann los«, sagte er und stieg schnell ein.

Klaus war ein ausgezeichneter Fahrer. Bei Hof passierten sie die Landesgrenze zum Freistaat Bayern. Judit hatte sich quer auf die Rückbank gelegt und war eingeschlafen. Erich tat seit den letzten hundert Kilometern so, als ob er schliefe. Die Wahrheit war, dass er sich nicht mit Klaus unterhalten wollte. Zum Schlafen war er viel zu nervös und eifersüchtig.

Natürlich, Klaus war attraktiver, gut gebaut und sportlich. Außerdem war er einen halben Kopf größer und extrovertiert. Klaus hatte keine Scheu, auf andere Menschen zuzugehen und sie um den Finger zu wickeln. Erich dagegen kam sich dick, stinkend und unrasiert vor. Den Ekel vor seiner eigenen Erscheinung spürte er fast körperlich. Wenn ich aus diesem Wagen aussteige, ändere ich mein Leben, beschloss er. Und ich höre auf zu rauchen.

»Auf Wiedersehen SBZ, willkommen in Trizonesien.«

Die Stimme von Klaus ließ Erich aufschrecken. Fragend sah er ihn an.

»Was bin ich froh, endlich wieder im Westen zu sein.« Klaus sprach laut mit sich selbst. »Hier wird alles gut.«

Am Autobahnkreuz Deggendorf blinkte er und fuhr ab. Über die Donau steuerte er den BMW auf das niederbayerische Nest zu. Wie zur Entschuldigung sah er sich im Wagen um und tippte auf das Armaturenbrett. »Wir müssen tanken. Letzte Möglichkeit vor dem Balkan.«

Zielsicher steuerte er auf eine offene Tankstelle zu. Während Judit tankte, gingen Erich und Klaus ein Stück, um eine Zigarette zu rauchen.

»Früher war ich öfter hier«, eröffnete Klaus das Gespräch, nachdem er Erich Feuer gegeben hatte. »Mann, ich konnte diese Kleinstadt richtig gut leiden.«

»Und dann?«, fragte Erich.

Es waren die ersten persönlichen Worte, die er von seinem Kollegen hörte.

»Tja ...« Nachdenklich zog Klaus an seiner Zigarette und blies den Rauch in die Luft. »Wir hatten uns im Studium kennen gelernt. Heidelberg. War richtig schön. Dann ist sie für ein Jahr nach Jerusalem gegangen. Sie war Jüdin. Ich habe mein Examen gemacht und die Uni gewechselt. Und als sie dann wiederkam ... war sie ... weg.«

Klaus' Stimme schwankte. Erich sah ihn schweigend an. Wie unter Zwang sprach Klaus weiter.

»Ihre Mutter müsste noch hier leben. Da hinten, keine fünfhundert Meter weiter.« Er wies in Richtung Innenstadt, stockte, schwieg und setzte dann wieder zum Reden an. »Seitdem stehe ich auf blond. Sara war dunkelhaarig, zierlich, du hättest sie gemocht.«

Er sah Erich an und dann wieder in Richtung Innenstadt.

»Ich habe es nie verstanden, und sie hat es mir niemals erklärt.« Ärgerlich schmiss Klaus seine Zigarette auf den Boden und zerquetschte sie unter seiner Schuhsohle. »Mann, was habe ich diese Frau geliebt. Wir ... ich ... du verstehst schon.« Wieder blickte er Erich an. »Sie wäre eine prima Mutter geworden. Ich hoffe für sie, dass sie es inzwischen irgendwo in der Welt ist.« Er biss sich auf seine bebende Unterlippe. »Ich glaube«, sagte er nach einer Weile, »wir sind von der letzten Nacht alle ein bisschen fertig.«

»Wie lange ist das her?«, wollte Erich wissen.

»Jahre. Vielleicht sieben.«

Merkwürdig, dachte Erich, noch vor Minuten hätte er ihn am liebsten angebrüllt. Arrogantes Arschloch, Wichtigtuer, Wessi und so weiter. Wie verletzlich aber war der Mensch, der sich hinter dieser Fassade aus Spott und Arroganz verbarg. Die Geschichte mit dieser Sara musste Klaus sehr tief getroffen haben. Würde er, Erich, Tanja nach sieben Jahren immer noch nachtrauern? Hatte er schon einmal mehr als einige Monate schlechte Laune gehabt, nachdem eine Beziehung in die Brüche gegangen war?

»Vielleicht wäre ich Daddy und hätte viele hungrige Mäuler in einem netten kleinen Reihenendhaus in Rosenheim zu stopfen«, sinnierte Klaus laut. »Das wäre es bestimmt gewesen.« Dann wandte er sich wieder Erich zu. »Wie ist das eigentlich so, Vater zu sein?«

Erich wusste nicht, was er sagen sollte.

»Man gewöhnt sich dran.«

Klaus blickte ihn an.

»Wenn du jemanden liebst, wirklich liebst, dann halte ihn fest. Und jetzt Schluss damit. Die Vergangenheit ist tot.«

Entschlossen stapfte er zurück zur Tankstelle.

Tief in Gedanken versunken folgte Erich ihm. Wieder packte ihn das schlechte Gewissen, dass er sich um seine eigene Tochter nicht genügend kümmerte. Nachher stimmte es sogar, was Tanja ihm immer vorgeworfen hatte, und er war wirklich zu selten da gewesen. Wenn sogar so ein Obermacho wie sein eigener Kollege solche Sachen sagte? Er schwor sich, dass er auch das ändern würde, wenn sie wieder wohlbehalten in Berlin waren. In seiner Tochter hatte er auf jeden Fall noch einen Grund, für den es sich lohnte durchzuhalten. Dann fiel ihm ein, was dieser Vorgesetzte von Lestrich ihm bei dem Verhör eingebläut hatte. *Wir können auch anders. Mit jedem und jeder ...*

Er wollte den Gedanken nicht zu Ende denken.

»Diese Schweine!«

»Was?«

Klaus war stehen geblieben und drehte sich um.

»Ach, nichts.« Warum sollte er ihm von seinem furchtbaren Verdacht etwas erzählen? »Ich ... ich muss noch mal.«

»Schon klar, Harnstau.« Klaus lief weiter. »Ich sag Judit Bescheid.«

Erich rannte. Ohne auf seinen Muskelkater zu achten, rannte er in den Shop der Tankstelle. Neben den Toiletten sah er ein Telefon an der Wand. An der Kasse stand Judit und warf ihm einen Blick zu, aber er winkte bloß und schoss auf die Herrentoilette. Hastig schloss er die Tür hinter sich zu.

In einer halben Minute ist sie raus, dachte er sich. Dann fiel ihm ein, dass er kein Geld mehr hatte. Der einzige Ausweg war sein Handy. Und wenn schon, dachte er sich. Sollten sie es doch abhören. Wenn er Tanja erreichen würde und alles in Ordnung war, dann würde er ihr sagen, dass sie sich und Lucy ganz schnell verstecken sollten. Dann würden sie seine Tochter niemals finden. Er schaltete es ein und wählte.

»Heinz-Peter.«

»Ja, Erich hier, kann ich Tanja sprechen?«

»Das geht im Augenblick nicht.«

»Was ist passiert?«

Heinz-Peter hustete.

»Tanja und Lucy sind ... sie sind über das Wochenende weggefahren.«

»Wie bitte?«

»Du, Erich, es tut mir leid, du, wie du das alles jetzt erfahren hast mit mir und so. Und ich dachte jetzt, die Tanja sei mit dir weg, um nochmals zu quatschen und so. Jetzt rufst du an und fragst nach ihr.«

Das linksalternative Geseiere ging Erich auf den Senkel.

»Was hat Tanja gesagt? Und bitte, ganz genau!«, schnauzte er in den Hörer.

»Ja, Erich, weißt du, das war schon so, so irgendwie gar nicht Tanja, was da gelaufen ist.«

»Verdammt noch mal, *was* ist passiert?«

»Ja, ich bin doch am Samstagabend jede zweite Woche bei dieser Männergruppe. Wir kochen ein bisschen und ...«

»Interessiert mich nicht!«, schrie Erich. »Was ist mit Tanja und Lucy?«

Verschüchtert schwieg Heinz-Peter.

»Gut«, sagte er schließlich. »Also, ich komme nach Hause. Und da finde ich diesen Zettel auf dem Küchentisch. Und da steht nur drauf, dass sie weg sind und sich dann melden. Und die ganze Nacht hat sich niemand gemeldet.«

»Wann war das genau?«

»So um dreiundzwanzig Uhr dreißig?«

Also nachdem das Treffen auf dem Kurfürstendamm geplatzt war, überlegte Erich. Alles passte zusammen.

»Erich?«

»Was willst du?«

»Was soll ich denn jetzt tun?«, fragte Heinz-Peter vorsichtig. »Wenn Tanja nicht bei dir ist, wo ist sie denn dann? Das ist doch gar nicht die Tanja, die ich kenne.«

»Ruf die Polizei, mach irgendetwas ... Moment.« Es tutete in seinem Hörer. »Ja, Fischer?«

»Herr Fischer, wo sind Sie?«

Erich erkannte die Stimme sofort. Lestrich.

»Das wissen Sie doch ganz genau.«

»Woher sollte ich das wissen?«

»Sie hören mein Telefon ab, rufen ständig an, wenn es brenzlig wird und sind immer zur Stelle«, schrie Erich ihn an. »Die Geschichte mit dem Bundesnachrichtendienst, eine glatte Lüge. Sie stecken doch mit der Russenmafia unter einer Decke, Sie Dreckschwein!«

»Schluss mit der Kasperei«, unterbrach ihn Lestrich. »Sie verstehen gar nichts, Herr Fischer. Die Wahrheit ist ...«

»Ihre Wahrheit interessiert mich nicht«, schrie Erich zurück. »Sie lügen mich seit Tagen an und hetzen uns diese Killer auf den Hals. Und Sie haben meine Freundin und meine Tochter entführt. Verdammt noch mal, wer sind Sie, und für wen arbeiten Sie?«

»Das spielt keine Rolle, Herr Fischer«, entgegnete Lestrich kalt. »Für Sentimentalitäten haben wir keine Zeit. Ich habe einen Auftrag, und Sie haben etwas, was ich gerne hätte.«

»Ich habe gar nichts«, log Erich.

»Sie brauchen nicht zu leugnen. Die Daten gegen das Leben Ihrer Freundin und Ihrer Tochter. So einfach. Wenn Sie aber weiter mit den Israelis zusammenarbeiten, dann kann ich für nichts garantieren.«

»Sie verdammtes Schwein«, keuchte Erich in den Hörer.

Ihm war schwindelig.

»Sie haben es in der Hand. Das Leben Ihrer Tochter. Überlegen Sie genau, was Sie jetzt sagen.«

»Tut ihr nicht weh«, flüsterte Erich.

Beinahe hätte er den Halt verloren. Mühsam hockte er sich auf die Toilette.

»Wir sind doch keine Unmenschen, Herr Fischer. Wir tun nur unsere Pflicht.«

Erich musste daran denken, was im selben Augenblick mit Lucy geschehen konnte.

»Welche Sache ist es Wert, ein Kind zu töten?«

»Werden Sie bitte nicht sentimental. Täglich sterben Hunderttausende Kinder vor Hunger und in den Kriegen auf der ganzen Welt. Und um das zu verhindern, brauchen wir die CD-ROM.«

»Was soll das? Sie wissen doch genau, wofür diese Daten sind.«

Die Stimme von Lestrich im Hörer wurde wieder sanfter.

»Sie verstehen das noch nicht, Herr Fischer. Wenn Sie den vollen Überblick haben, dann werden Sie uns besser verstehen. In Ihrer Generation sagt man wohl, das Big Picture. Denken Sie an die Worte von Lenin: Unsere Sittlichkeit ist völlig den Interessen des proletarischen Klassenkampfes unterzuordnen. Die Interessen des Kampfes bestimmen unsere Sittlichkeit.«

»Leute wie Sie werde ich nie verstehen.«

»So kommen wir nicht weiter, Herr Fischer. Wollen Sie nun kooperieren oder muss ich Meldung machen?«

Erich schwieg.

»Wie wäre es, Herr Fischer, wenn wir uns treffen und die Sache ganz in Ruhe angehen? Noch ist nichts passiert, und wir haben alle Möglichkeiten.«

»Was macht Sie so sicher, dass ich die Daten noch habe?«, wollte Erich wissen. »Ich kann Sie doch längst weitergegeben haben.«

»Glauben Sie mir, Herr Fischer, wir haben das im Auge. Wo immer Sie auch sind. Wir beobachten Sie.«

Unwillkürlich musste Erich sich umsehen.

»Blödsinn«, gab er zurück.

»Die Israelis sind nur halb so gut wie sie arrogant sind, Herr Fischer«, gab Lestrich zu bedenken. »Ich spreche aus langer Erfahrung. Ich an Ihrer Stelle würde nicht zu sehr auf sie vertrauen.«

»Sie können mich mal!«

»Herr Fischer. Ich stelle Ihnen ungern ein Ultimatum. Leider zwingen mich meine Termine dazu. Ich gebe Ihnen fünf Stunden. Wenn Sie sich bis dahin nicht gemeldet haben, kann auch ich den Zug nicht mehr aufhalten.«

Wütend drückte Erich die Aus-Taste seines Handys.

»Wie bitte? Das verstehe ich nicht, Erich.«

Das war wieder die sonore Stimme von Heinz-Peter. Ihn hatte Erich in der anderen Leitung völlig vergessen.

»Ja, du mich auch!«, schnauzte Erich weiter und unterbrach auch dieses Gespräch.

»Erich? Alles in Ordnung?« Das war Klaus.

Missmutig stand Erich auf und öffnete die Tür.

»Der Tankwart sagte, du würdest hier rumschreien.«

»Blödsinn«, antwortete Erich geistesgegenwärtig. »Ich war wohl etwas lauter. Jetzt ist alles raus.«

Schweigend trotteten sie aus der Tankstelle und stiegen in den BMW. Judit saß wieder am Steuer. Klaus steuerte die Beifahrertür an und zwinkerte Erich verschwörerisch zu.

»Passt du auf den Laptop hinten auf?«

»Nein«, entgegnete Erich ihm scharf. »Ich gehe nach vorne. Hinten wird mir schlecht.« Verwundert blickte Klaus ihn an, willigte aber ein und öffnete die Beifahrertür für Erich. Dann stieg er hinten in den Wagen.

×××

Sie passierten ohne Zwischenfälle die Grenze und fuhren auf der E 60 die Donau flussabwärts. Klaus und Judit sprachen über Wien, aber Erich hörte nur mit halbem Ohr zu. Jedes Mal blieben seine Gedanken an derselben Stelle hängen: Würde er sich für seine Tochter entscheiden, müsste er Judit verraten und umgekehrt. Es gab keinen Ausweg aus diesem Dilemma.

»Erich, was hast du?«

Die Stimme von Judit riss ihn aus seinem trüben Gedankenkarussell.

»Ich? Äh, nichts. Alles okay.« Er versuchte, das Gespräch von sich auf etwas anderes zu lenken: »Wie geht es weiter, wenn wir da sind?«

»Ganz einfach«, begann sie ihm zu erklären. »Wir fahren in die Stadt und ich werde unsere Station benachrichtigen. Dann bekommen wir eine Adresse genannt, wo ein sicheres Haus ist. Dort werden wir warten, bis sie kommen, um uns reinzubringen in die Station.«

»Und was passiert dann?«

»Unsere Spezialisten werden die Daten auf der CD auswerten. Sie werden den Code knacken und dann die Informationen zur Analyse aufbereiten. Nach allem, was wir wissen, sollte es nicht schwierig sein, diese Informationen gegen die Russenmafia einzusetzen.«

»Warum Wien?«, wollte Erich als Nächstes wissen.

»In Wien befindet sich die Zentrale der Organisation, die hinter allem steckt«, antwortete Judit. »Die Sudex SA und an ihrer Spitze Oleg Sutzkever.«

»Die kennen wir schon«, meldete sich Klaus wieder aus dem Fond des Wagens. »Das ist dieses Import-Export-Konglomerat aus Russland.«

Bei diesen Worten fiel auch Erich der Artikel wieder ein, den Klaus und er auf der Homepage des Journalisten Heister entdeckt hatten.

»Die Sudex SA, hat die nicht schon einmal Ärger wegen des Handels mit Plutonium gehabt?«

Judit nickte. »Genauer gesagt war es eine Tochterfirma in Finnland. Der Schmuggel von einigen Gramm radioaktiven Plutoniums brachte uns auf die Spur der Sudex SA. Es war reiner Zufall, dass die finnische Polizei die Ladung damals entdeckt hat. Zunächst schien die Erklärung der Beltec SA, dass es sich um Proben für medizinische Geräte handelte, auch glaubwürdig. Die radiologischen Untersuchungen haben dann aber gezeigt, dass das Material mit hoher Wahrscheinlichkeit aus einem Reaktor stammte, der zur russischen Nordmeerflotte gehört. Das ließ uns die Sache weiterverfolgen.«

»Der Chef von Sudex SA, dieser Sutzkever, hat doch sogar einen israelischen Pass«, warf Klaus ein. »Warum habt ihr ihn nicht in Israel gegriffen?«

Sie lachte missmutig.

»Wir stehen nicht außerhalb des Gesetzes. Wir können keinen Menschen, dem wir nichts nachweisen können, einfach so aus dem Verkehr ziehen. Die Zeiten sind für uns längst vorbei. Um heute etwas gegen solche Leute zu tun, brauchen wir lückenlose Beweise.«

»Und die gibt es nur in Wien, weil hier die Zentrale der Sudex SA ist und alle Fäden zusammenlaufen«, ergänzte Erich. »Wo liegt die Zentrale?«

»Sutzkever hat einen großen Hang zum Luxus«, sagte Judit. »Die Verwaltung der Firma sitzt in einem Bürogebäude in Wieden. Das ist ein Stadtteil von Wien. Sutzkever selber hat ein Büro am Lueger-Ring.«

»Sehr passend«, lachte Klaus bitter auf. »Der Großkriminelle, der Israel bedroht, residiert an einer Straße, die den Namen eines bekannten Antisemiten trägt. Das ist ja wie in einem schlechten Krimi.«

»Ich habe in der Schule gelernt, dass es keine Zufälle gibt. Nicht bei Leuten wie Sutzkever«, entgegnete ihm Judit.

»Nein, es gibt Schicksale, aber keine Zufälle. Auch in unserem Leben«, sagte Klaus und strahlte Judit an.

Das Gespräch glitt Erich aus der Hand. Fast körperlich meinte er, die langsam entstehende Spannung zwischen Klaus und Judit spüren zu können. Je weniger er sagte, desto elender fühlte er sich. Verstohlen blickte er Judit an, dann wieder aus dem Fenster auf die Winterlandschaft, die an ihnen vorbeizog. Er sah keine Möglichkeit, Klaus in die Parade zu fahren. Hastig betätigte er den Fensteröffner.

Am frühen Nachmittag erreichten sie die Vorstädte von Wien. Sie fuhren von der Autobahn ab, und Judit hielt an einer kleinen Tankstelle am Straßenrand, um zu telefonieren. Erich und Klaus blieben im Wagen sitzen und sahen ihr hinterher, als sie im Eingang verschwand. Klaus war ausgesprochen gut gelaunt.

»Ich habe da so ein Gefühl«, frohlockte er, »und dieses Gefühl hat mich noch nie getäuscht.«

»Lass mich in Frieden!«, schnauzte Erich zurück.

Klaus legte ihm eine Hand auf die Schulter.

»Was denn?«, wollte er wissen. »Ist doch alles super. Noch eine Stunde oder zwei, dann haben wir die ganze Scheiße hinter uns. Und dann geht das Leben wieder richtig los.«

War er wirklich so dämlich, wie er sich gab?, überlegte Erich. Hatte er nichts begriffen? Woher nahm er die Frechheit, ihm seine Zukunft kaputt zu machen und ihn dann auch noch einzuladen?

»Du kannst mich mal!«, blaffte er Klaus an.

Verwundert nahm Klaus seine Hand zurück. Dann begriff er.

»Du bist scharf auf die Kleine, stimmt's?«

Erich schwieg.

»Warum hast du nichts gesagt?«

Er verstummte, als Judit die Tür des BMW öffnete.

»Kettenbrückengasse«, sagte sie, gab Erich einen frisch erstandenen Stadtplan und schaltete die Zündung ein.

»M 7 bis M 8«, sagte er laut, wendete den Plan und breitete ihn mit einem Schwung voll aus.

»Pass auf!«, schrie ihn Judit an, doch es war zu spät. Seine linke Hand drückte ihren rechten Arm weg. Die Attacke kam so überraschend, dass Judit das Lenkrad verriss und der Wagen auf die Gegenfahrbahn schoss.

»Vorsicht!«, schrie Klaus von hinten. Der Reisebus raste direkt auf sie zu. Judit bremste so scharf, dass sie das feine Ruckeln des ABS spürten. Der BMW schoss weiter geradeaus. In letzter Sekunde riss Judit das Lenkrad weiter nach links herum und zog den Wagen von der Straße. Rumpelnd holperte der BMW den Straßendamm hinunter, durchschlug einen niedrigen Zaun und kam auf dem matschigen Feldweg zum Stehen. Mit einem empörten Hupen donnerte der Reisebus an ihnen vorbei.

»Mensch, pass doch auf«, schrie Judit ihn an. Sie war kreidebleich geworden.

Erich blieb jede Antwort im Hals stecken.

»Schnell weg, bevor die Polizei kommt«, zischte Judit und drehte den Zündschlüssel. Der Motor des BMW sprang sofort an. Mit Ärger in den Augen trat Judit auf das Gaspedal, und der Wagen machte auf dem Feldweg einen Satz nach vorne.

»Da kommt jemand hinter uns her!«

Klaus hatte sich umgedreht. An der gleichen Stelle, an der ihr BMW von der Straße abgekommen war, hatte ein dunkler Mercedes gehalten und steuerte den Straßendamm herunter auf den Feldweg.

»Woher wissen die, dass wir hier sind«, fluchte Judit laut auf und versuchte, den BMW noch schneller zu beschleunigen.

Mit Schrecken fiel Erich sein Handy ein. Als er das Gespräch mit Lestrich abgebrochen hatte, musste er vergessen haben, das Gerät abzuschalten. Verborgen unter der aufgefalteten Straßenkarte schob Erich vorsichtig seine Rechte in die Jacke. Schnell hatte er sein Handy ertastet und löste mit einem Griff den Akku vom Gerät.

Wieder bewies Judit, dass sie eine meisterhafte Fahrerin war. Ohne abzubremsen lenkte sie den BMW am Ende des Feldweges auf die kreuzende Straße und raste weiter in Richtung Innenstadt. In Wien hatte es seit einigen Tagen nicht mehr geschneit und die Straßen waren trocken und sauber. Erich machte den hoffnungslosen Versuch, auf seinem Stadtplan zu verfolgen, wohin sie fuhren. Gerne hätte er ihr den Weg in die Kettenbrückengasse gewiesen, aber die Straßennamen hüpften so schnell an ihnen vorüber, dass er sie zu spät sah. Planlos rasten sie weiter durch den trägen Sonntagsverkehr.

»Sie kommen immer näher«, rief Klaus aufgeregt. »Gleich haben sie uns!«

Auf einem geraden Stück Straße beschleunigte Judit den Wagen auf Vollgas. In einigen hundert Metern Entfernung erkannte Erich eine Kreuzung. Die Ampel war gerade auf gelb gesprungen.

»Das schaffen wir nicht«, schrie er angstvoll. Ohne auf ihn zu hören, raste Judit auf die Kreuzung zu. Sie waren etwa hundertfünfzig Meter herangekommen, als die Ampel auf rot umschaltete. »Bremsen!«

Sie hörte nicht. Ein Kleinlastwagen fuhr auf die Kreuzung und versperrte ihnen die Durchfahrt. Judit drückte die Bremsen voll durch und riss das Steuer nach rechts herum. Der BMW kam ins Schleudern und prallte mit nur wenig gemäßigter Wucht seitwärts auf den Lkw. Mit einem ohrenbetäubenden Knall explodierten die Airbags des BMW.

Erich hatte instinktiv kurz vor dem Aufprall die Augen geschlossen und sich mit aller Macht an den Sitz gepresst. Die Airbags und der Gurt hatten ihn seine Position beibehalten lassen. Als er seine Augen vorsichtig wieder öffnete, hingen die Luftsäcke bereits weißgrau und schlaff.

Wie versteinert saß Judit am Lenkrad. Für eine Sekunde hatte Erich den Eindruck, dass sie verletzt war. Dann kam wieder Bewegung in ihr Gesicht und ihre Hände.

»Das war knapp«, stieß sie zwischen den Zähnen hervor und drehte sich suchend um.

Der Mercedes hatte rechtzeitig gebremst und kam wenige Meter hinter ihnen zum Stehen.

»Aufpassen!« Mit einer Bewegung hatte Judit den ersten Gang eingelegt und das Lenkrad nach rechts eingeschlagen. Sie ließ die Kupplung kommen und der BMW trennte sich mit einem gewaltigen Krachen und Knirschen von der Seite des Lkw.

Erich sah, wie der Beifahrer eine AK 47 herauszog, dann duckte er sich. Das Rattern der Kalaschnikow übertönte das Brüllen des Motors. Glas splitterte, als die Kugeln die Heckscheibe des BMW zersiebten und vorne und an den Seiten den Innenraum wieder verließen. Eine Kugel bohrte sich direkt über Erichs zusammengekrümmtem Körper in das Armaturenbrett. Dann stellte der Mann das Feuer ein und der Mercedes nahm die Verfolgung auf.

Wie gebannt starrte Erich nach vorne. Der Wind pfiff durch die durchlöcherte Frontscheibe. Konzentriert lenkte Judit den BMW zwischen den langsameren Autos hindurch. Sobald sich ihr die Gelegenheit bot, bog sie in eine der kleineren Seitenstraßen ab und hoffte, dadurch die Verfolger abhängen zu können.

»Der Motor verreckt«, rief sie.

Auf dem Armaturenbrett waren verschiedene Leuchtdioden angesprungen. Die Temperaturanzeige des Motors kletterte unerbittlich nach oben. Beim Aufprall musste das Kühlsystem beschädigt worden sein.

»Vorsicht!«

Sie hupte, als sie den BMW an einer stehenden Straßenbahn vorbei auf den Bürgersteig lenkte. Es waren keine Passanten ausgestiegen und die Türen der Bahn hatten sich gerade geschlossen. Mit zuckelnden Bewegungen setzte sie sich in Bewegung und bog, nur Sekundenbruchteile nachdem der BMW vorbei war, nach rechts ab.

»Das hält sie auf!«

Erich drehte sich um. Was er sah, war schlimm. In sich zusammengekrümmt hing Klaus' Körper leblos im Gurt. Er hatte den Laptop wie zum Schutz an seinen Oberkörper gepresst. Auf der Rücksitzbank schwamm Blut.

»Klaus!«

Das Blut trat aus einer klaffenden Wunde an Klaus' Hinterkopf. Auch aus seiner Kleidung in Brusthöhe sickerte es rot. Er reagierte nicht mehr.

»Verdammte Scheiße! Klaus, sie haben ihn …«

»Wo sind sie?«, fragte Judit ruhig. »Der Mercedes, ist er noch hinter uns?«

Sie bog nach rechts in eine weitere Nebenstraße und dann nach links. Im Zickzack durchquerte sie ein Wohnviertel und fuhr schließlich wieder auf eine größere Straße, die in ein Gewerbegebiet führte.

»Ich kann sie nicht mehr sehen.«

Nach einigen Minuten lenkte Judit den Wagen in eine Sackgasse und parkte zwischen lauter Gebrauchtwagen- und Schrotthändlern.

»Raus aus dem Wagen«, schrie sie und rüttelte an ihrer Tür.

Durch den Aufprall auf den Lkw war die Fahrerseite des BMW eingedrückt. Ehe Erich reagieren konnte, war Judit auf seine Seite geklettert, hatte die Beifahrertür geöffnet und schob ihn aus dem Sitz.

»Los, los, los! Raus!«

Vorsichtig öffnete Erich die Hintertür und versuchte, den Kopf von Klaus ein Stück zu heben. Sein Gesicht war blutverschmiert. Erich konnte nicht erkennen, wo und wie viele Kugeln ihn getroffen hatten.

»Klaus, Mann, bitte, Klaus, wach auf«, rief er ihm ins Ohr.

Blut quoll aus seinem Mund, als Klaus zu sich kam. Er schlug die Augen auf und sah Erich irritiert an. Seine Lippen bewegten sich, aber Erich konnte nichts verstehen. Langsam lehnte er sich weiter in den Wagen und legte sein Ohr an Klaus' Gesicht.

»Sag es noch einmal«, flüsterte er beruhigend. Klaus hustete schwach, dann setzte er wieder zum Sprechen an.

»Es tut weh, verdammt ... beinahe ... und du, ich ... mein Reihenhaus ... schade ... deine Kleine ...«

Dann kollabierte er ein weiteres Mal.

Hektisch suchte Erich seinen Hals ab, um seinen Puls zu fühlen. Das Einzige, was er in seiner Nervosität spürte, war das Zittern seiner Hände. Hilflos drehte er sich zu Judit um.

»Wir brauchen einen Notarzt, schnell, sonst ...«

Sie blickte ihn an. Ihr Gesicht hatte denselben versteinerten Ausdruck angenommen, als sie im Fernsehen das Attentat auf ihre Berliner Station verfolgt hatte.

»Wir können nichts machen. Den Laptop, schnell!«

»Aber ...«

Erich kam nicht weiter. Er wusste, dass sie Recht hatte. Vorsichtig zog er an dem Laptop vor Klaus' Brust. Keine Reaktion.

»Komm jetzt! Man wird sich um ihn kümmern.«

Sanft zog sie ihn am Arm. Willenlos ließ er sich einige Meter davonführen, bis er stehen blieb.

»Wir können ihn nicht da liegen lassen.«

»Erich, sie sind gleich da.«

»Dann kriegen sie eben, was sie haben wollen.«

Erich spürte den Laptop in seiner Hand. Er spürte Klaus' Körperwärme.

»Sie töten uns, wie sie Klaus getötet haben.«

Judit packte Erichs Arm fester.

»Lass sein Opfer nicht umsonst gewesen sein«, sagte sie. »Denk an das, was sie mit den Daten anfangen werden, und denk an dein eigenes Leben.«

»Ist doch alles egal.«

»Ich hatte gerade angefangen, dich zu mögen.«

Mit einem Satz war sie bei ihm und riss ihm den Laptop aus der Hand.

»Stopp! Ich komme mit.«

Sie gab ihm den Laptop zurück. Mit einem Sprung hatte sie das obere Ende des Metallzauns hinter ihnen erreicht, zog sich schnell daran hinauf und wälzte ihren zierlichen Körper über die Barriere hinweg.

»Wirf den Laptop rüber und komm dann nach!«

Erst beim dritten Versuch schaffte er es, den Zaun zu überwinden.

×××

Der trübe Tag verabschiedete sich bereits, als Judit und Erich aus der Station Kettenbrückengasse traten. Mit der Straßenbahn waren sie in Richtung Innenstadt gefahren und hatten am Karlsplatz die U-Bahn bestiegen.

Es war ein eindrucksvoll sanierter Wiener Altbau, der sich vor Erichs Augen erhob. Die Eingangstür stand offen und gab Sicht auf einen breiten Durchlass, der zum Innenhof des Hauses führte. Über das seitlich hinaufführende Treppenhaus stiegen sie in die erste Etage. Die Wohnung war nur spärlich möbliert. Durch einen kleinen Flur ging es geradeaus ins Wohnzimmer. Ein Sofa, zwei Stühle und ein Sideboard mit einem Fernseher und einem Telefon waren die einzigen Einrichtungsgegenstände. Links gab es einen kleinen Raum, in dem Erich ein Bett und eine Lampe stehen sah. Rechts vom Gang führte eine weitere Tür in ein kleines Badezimmer. Der Schlüssel zum Bad steckte von außen.

Judit ging zum Telefon, wählte, und Erich konnte wieder hören, wie sie verschiedene Worte in die Muschel nuschelte, die er nicht verstand.

»Sie sind bald hier.« Judit legte den Hörer auf und ließ sich auf einen der Stühle fallen. Im Dämmerlicht, das durch die hohen Fenster in das Zimmer fiel, sah Erich, dass ihr Gesicht eingefallen und grau war. Fast schien es, als würde sie lächeln, als sie ihn fragte: »Was wirst du machen, wenn das hier vorbei ist?«

Erich dachte an das Telefonat mit Lestrich. Er wollte ihr alles sagen, um sie dann zu fragen, was er tun könne, um das Leben von Lucy und Tanja nicht zu gefährden. Sie hatte ihm in den letzten Stunden so oft das Leben gerettet, dass sie es vielleicht noch ein weiteres Mal tun könnte.

»Ich habe eine kleine Tochter«, begann er ihr zu erklären.

»Ach ja?«

Ihr Gesichtsausdruck veränderte sich von einer Sekunde auf die nächste.

»Hör zu«, sagte er mit rauer Stimme. »Ich habe einen Fehler gemacht.«

Er kam nicht weiter.

»Du hast alles richtig gemacht«, schnitt sie ihm das Wort ab.

»Und du? Was machst du, wenn das hier fertig ist?«, versuchte er abzulenken.

Sie sah ihn nicht an.

»Weitermachen, was sonst. Für einen Augenblick dachte ich, es wäre genug. Jetzt warte ich den nächsten Auftrag ab. Und dann werde ich in Russland oder in Südamerika sein. Das geht so lange, bis …«

»… bis es auch dich einmal erwischt?«

»Dann weiß ich wenigstens, wofür ich gelebt habe. Du …«

Sie verstummte.

Erich wusste nicht, was er sagen sollte. In diesem Augenblick wirkte Judit so klein und schutzbedürftig, dass er das Verlangen hatte, zu ihr zu gehen und sie in den Arm zu nehmen. Sie, die souveräne Mossad-Agentin, die ihn und Klaus unter vielfacher Lebensgefahr gerettet hatte, war in Wirklichkeit so fein und zerbrechlich wie zartes Porzellan. Wenn er doch nur zu ihr hinübergehen könnte, würde sich die Zukunft ändern. Mit einem Ruck stand er auf und trat neben sie. Vorsichtig legte er seine Hand auf ihren Kopf. Er spürte ihr dichtes Haar unter seinen Fingern.

»Geh weg!«, zischte sie ihn an und war ebenfalls aufgestanden.

»Ich wollte nur …«, versuchte er eine Erklärung.

»Mistkerl«, antwortete sie ihm und wich einen Schritt zurück.

»Judit, ich wollte dir sagen …«

»Ich will nichts hören von deinem kleinen Leben, deiner spießigen Frau und der süßen Tochter, Piefke«, fauchte sie.

»Nein, es ist doch alles …«

Doch Judit war nicht zu bremsen.

»In ein paar Minuten ist das hier vorbei. Dann bist du die Verantwortung los und kannst mit dem nächsten Flugzeug nach Berlin zu deiner Kleinfamilie. Das Ticket spendiere ich dir persönlich, und ich wünsche dir alles Gute.«

Von ihrer Souveränität war nichts mehr übrig. Schweigend standen sie sich einige Sekunden gegenüber. Ein Wort raste Erich durch den Kopf: Verantwortung.

Für wen war er denn verantwortlich außer für sich selber? Für Judit, für Tanja, für Lucy oder für die gesamte Menschheit? Klaus war nicht mehr da, und Erich hatte ihm nicht helfen können. Wollte er riskieren, noch mehr Menschen zu verlieren, die ihm nahe standen? Judit wusste sich alleine zu helfen, da war er sich sicher. Aber Tanja und Lucy, wer war denn für ihr Schicksal mehr verantwortlich als er selbst? Was störte es ihn, wenn irgendwo auf der Welt eine schreckliche Bombe gezündet wurde, bei der viele Tausende von Menschen getötet wurden, die er nicht kannte und niemals kennen lernen würde. Was war das Leben dieser Menschen gegen das Leben seiner Tochter? Was war das Leben seiner Tochter gegen sein eigenes Leben? Der Plan überkam ihn wie ein Donnerschlag.

»Judit!«

Er machte wieder einen Schritt auf sie zu.

»Lass mich in Frieden!«

Sie drehte sich um und ging ins Badezimmer. Mit einem entschlossenen Ruck zog sie die Tür hinter sich zu.

Er erkannte seine Chance. Mit einem Satz war er an der Tür zum Badezimmer. Mit Mühe drehte er den großen Schlüssel um.

»Was soll das? Mach sofort die Tür auf!« Dann, mit kaum unterdrückter Wut. »Erich, das kannst du nicht tun. Wir werden dich finden. Du kannst dich nicht verstecken.«

Durch die Türe von ihr getrennt, fiel Erich das Sprechen leichter. Als ob ein Damm gebrochen wäre, flossen die schweren Worte aus seinem Mund.

»Judit, ich liebe dich. Ich habe dich vom ersten Moment an, als ich dich gesehen habe, geliebt. Du bist die Frau, von der ich nicht einmal geträumt habe, dass sie mir wirklich begegnen könnte. Auch wenn wir uns nach dieser Sache niemals wieder sehen, wollte ich dir das gesagt haben. Denn ich weiß jetzt, was ich tun muss.«

×××

Er war völlig ruhig, als er aus dem Haus trat. Zielsicher ging er in Richtung U-Bahn-Station und dann auf die Rechte Wienzeile. Nur wenige Minuten, und er hatte den Naschmarkt passiert und den Karlsplatz erreicht. Während er langsam Richtung Opernring weiterschlenderte, zog er sein Handy aus der Jacke, setzte den Akku ein und wählte die Nummer.

»Ich habe gehofft, dass Sie anrufen, Herr Fischer.«

Lestrich klang frisch und sehr nahe. Es waren genau fünf Stunden vergangen, seit sie das letzte Mal telefoniert hatten.

»Wie geht es Lucy und Tanja?«

»Oh, prächtig, prächtig. Beide sind munter und glücklich. Bis jetzt.«

»Was hätten Sie mit Ihnen gemacht, wenn Ihre Killer uns heute Nachmittag geschnappt hätten?«

Lestrich zögerte eine Sekunde.

»Ach, wissen Sie, Herr Fischer, darüber sollten wir uns ein anderes Mal unterhalten. Schließlich geht es doch im Augenblick um die Zukunft Ihrer Tochter, nicht um die Vergangenheit.«

»Reden Sie ruhig darüber, Herr Lestrich. Oder haben Sie Angst, dass ich Ihr Handy anpeile?«

Ein trockenes Lachen war die Antwort.

»Nein, Herr Fischer. Sie werden es nicht glauben, aber ich bin bei Ihnen. Näher als Sie denken.«

Unwillkürlich drehte Erich sich um. Einige Spaziergänger verliefen sich auf den breiten Trottoirs des Opernrings; Autos kamen und fuhren wieder. Es war niemand zu sehen, der ihm Beachtung schenkte.

»Dann also: ›Willkommen in Wien!‹«

»Sie machen mich ungeduldig, Herr Fischer.« Die Stimme von Lestrich wurde wieder drohender. »Wollen wir über das Geschäft reden? Ich denke, das ist auch im Interesse Ihrer Tochter.«

»Gut, kommen wir zum Geschäft. Wo ist meine Tochter?«

»Wie wäre es, wir treffen uns in der Innenstadt und Sie geben mir die CD? Wenn es dieses Mal die richtige ist, dann werden die beiden sofort freigelassen. Das verspreche ich Ihnen.«

»Ihr Versprechen können Sie sich sonst wohin stecken«, sagte Erich kühl. »Ich werde Ihnen sagen, wo wir uns treffen.«

»Wie Sie wünschen.«

»Wir treffen uns im Büro der Sudex SA. Und zwar nicht in Wieden, sondern am Dr.-Karl-Lueger-Ring. Und bringen Sie Ihren Vorgesetzten mit.«

In der Leitung blieb es still. Leise Geräusche wie Stimmen waren zu hören.

»Wir können Sie dort nicht empfangen, tut mir leid.«

Erich wartete, bevor er antwortete.

»Dann machen wir kein Geschäft.«

»Wie bitte?«

»Ich sagte, dann gibt's kein Geschäft. Ich will Antworten, die Sie, Herr Angestellter Lestrich, mir nicht geben können.«

»Wo sind Ihre Begleiter?«

»Die haben doch ihre Männer auf dem Gewissen, Herr Kommissar. An der Kreuzung, Sie wissen schon.«

»Beide?«

Die Stimme klang unsicher.

»Warum sollte ich Sie anlügen? Die Israelis interessieren sich nur für die Daten. Denen ist mein Leben und das meiner Familie glatt egal. Mir aber nicht.«

Es knackte im Hörer. Dann erklang eine tiefe Männerstimme, die Erich noch nie in seinem Leben gehört hatte.

»Herr Fischer, hier spricht Oleg Sutzkever.«

»Mit Ihnen werde ich reden, Herr Sutzkever. Mit niemand anderem. Ist das klar?«

Wieder erklang der volle Bass des Russen.

»Kommen Sie in mein Büro. Ich warte auf Sie. Kommen Sie allein und unbewaffnet, und vergessen Sie meine Daten nicht!«

»In zwei Stunden bin ich da.«

Von dem letzten Geld kaufte er sich eine Wurst, eine Dose Bier und eine Packung Casablanca-Zigaretten und dazu eine Schachtel Streichhölzer. Ein Feuerzeug brauchte er nicht mehr. Ohne Hast steckte er sich eine Zigarette an und wanderte den Dr.-Karl-Lueger-Ring hinauf.

×××

Es war zwanzig Uhr fünf, als Erich das Palais neben dem Burgtheater betrat. Die letzten Zuschauer hetzten an ihm vorbei. Sie waren angespannter als er, dachte er sich, als er auf den goldenen Klingelknopf neben der Tür drückte. In Schwarz eingraviert stand der Name über der Klingel.

Sudex SA.

Mit einem Summen sprang die Tür auf und gab den Blick frei auf die dahinterliegende Halle. Auf beiden Seiten führten breite Treppenhäuser hinauf, die mit unauffälligen Glastüren gesichert waren. In der Mitte der Halle stand ein großer Brunnen aus schwarzem Marmor. Leise perlte das Wasser über mehrere Becken hinab.

»Habe die Ehre, Herr Fischer?«

Erich drehte sich um. Links neben dem Eingang war ein kleiner Durchlass, daneben ein winziges Fenster. In der Tür stand ein Mann mittleren Alters mit einem tadellosen dunkelblauen Anzug, Glatze und schneeweißem Schnurrbart.

»Herr Sutzkever?«, fragte Erich verwundert zurück.

»Aber, i bitt Sie, geh, Herr Fischer.« Mit einer einladenden Geste wies der Portier zum rechten Treppenaufgang. »Wenns sich da hinaufbegeben wollen, bitte schön.«

Erich ging auf die Treppe zu. Es klackte, und die Glastür schwang vor ihm auf. Erich stieg die geschwungene Treppe in den ersten Stock des Palais empor. Auf dem Treppenabsatz erwartete ihn eine Frau von makelloser Schönheit. Sie trug ein schwarzes Kostüm und war für Erichs Geschmack etwas zu grell geschminkt.

Ein hohes Zirpen ließ ihn aufschrecken. Er war in eine Art Vorzimmer getreten. Seine Begleiterin drehte sich sofort zu ihm um und sprach ihn mit rauchig samtener Stimme an.

»Haben wir etwa eine Waffe dabei?«

»Nein«, sagte Erich und öffnete seine Jacke. »Nur den hier.«

Er hatte den Laptop die ganze Zeit unter seiner Jacke getragen.

Die Frau kam näher.

»Geben Sie ihn mir, und treten Sie einen Schritt zurück. Hinter den Vorhängen«, sie wies auf die beiden Stoffbahnen, die rechts und links hinter der Tür hingen, »befindet sich ein Metalldetektor.«

»Nein. Den gebe ich nicht aus der Hand.«

»Dann werde ich Sie abtasten müssen«, erwiderte sie. »Bitte drehen Sie sich um.«

Er streckte beide Arme nach vorne und drehte sich um. Den Laptop hielt er krampfhaft in seiner Rechten.

»Ich muss in den Computer sehen. Sie haben doch keine Bombe darin, oder?«

Ohne eine Miene zu verziehen, öffnete Erich das Gerät und drückte auf den Startknopf. Der Bildschirm erhellte sich und zeigte die Oberfläche des Desktops an. Wahllos schob Erich den Cursor über die Oberfläche. Mit einem Doppelklick öffnete er schließlich eine beliebige Datei.

»Alles sauber«, sagte er und klappte den Rechner wieder zu.

Mit einem Lächeln ließ sie von ihm ab und ging quer durch den Raum zu einem alten Schreibtisch. Dort betätigte sie einen Knopf. Automatisch schwang die Tür an der linken Längsseite des Raumes auf und gab den Blick in einen weiteren Raum frei. Es war eine Art Warte- oder auch Konferenzzimmer. Die Mitte des Raumes nahm ein langer, polierter Tisch mit zehn Stühlen ein. An den Wänden hingen alte Gemälde, zumeist Jagdszenen.

Hinter ihm schloss sich die Tür geräuschlos. Es dauerte nicht lange, bis sich die nächste öffnete. Das Zimmer war eine Art Sicherheitsschleuse, überlegte er, es konnte immer nur eine Tür geöffnet werden. Denn der nächste Raum war das Allerheiligste. Es war mehr ein Saal als ein normales Büro. Am gegenüberliegenden Ende stand schräg vor den breiten Fensterfronten ein gigantischer Schreibtisch, der völlig leer war, bis auf einen Bildschirm, eine Tastatur und ein Telefon. Davor waren zwei schwere Sessel aufgebaut. Auf einem Rollwagen daneben konnte Erich Flaschen erkennen. Aus einer Sitzgruppe musterten ihn mehrere Männer. Erich kannte nicht alle von ihnen. Aber er sah Lestrich, Bangen und Kratzer aus Berlin sowie drei weitere Männer. Keiner von ihnen sprach.

Am hinteren Fenster sah Erich eine weitere Gestalt. Der Mann blickte aus dem Fenster und Erich wusste sofort, dass es sich um Oleg Sutzkever handeln musste. Er war nicht sehr groß und man hätte ihn leicht mit einem der gesichtslosen Anzugträger verwechseln können, die zu Hunderttausenden weltweit die Businessclass der Flugzeuge verstopften und sich in den VIP-Lounges für wichtig hielten.

»Was denken Sie über diese Stadt, Herr Fischer. Ist Sie nicht herrlich?«

»Ich kenne Wien nicht gut«, gab er vorsichtig zurück.

Sutzkever wandte sich zu ihm um.

»Schade, Herr Fischer, sehr schade. Sie sollten sich die Zeit nehmen.« Dann wies er mit einer Hand auf einen der schweren Sessel, die vor dem Schreibtisch standen. »Setzen Sie sich doch. Was dürfen wir Ihnen anbieten?«

Vorsichtig nahm Erich Platz. Die Männer in der Sitzgruppe sahen ihn an und schwiegen.

»Sie haben etwas, das mir gehört, Herr Fischer«, begann Sutzkever. »Meine Mitarbeiter in Berlin«, er wies auf die Männer, »haben es leider versäumt, Sie von dieser Last zu befreien. Ich vermute, Sie haben die Daten dabei?«

Vorsichtig hob Erich den Laptop hoch und klickte auf ein von ihm neu angelegtes Verzeichnis. »Die Daten sind hier.«

Sutzkever blickte ihn an.

»Meine Mitarbeiter sprachen von einer CD-ROM.«

»Die CD können Ihre Mitarbeiter gerne im Frühjahr im Schermützelsee bei Berlin suchen«, gab Erich zurück. »Bei unserer Flucht ist sie in den See gefallen.«

Fragend sah Sutzkever zur Sitzgruppe. Sofort sprang einer der Männer auf und erstattete Bericht.

»Die Angaben könnten stimmen. Wir haben festgestellt, dass das Eis hinter dem Haus kaputt war. Alle Spuren deuteten darauf hin, dass mindestens eine Person dort eingebrochen ist. Eine nähere Untersuchung der Stelle ergab sich aus Zeitnot nicht.«

Mit diesen Worten setzte er sich wieder.

»Gibt es Anhaltspunkte, dass noch mehr Kopien gemacht wurden?«

Dieses Mal sprang Lestrich auf.

»Das können wir nicht ausschließen.«

»Also schön«, Sutzkever wandte sich wieder an Erich. »Haben Sie noch weitere Kopien gemacht?«

»Nein.«

»Wie kann ich Ihnen das glauben, Herr Fischer?«

Erich sah ihn an.

»Ich versichere es Ihnen beim Leben meiner Tochter. Sollten Sie später irgendwelche Anhaltspunkte für andere Kopien außer dieser finden, dann wissen Sie, wo Sie uns finden. Das möchte ich nicht.«

Sutzkever schien mit dieser Antwort zufrieden zu sein.

»Die Daten sind echt?«

»Was auf der CD-ROM war, ist auch hier drauf.«

Mit einer Handbewegung holte Sutzkever einen der Männer zum Schreibtisch. Wie selbstverständlich wollte er Erich den Laptop aus der Hand nehmen.

»Stopp!« Mit einer Hand wehrte Erich den blonden Mann ab, die andere Hand hielt er ruhig über der Tastatur des Rechners. »Eine falsche Bewegung, und ich lösche alles. Und zwar so, dass es nicht rekonstruiert werden kann.«

Unschlüssig sah der Blonde Sutzkever an.

»Herr Fischer«, begann dieser mit sanfter Stimme, »ich verstehe Ihre Vorsichtsmaßnahmen. Wir müssen uns alle absichern. Aber verstehen Sie auch meine Seite. Ich muss selbstverständlich wissen, ob es sich um die richtigen Dateien handelt, verstehen Sie?«

»Aber ganz langsam«, antwortete Erich kühl und berechnend. »Eine hektische Bewegung, und die Daten sind weg.«

Wie in Zeitlupe bewegten sich die Finger des Blonden über die Tastatur. Stück für Stück kontrollierte er die Eigenschaften der kopierten Daten und öffnete mehrere von ihnen. Mit einem kurzen Nicken trat er dann einen Schritt zurück und wandte sich in Richtung Sitzgruppe.

»Ich bin froh, dass wir so gut vorankommen, Herr Fischer«, lächelte Sutzkever. »Gute Geschäfte erkennt man immer an ihrem zügigen Zustandekommen.«

»Dann geben Sie mir jetzt meine Tochter.«

»Sie werden sich denken können, dass wir Ihre Familie nicht hier in Wien beherbergen. Man wird sich umgehend darum kümmern.«

»So läuft das nicht, Herr Sutzkever, oder wer auch immer Sie sind. Entweder Sie liefern mir hier und jetzt den Beweis, dass es meiner Tochter gut geht und dass sie frei gelassen wird, oder ich lösche die Dateien.«

Drohend legte Erich seinen Mittelfinger auf die Enter-Taste.

»Sie gefallen mir, Herr Fischer. Sie sind intelligent und lassen sich Ihren Schneid nicht abkaufen. Das schätze ich.« Zur Sitzgruppe gewandt sagte er: »Würden Sie bitte unseren jungen Freund hier erlösen?«

Es war an Kratzer aufzustehen. Mit langsamen Schritten kam er an den Schreibtisch. Verächtlich warf er einen Blick auf Erich. Schließlich nahm er den Hörer des Telefons und wählte.

»Zimmer zweihunderteinunddreißig.« Für Sekunden war es ruhig. »Paulus? Kratzer hier. Geben Sie mir Tanja.«

Erich glaubte, sich verhört zu haben.

»Hallo, sind Sie es, Tanja? Wer? Nein, einen Augenblick. Hier ist jemand, der mit Ihnen sprechen will.« Stumm reichte er den Hörer weiter, ging zu Sitzgruppe und ließ sich nieder.

Erich Hände zitterten, als er den Hörer ergriff.

»Tanja, bist du da?«

»Erich, wo bist du?«

Ihm fiel eine Zentnerlast vom Herzen.

»Geht es euch gut?«

»Natürlich. Hier ist es ja auch sehr schön. Erich, ich verste he das nicht ...«

»Und der Kleinen«, unterbrach Erich sie, »ist mit ihr alles in Ordnung? Haben sie Lucy etwas angetan?«

»Wer sollte ihr was tun? Und warum bist du nicht hier? Dein Vater hat gesagt, dass du auch kommen würdest.«

»Wer?«

Erich wollte es nicht glauben.

»Na, dein Herr Vater, so wahr er neben mir sitzt. Das Hotel haben sie wunderschön hergerichtet. Wir wollten, dass dieses Wochenende etwas ganz Besonderes wird.«

»Nein!«

Ein scharfes Knacken, dann erklang die Stimme des alten Fischer.

»Erich, wo bist du nur hineingeraten. Es wird Zeit, dass du nach Hause kommst.«

Die Erkenntnis sickerte nur langsam durch. Sein eigener Vater war Bestandteil der Verschwörung. Aber warum? Wie kam er dazu, mit Leuten wie diesem Sutzkever und seiner Sudex SA Geschäfte zu machen?

»Vati«, fragte er schließlich zögernd, »warum tust du das?«

Am anderen Ende der Leitung war Unruhe entstanden. Es polterte und Erich glaubte zu hören, wie eine Tür ins Schloss fiel. Sein Vater räusperte sich hörbar.

»Ich mache hier nur meine Arbeit. Lucy und Tanja wäre nichts passiert, das kannst du mir glauben. Dafür stehen wir uns nach all den Jahren zu nahe.«

Erich wusste, wie sehr sein Vater an seiner kleinen Enkelin hing. Er würde ihnen nichts antun. Und trotzdem fühlte er sich unendlich hilflos, verlassen und einsam.

»Es ist wegen früher, stimmt's? Ich habe in Buckow die Akte gefunden.«

Es dauerte wieder einige Augenblicke, bevor sein Vater etwas sagte.

»Dann bist du ja endlich im Bilde.«

»Ich weiß nur, dass du mich mein ganzes Leben lang angelogen hast. Und gestern ...« Verdammt, es war wirklich erst einen Tag her, dass sie miteinander gesprochen hatten. »Gestern hast du mir die Wahrheit erzählen wollen, und es war nur *noch* eine Lüge.«

»Ich habe dich nicht angelogen«, antwortete sein Vater. »Die Sache mit Angelika und dem Kind stimmt. Aber Giester wollte dir wahrscheinlich eher sagen, dass wir 1955 angefangen haben, uns zu organisieren.« Seine Stimme hatte einen pathetischen Klang angenommen. »Ja, das stimmt. In Stalinstadt habe ich meine Unterschrift gegeben. Und ich habe diesen Tag niemals bereut. Ganz im Gegensatz dazu, was für Lügen über das Ministerium für Staatssicherheit heute in den so genannten freien Westmedien erzählt werden, war unsere Aufgabe eine andere. Lass dir das erklären, Erich. Wir sind ...«

»Ich will deine Lügen nicht mehr hören«, unterbrach ihn Erich ruhig und gefasst. »Die Wahrheit ist, dass du ein ganz mieser Spion warst und immer noch bist.«

»Du musst das aus einer anderen Perspektive sehen, Erich, ich ...«

Plötzlich war Erich nicht mehr zu bremsen.

»Scheiß auf deine klugen Sprüche. Wie haben sie dich dazu gebracht, dass du sogar deinen eigenen Sohn verrätst? Ist es Geld gewesen? Oder Macht? Haben sie dir eine neue Datscha versprochen? Wo liegt dein Preis?«

»Es geht nicht um Geld, Erich. Geld interessiert mich nicht.« Die ruhige Stimme, mit der sein Vater sprach, machte Erich schlagartig bewusst, dass dieses Gespräch für seinen Vater nicht die gleiche Bedeutung hatte wie für ihn. Er kannte den Ton in der Stimme seines Vaters zu gut, um nicht sofort zu erkennen, was als Nächstes folgen würde. »Ich muss mich vor dir nicht rechtfertigen, Erich, und das weißt du. Auch wenn du mein Sohn bist. Ich bin ein Kind meiner Zeit und meiner Überzeugung, schon immer gewesen. Wie oft habe ich dir erzählt, wie es war in den letzten Jahren des Faschismus und des Krieges. Als wir endlich befreit wurden, wollte ich mithelfen, eine neue Gesellschaft aufzubauen. Ich habe immer den höheren Sinn meiner Arbeit gesehen und sehe ihn auch heute noch.«

»Welchen Sinn in welcher Arbeit?«, schrie Erich zurück. »Du bist doch nur ein abgehalfterter Professor, dem man Stasiverbindungen nachsagt. Und das zu Recht! Der Sozialismus ist tot, hat nicht funktioniert. Warum begreifst du das nicht?«

»Jeder hat seine Art, mit den Dingen umzugehen«, erwiderte sein Vater kühl. »Du hast dich verweigert und die besten Jahre deines Lebens in unsinnigen und destruktiven Kreisen verbracht. Diese Autonomen, die dich deiner eigenen Familie, deiner Vergangenheit und deiner Bestimmung abspenstig gemacht haben. Die haben dich zerstört. Ich wette, den Sinn in dieser subproletarischen Gemengelage hast du niemals gefunden. Eure so genannte Verweigerung gegenüber dem System ist doch genau der Faktor, der das System stabil macht. Macht euch kaputt, nehmt Drogen und haut euch mit der Polizei. Ändern werdet ihr nichts. Der Gerechten Sache tut ihr so auch keinen Dienst.«

Da war sie wieder, die Gerechte Sache. Die Gerechte Sache, das jeden Widerspruch unterdrückende Axiom der reinen sozialistischen Gesellschaftstheorie, mit dem Erich aufgewachsen war. Noch niemals in seinem Leben hatte er so deutlich gesehen, dass der theoretische Sozialismus für seinen Vater eine Religion war. Sein Glaube war so stark, dass er die gesamte Wirklichkeit in seinem Sinne deutete. Jede Niederlage seiner Theorie bestärkte nur noch die Heilserwartungen an die Zukunft.

»Wir dagegen«, setzte der alte Fischer seinen Monolog fort, »sind dir Heimat und sicherer Hafen. Was kümmert es mich, wenn ich nicht mehr lehren darf? Die kapitalistische Gesellschaft tut mir damit einen großen Gefallen. Sie sichert meine materielle Existenz und gibt mir den geistigen Freiraum, an ihrer Überwindung zu arbeiten.« Er machte eine Kunstpause, bevor er fortfuhr. »Noch müssen wir diese Arbeit im Verborgenen erledigen. Aber, das garantiere ich dir, schon bald werden wir stärker sein als jemals zuvor. Die Gerechte Sache, unsere und auch deine Sache wird den Sieg davontragen. Ich werde es nicht mehr erleben, Erich, das ist wahrscheinlich. Du bist es aber, dem ich gerne das Staffelholz in die Hand geben möchte. Du hast die Kraft und die Stärke, mit stolz erhobenem Haupt durchs Ziel zu gehen. Dann wirst du sagen, es war richtig, weil es gut war.«

»Ich wünschte, ich könnte dir eine in die ...«

Doch sein Vater konnte ihn nicht mehr hören. Mit einer Handbewegung hatte Sutzkever die Aus-Taste am Telefon gedrückt. Ärger hatte sich in seinen Augenwinkeln festgesetzt.

»Vielleicht sind Sie doch nicht so intelligent, wie ich gedacht habe.«

»Warum mein Vater?«, fragte Erich.

»Nun, warum eigentlich nicht«, überlegte Sutzkever, bevor er antwortete. »Ich kann Sie beruhigen. Ihr Vater weiß nicht, was er tut. Er ist an dem gesamten Prozess nur sehr marginal beteiligt.«

»Prozess? Sie meinen Ihre kriminellen Dinger? Ich weiß Bescheid. Atommüll für schmutzige Bomben auf New York und Tel Aviv.«

Ein entspanntes Lächeln huschte über das schmale Gesicht von Sutzkever. Mit leichten Schritten kam er um den Schreibtisch herum und legte sanft eine Hand auf Erichs Schulter.

»Wenn Krieg ist, dann ist jedes Mittel recht, das den Sieg bringt. Sie mögen es Spionage nennen und verachten, was Sie gerade hören. Wir nennen es den Kampf mit allen Mitteln.«

»Spielen Sie sich nicht als Moralapostel auf«, fuhr Erich ihn an. »Was Sie vorhaben ist Terror. Sie verschieben Atommüll in die Welt und basteln damit Bomben, die Unschuldige töten.«

»Sagen wir, wir arbeiten mit verschiedenen Organisationen zusammen, die unsere Produkte kaufen möchten.«

Erich fielen einige Einzelheiten aus dem Artikel ein, den er über das Konglomerat der Sudex SA gelesen hatte.

»In wessen Auftrag handeln Sie eigentlich? Ihre Firma wurde doch gegründet mit dem Ziel, das Parteivermögen zu waschen. Wer sind für die Schweinereien heute Ihre Auftraggeber?«

»Sie sind nur sehr unvollständig über meine Firmengruppe informiert. Als ich diese Firma aufbaute, waren unsere größten Auftraggeber die genannten Organisationen. Sie haben das Ziel vorgegeben und die Mittel zur Verfügung gestellt, wir haben den Plan gemacht und umgesetzt. Dadurch haben wir ein großes Netzwerk aufbauen können. Diese Verbindungen reißen nicht so schnell ab.«

»Mein Vater«, rief Erich dazwischen. »Er weiß gar nicht, dass er für Sie arbeitet.«

»Würden Sie das bitte erklären?«, wandte sich Sutzkever an die wartenden Männer.

Wieder stand Kratzer auf.

»Ich bin der Führungsoffizier Ihres Vaters. Nach der Wende wandte er sich an mich und sagte, er stehe auch weiterhin für seinen Glauben ein. Das hat dazu geführt, dass wir ihn in diese Operation miteinbezogen haben. Ansonsten ist er nicht informiert.«

Fast glaubte Erich zu hören, wie Kratzer am Ende seines Berichtes die Hacken zusammenschlug, bevor er sich wieder setzte.

Sutzkever nickte leicht mit dem Kopf.

»Für Ihren Vater geht es um die Sache.«

»Für Sie, Oleg Sutzkever, geht es aber ums Geld. Handel ist schließlich Ihr Beruf, und als Händler wollen Sie doch ordentlichen Profit machen!«

Sutzkever machte einen Schritt zurück und lehnte sich an den Schreibtisch.

»Ich könnte Ihnen eine Geschichte erzählen. Der Kapitän des Frachters, der beladen mit zwei Spezialcontainern voll hoch verstrahlten Materials in diesen Stunden in Murmansk ablegt, glaubt an diese Geschichte. Oder der Geschäftsführer der Firma, die fünfzehn Container gepackt hat und über das Baltikum nach Schweden bringt. Auch er glaubt an sie. Oder der Fahrer, der einen der Container in Baltimore abholen wird. Oder nehmen Sie den ehemaligen MfS-Offizier, der heute in Hamburg Sicherheitschef des Lagers ist, wo weitere fünfundzwanzig Container warten, bis sie über Altenwerder verschifft werden. Aber diese Geschichte kennen Sie ja bereits.«

Sutzkever musste Luft holen.

»Ich könnte Ihnen aber auch diese andere Geschichte erzählen. Das ist eine Geschichte, die wir für die arabischen Studenten erfunden haben, die in Beirut, Manchester und Melbourne auf ihre Container warten. Und Sie geht so: Treffen wir den Kapitalismus in seinen Zentren, vernichten wir ihn von innen heraus, greifen wir seine Städte an. Wenn es sein muss, dann machen wir mit schmutzigen Bomben seine Städte unbewohnbar. Mit der ersten Explosion einer unserer Bomben fällt die Fassade des US-Imperialismus und Kapitalismus. Die ganze Welt wird dann erkennen, dass die USA das Böse sind. Und indem wir sie angreifen, treffen wir den Kapitalismus ins Herz. Und die Folgen? Die Weltwirtschaft wird zusammenbrechen. Die USA werden mit unkontrolliertem Terror auf die Anschläge antworten. Das wird innerhalb kurzer Zeit dafür sorgen, dass der letzte Verbündete ihnen den Rücken zukehrt. Ist der US-Kapitalismus erst gebrochen, stehen wir ganz nahe vor der Befreiung der Welt.«

Gebannt hatte Erich ihm zugehört. Er kannte die Argumente, den wahllosen Zusammensatz aus Revolutionstheorien, den sie in den Wohnküchen von Friedrichhain diskutiert hatten. Marx, Lenin, Che, Mao, die Gewaltfrage der Achtundsechziger, die RAF – alles, was ins Bild passte, war zusammengehämmert worden zur letzten großen Theorie der Revolution. Fast glaubte Erich, der Russe hätte damals neben ihm gesessen. Ihm war nicht aufgefallen, das dieser langsam an der Schreibtischkante entlanggerutscht war. Plötzlich, mit einer Geschwindigkeit, die Erich ihm niemals zugetraut hätte, zog Sutzkever den Laptop tief in die Mitte des Schreibtisches, unerreichbar für Erich.

»Sie machen es mir zu einfach, Herr Fischer«, triumphierte Sutzkever. »Und keine falsche Bewegung!« Er wies auf die Sitzgruppe.

Zwei der Männer zielten mit ihren Pistolen auf Erichs Brust.

»Töten Sie mich jetzt? Ich habe doch alles getan, was Sie wollten?«

»Sie sind ein helles Köpfchen. Nur leider haben wir für Sie im Augenblick keine glaubwürdige Geschichte mehr.« Nachdenklich betrachtete Sutzkever den Laptop. »Der Glaube ist etwas Wunderbares«, sinnierte er. »Erzählen Sie den Menschen, was sie hören wollen, und sie folgen Ihnen. Bieten Sie Ihnen eine Lösung, und sie bezahlen jeden Preis. Und die Kunst in meinem Gewerbe ist, den Menschen ihren Traum zu verkaufen und einen guten Preis zu erzielen.«

»Wie viel bezahlt man für eine Atombombe?«

Sutzkever lachte.

»Vergessen Sie diese Bomben. An echte Atomsprengköpfe kommt niemand heran, das ist eine Legende. Unser Geschäftsmodell ist viel einfacher. Der verstrahlte Müll liegt überall frei herum, Hunderttausende von Tonnen. Wir müssen sie nur einsammeln und transportieren. Das kostet im Norden von Russland einige zehntausend Dollar. Potenzieren Sie diese Summe mehrfach, und Sie haben eine Idee davon, wie viel Gewinn wir machen.«

»Nicht jeder glaubt an Sie.«

»Aber jeder hat seinen Preis. Wem der Glaube fehlt, dem bezahlen wir das, was er haben möchte.« Sutzkever wies zur Sitzgruppe. »Betrachten Sie meine Mitarbeiter. Sie sind sehr gut bezahlte Spezialisten. Ob sie an die Sache geglaubt haben oder nicht, interessiert mich nicht. Ihr Preis wird cash ausbezahlt. Aber Sie, Herr Fischer, sind für Geld nicht zu haben. Das macht Sie eigentlich wertvoll. Und dennoch haben Sie einen Preis. Und sei es nur die Illusion, ein Leben zu retten. Ihr Preis war das Leben Ihrer Tochter.«

»Dann haben Sie ja jetzt alles, was Sie wollten.«

Sutzkever stand auf und trat an eines der großen Fenster.

»Ja, hier trennen sich unsere Wege.«

Auf sein Zeichen zog Lestrich eine Pistole aus seinem Mantel und zielte auf Erichs Brust. Ein kleiner roter Punkt leuchtete direkt über seinem Herzen auf.

»Darf ich noch eine letzte Zigarette rauchen?«

Hinter seinem Rücken hörte er Sutzkever.

»Werden Sie nicht sentimental. Ich hasse es, wenn in meinem Büro geraucht wird.«

»Dann eben noch eine letzte Frage.«

Jede Sekunde war ihm plötzlich kostbar. Er hatte gewusst, welches Risiko er eingegangen war. Aber das Leben seiner

Tochter war ihm wichtiger gewesen. Es beruhigte ihn zu wissen, dass sein eigener Vater sie in seiner Gewalt hatte. Er würde ihr nichts antun.

»Gestattet.«

»Wer war Igor wirklich?«

»Ein kleines Licht mit Gewissensbissen«, antwortete Sutzkever vom Fenster aus. »Er hat die globale Perspektive nicht verkraftet. Unwichtig und austauschbar. Leider hatte er unser Netzwerk gepflegt und sich dadurch Zugriff auf alle Dateien verschafft. Dieses Wissen hat ihm geschadet und ihn schließlich getötet.«

»Diese verdammten Daten, warum sind sie so kostbar?«

»Das ist noch eine Frage.«

»Ich kann Ihnen versprechen, dass ich das Geheimnis für mich behalten werde«, antwortete Erich bitter.

»Ihr Kollege Igor hat einige interessante Programme geschrieben. Flinke Viren und Trojanische Pferde, die das Internet in Aufregung versetzen werden.«

»Das ist alles?«

Erich war geschockt.

»Kurz bevor er sich abgesetzt hat, hat er unser Netzwerk sabotiert. Er hat Informationen über unsere Geschäfte gestohlen. Daten, für die jeder Geheimdienst über Leichen gehen würde. Wir vermuten, dass er in seinem Wahn sogar die Identifikationsnummern unserer gesamten Containerflotte kopiert und die Zugangsparameter verändert hat.« Nach einer kurzen Pause sprach Sutzkever weiter. »Normalerweise können wir per GPS jeden unserer Container weltweit genau lokalisieren. Es scheint aber so, als ob er die Nummern vertauscht hat.« Er wandte sich vom Fenster ab und kam um den Sessel herum. »Ich garantiere Ihnen, dass wir in wenigen

Stunden wissen, wo sich alle unsere Container befinden. Dieses Missgeschick wird uns nicht mehr passieren.«

»Tut mir leid, Herr Fischer«, sagte Lestrich, »tut mir auch sehr leid für Ihren Vater. Wir kannten uns recht gut in den alten Tagen. Sie verstehen …«

Das Letzte, was Erich sah, waren drei winzige, rote Punkte auf Sutzkevers Hinterkopf. Ein Lichtblitz, gefolgt vom ohrenbetäubenden Knallen mehrerer Explosionen, erleuchtete für Sekundenbruchteile das Büro. Erich spürte einen stechenden Schmerz. Ein dumpfer Schlag auf seinen Hinterkopf, und es wurde dunkel um ihn. Und dann war da diese Stimme an seinem Ohr, die er so liebte.

»Es ist in Ordnung. Alles wird gut.«

Montag, 23. September

Ein Spaziergänger hatte Klaus am Sonntagnachmittag gefunden und sofort die Polizei und den Notarzt gerufen. In seinem Kopf herrschte absolute Dunkelheit. Der behandelnde Arzt beruhigte ihn und erklärte, dass er unter einer so genannten posttraumatischen Amnesie litt. Das sei eine nicht unnormale Begleiterscheinung bei schweren Kopfverletzungen und hohem Stress. Er könne froh sein, dass nichts Schlimmeres passiert sei. In seinem Gedächtnis sei ja nicht alles ausgelöscht, nur eben das, worauf es in diesem Fall wirklich ankam. Die letzten sechsunddreißig Stunden nämlich, bevor ihn die Kugeln trafen.

Er konnte sich sehr gut daran erinnern, wie er am Freitagabend mit seinem Kollegen Erich in der Kiew Bar gewesen war, um etwas über den Tod ihres Kollegen Igor Vlatov herauszufinden, und wie er danach mit Anna die Nacht im Adlon verbracht hatte. Irgendwann musste er dann eingeschlafen sein und wachte erst wieder im Krankenhaus auf.

Sobald er in der Lage war, aufrecht zu sitzen und ein Telefon in der Hand zu halten, machte er sich auf die Suche nach seiner verlorenen Erinnerung.

Anna sagte, sie sei gegen sieben Uhr dreißig aus dem Hotel gegangen. Sein Auto hatte die Polizei Sonntagnacht auf dem Kurfürstendamm abgeschleppt. Es stand dort mit eingeschaltetem Warnblinklicht. Zigaretten, Feuerzeug und ein Portemonnaie lagen vor der Fahrertür. Das Portemonnaie gehörte seinem Kollegen Erich. Per Telefon war er nicht zu erreichen. In der Firma erzählte ihm Anette, dass Erich seit Montag nicht mehr zur Arbeit gekommen sei.

Auf jeden Fall habe der Vorstand beschlossen, nachdem Erich nicht mehr aufgetaucht war, ihm, und auch Klaus selbst, da er sich auch nicht entschuldigt hatte, zu kündigen. Klaus nahm die Kündigung hin und machte sich darüber keine größeren Sorgen. Wie sich herausstellte auch zu Recht. Wenige Monate später sollte die Firma Insolvenz anmelden und für immer ihre Tore schließen.

Auch Tanja hatte Erich nicht mehr gesehen. Am Samstagnachmittag waren Erichs Eltern bei ihr in Potsdam aufgetaucht und sie waren zu viert davongefahren. Eine Überraschung für Lucy, hatte der alte Fischer gesagt. Am frühen Abend waren sie dann in einem Hotel in der Uckermark abgestiegen. Es wurde Sonntagnachmittag, bis Erich noch einmal angerufen hatte. Das sei das letzte Mal gewesen, dass Tanja etwas von Erich und auch von seinen Eltern gehört habe.

Bei Erichs Eltern ging keiner ans Telefon. Später erklärte ihm eine Nachbarin, sie seien an besagtem Wochenende in den Urlaub gefahren. Nachdem sie aber nicht wiedergekommen seien, sei sie dann einmal zum Wochenendhaus gefahren. Das Haus sei völlig zerstört und bis auf die Grundmauern niedergebrannt. Die Polizei vermute Brandstiftung.

Wochenlang trieb sich Klaus durch die Rehamaßnahmen, immer mit dem Ziel, möglichst schnell nach Berlin zurückzukehren. Anfang März entließen ihn die Wiener Ärzte und er begann seine Detektivarbeit.

Der Kommissar, der die Ermittlungen im Fall von Igor geleitet hatte, existierte laut Angaben der Berliner Polizei nicht. Klaus fand heraus, dass der Tod Igors ordnungsgemäß erfasst und die Ermittlungen von der Berliner Mordkommission aufgenommen worden waren. Es hatte eine weit angelegte Befragung nach Zeugen der Tat gegeben, in deren Verlauf auch die Mitarbeiter der Equilic AG und anderer Unternehmen in dem Bürogebäude an den Treptowers befragt worden waren. Der Einbruch in Igors Wohnung war aufgenommen und schnell ad acta gelegt worden.

Die Untersuchungen der Mordkommission im Fall Igor Vlatov hingegen hatten bereits nach zwei Tagen ergeben, dass die Täter aus dem Milieu der Russenmafia stammten. Ein Informant hatte bestätigt, dass Igor daran beteiligt war, einen Ring für Menschenschmuggel aufzubauen. Dabei sei es zu Konflikten mit den eingesessenen Gruppen der Russenmafia gekommen.

Der letzte Mensch, den Klaus traf, war der Journalist Daniel Heister. Zwei Tage musste er ihm auflauern, bis er ihn zu fassen bekam. Und erst als er ihn auf ein Bier in die nächste Kneipe einlud, wurde er etwas zugänglicher. Klaus erzählte ihm, was er wusste und wie man ihn in Wien gefunden hatte. Alles schien für Heister Sinn zu machen, der einzige Fehler in seinen Augen war, dass Klaus noch lebte.

Während er sich auf seine Kosten betrank, erzählte er ihm seine Theorie.

Auch er war der festen Überzeugung, dass Igor und Klaus Opfer der Russenmafia geworden waren.

In seiner Position als investigativer Journalist müsse man bei so etwas wie einer Recherche über die Mafia sehr vorsichtig sein, erklärte er ihm nach dem vierten Bier. Schließlich sei er den großen Paten der Mafia ganz dicht auf den Fersen, weswegen er mit seinem Wissen auch noch nicht an die Öffentlichkeit gegangen war.

An seinem letzten Abend als Mensch – so nannte Klaus inzwischen scherzhaft diesen Freitag, an dem es in seinem Kopf dunkel geworden war –, hatten sie die Kiew Bar besucht. Heister bestätigte nochmals, dass es sich bei diesem Etablissement um einen der zentralen Kontaktpunkte für die Russenmafia handelte.

Was Klaus neu war, waren die Bombenattentate in Berlin und in Wien. Als er wieder Zeitung lesen konnte, waren diese Explosionen keine Nachricht mehr wert gewesen. Auf die Frage, was sich denn an Katastrophen ereignet habe, hatte ihm seine Schwester nur die Geschichte eines vermissten russischen Frachters erzählt.

Der Steuermann eines kleinen Trawlers, der sich in der Nähe der Unglückstelle befunden hatte, rannte gerade in der Welt herum und erzählte, das Schiff sei von Düsenjägern versenkt worden. Er habe sie von der Brücke aus gesehen, dann die Explosionen gehört. Die polizeiliche Untersuchung des Mannes hatte ergeben, dass er acht Stunden nach dem Zwischenfall einen Alkoholwert von null Komma sechs Promille hatte. Zum Zeitpunkt des Unglücks war der Mann völlig weg gewesen. Der Journalist Heister hatte eine völlig andere Theorie.

Er hatte auch dieses Unglück, wie schon damals den Untergang der Estonia, aufmerksam verfolgt und in sein Weltbild eingepasst. Irgendwie, aber das wusste er noch nicht genau, musste auch der Frachter mit den Explosionen in Berlin und Wien in einem großen Zusammenhang stehen.

Das Attentat in Berlin hatte seiner Meinung nach einem bestimmten Adressaten in dem Bürogebäude gegolten, nämlich der Firma Rymon Ltd. Nach Heisters Recherchen gehörte sie zu einem weit verzweigten Netz von Gesellschaften, die in ganz Europa, wenn nicht weltweit verbreitet waren. Unter großem Getue nannte er schließlich den Namen eines bekannten russischen Geschäftsmannes. Dieser betreibe seit Mitte der neunziger Jahre, seit er einen israelischen Pass besaß, seine dunklen Geschäfte von Haifa und Wien aus. Sein gesamtes Firmenimperium sei so aufgebaut, dass es perfekt zu illegalen Geschäften passte.

Die Ermittlungen von Heister hatten ergeben, dass die Polizei bei der Untersuchung des Tatorts Hinweise auf seinen Kollegen Igor gefunden hatte. Es war nicht viel, aber für ihn ergab sich daraus ein Bild. Auf der Festplatte eines Computers, der bei dem Anschlag zerfetzt worden war, hatten die Spezialisten des Bundeskriminalamtes die Reste einer Datenbank lokalisiert und einige Relikte davon wieder herstellen können. Die Datei enthielt eine Liste mit verschiedenen Personen sowie deren persönlichen Daten und einigen Lebensgewohnheiten. Auch nähere Einzelheiten über seinen Kollegen Igor sollen auf dieser Festplatte gefunden worden sein.

Klaus hielt das für die Fantasieprodukte eines kleinen Reporters. Konkretere Angaben waren auch nicht mehr aus Heister herauszubekommen. Er hatte sein neuntes Bier beendet und wechselte auf Korn. Sein Gesicht war tiefrot und der

Schweiß rann ihm im Gesicht und am Hals herab. Er keuchte wie ein Schwein auf der Schlachtbank und Klaus wusste, dass er sich beeilen musste, wenn er ihn nicht mit einer Alkoholvergiftung ins Krankenhaus bringen wollte. Daher beschloss er, nicht näher nach dieser Datenbank zu fragen. Wie er später durch die Polizei erfuhr, konnte Heister auch nicht mehr wissen als die Gerüchte, die sein Informant aufgeschnappt haben mochte. Niemand bei der Berliner Polizei wusste Konkretes über diese Datenbank. Wahrscheinlich hatte es sie nie gegeben. Als Heister nicht einmal mehr lallte, sondern nur noch sinnlos vor sich hin brabbelte, erklärte er Klaus endlich seine Theorie.

Klaus hatte Mühe, sie zu verstehen – nicht nur, weil er besoffen war.

Wie er bereits verschiedentlich geschrieben und publiziert hatte (»bei namhaften Adressen, Herr Kühn«), habe sich die Russenmafia in den letzten Jahren gewandelt. Aus gewöhnlichen Straßenkriminellen seien smarte Immobilienmanager und Bankiers geworden. Diese hätten ihre schmutzigen Geschäfte gewinnbringend verpachtet und konzentrierten sich ausschließlich auf saubere Geschäfte, bei denen ihr gewaschenes Geld angelegt wurde. In diesem globalen Netzwerk sei Berlin nur eine Provinz unter vielen. Die eigentlichen Machtzentralen lägen in New York, Wien und Haifa. Aber dass die Mafiosi Juden seien, dass dürfe man ja nicht schreiben (»Meinungszensur nenne ich das, Herr Kühn«). Was Klaus' Kollegen Igor anbetraf, so habe er im Auftrag der Paten in Wien gehandelt. Warum solle die Mafia aus Haifa auch sonst ein persönliches Dossier über ihn angelegt haben?

Durch irgendeinen Auslöser musste Heisters Meinung nach die Sache außer Kontrolle geraten sein. Zunächst der Tod von

Igor am Osthafen. Und dann nur wenige Tage später der unausweichliche Racheakt: der Anschlag auf das Büro der Rymon Ltd. in Berlin. Damit befänden sie sich in einem neuen Stadium des Krieges zwischen zwei rivalisierenden Clans innerhalb der Russenmafia.

Klaus' Einwand, dass mit dieser Theorie die Zugehörigkeit von Igor zur Mafia nicht bewiesen sei, wischte Heister vom Tisch.

Er zog seine größte Trumpfkarte und erklärte ihm, dass Igor in Wahrheit eine ganz andere Identität gehabt habe. Auch das Grab in der Nähe von Kiew gebe es nicht, genauso wenig seine Familie in der Ukraine. Vielmehr sei das Geld für die Überführung vom Konto einer Moskauer Firma überwiesen worden, die zum Imperium der Sudex SA in Wien gehöre. Damit schließe sich ein weiterer Kreis. Auch das Attentat auf das Hauptquartier der Sudex SA in Wien gehe nach Heisters Meinung auf das Konto der Russenmafia. In diesem Fall habe es sich um einen Racheakt für den Anschlag auf die Niederlassung der Rymon Ltd. in Berlin gehandelt (»wie beim Schachspiel, Herr Kühn, aber hier hat es die Königin erwischt«). Da bei diesem Attentat auch einer der wichtigsten Männer der Wiener Russenmafia, Oleg Sutzkever, ums Leben gekommen sei, werde eine entsprechende Antwort nicht mehr lange auf sich warten lassen. Auf alle Fälle werde diese Antwort aber in Haifa gegeben werden.

Klaus bezahlte die Rechnung und verließ das Lokal, während Heister auf der Toilette war. Der arme Irre, dachte er sich, er lebt einsam in dieser dunklen Welt voll von Mafia und Verschwörungen. Er, die einzige Lichtgestalt in einem Meer von Kriminalität, immer der Wahrheit auf der Spur. Für dreißig Euro gibt er jedem sein Geheimnis preis und war für ein paar Stunden der Held. Bis ihn der Alkohol fällt wie eine morsche Pappel. Morgen ist er dann wieder der beschissene Lokal- und Klatschreporter einer noch viel beschisseneren Lokalzeitung.

Klaus versuchte, die Geschichte auf sich beruhen zu lassen. Irgendwie war er jemandem in die Quere gekommen. Die ganze Wahrheit wollte er aber gar nicht mehr wissen. Dann, nach Monaten, kam dieser Anruf.

Eine weibliche Stimme stellte sich als Nurith Rozenbaum von der Firma Keren Ltd. aus Haifa vor. Sie bot ihm einen Job in Israel an. Im Internet fand er nur dürftige Informationen über die Firma. Ein Softwarehaus, das Sicherungssysteme checkte und verbesserte. Wie es schien, war die Firma neu am Markt. Aber Büros in New York und Paris mit Hauptsitz Haifa. Da seine finanziellen Reserven zur Neige gingen, zögerte er nicht lange, als das Ticket gekommen war.

×××

Klaus empfing der Duft von Kiefern und Zypressen in einer milden Abendluft. Ein Weg aus Steinplatten führte durch den Garten auf ein Haus zu. Es war für israelische Verhältnisse alt, dachte sich Klaus, bestimmt in den dreißiger Jahren gebaut worden, als die ersten wohlhabenden Juden aus Haifa auf den Berg gezogen waren, um die bessere Luft und die gute Sicht zu genießen.

An der Tür stand eine junge Frau, deren Gesicht ihm irgendwie bekannt vorkam.

»Hallo, Klaus!«, sagte sie auf Deutsch zu ihm.

»Hallo«, sagte er. »Haben wir uns schon einmal gesehen?«

Sie winkte ihn ins Haus.

Er nahm seine Reisetasche und folgte ihr. Der Eingang lag auf der Querseite des Hauses. Ein breiter Flur folgte. sie betraten einen großen, behaglich eingerichteten Wohnraum mit einer riesigen Fensterfront. Durch die geöffneten Fenster konnte Klaus eine Terrasse erkennen. Dahinter erstreckte sich bis zum Horizont das Mittelmeer.

Sie trat hinaus. Er sah, dass die Terrasse die gesamte Vorderfront des Hauses einnahm. Über schmale Treppen war sie auf beiden Seiten mit dem Garten verbunden, der sich um das Haus erstreckte. Am Gitter stand ein Tisch mit drei Stühlen. In der einen Ecke erkannte er zwei Liegestühle. Ein Mann saß in einem und blickte aufs Meer hinaus.

»Er ist da!«

»Hallo, Klaus«, dröhnte eine gut gelaunte Stimme an sein Ohr, die er schon lange nicht mehr gehört hatte.

»Erich?«

Mit einem für seine Verhältnisse ungewöhnlich sportlichen Satz sprang Erich aus dem Stuhl. Er sah gut aus. Seine Haut hatte eine gesunde Farbe, sein Haar war kurz geschnitten und er hatte etliche Kilo abgenommen. Seine Augen leuchteten aus einem glatt rasierten und um Jahre verjüngten Gesicht. Er ergriff Klaus' Hand und schüttelte sie lange und herzlich. Dann nahm er ihn in den Arm und drückte ihn fest an sich.

»Ich bin ja so froh, dass du hier bist.«

»Und ich bin darauf gespannt zu erfahren, was hier für ein Spiel läuft«, entgegnete Klaus. »Monatelang bist du verschwunden, und dann bezahlst du mir einen Businessclassflug nach Tel Aviv?«

Erich trat einen Schritt zurück und musterte Klaus von oben bis unten.

»Ist wieder alles in Ordnung mit den Verletzungen?«

Klaus nickte nur.

»Wir haben uns solche Sorgen gemacht. Ich dachte, du wärst tot. Mensch, war ich froh, als wir hörten, dass man dich gefunden und ins Krankenhaus gebracht hat.«

»Was ist damals passiert?«

»Du erinnerst dich wirklich an nichts mehr?«

»Nein.«

»Setz dich und iss etwas. Wir werden dir alles erklären.«

Widerwillig setzte sich Klaus auf einen der Stühle. Die junge Frau stellte sich als Hemda vor. Sie reichte ihm die Schale mit dem Brot. Mit einem feinen Lächeln nahm sie ihr Glas und prostete ihm zu.

»LeChaim, Klaus! Auf das Leben! Und falls du dich nicht an mich erinnern kannst, ich bin Judit.«

In den nächsten Stunden erzählten sie Klaus die ganze Geschichte bis zu dem Augenblick, als sie ihn im BMW zurücklassen mussten, tot, wie Erich dachte. Sobald die Gelegenheit sich ergab, hatte Judit die Station des Mossad in Wien verständigt. Man hatte sofort einen Sayan ausgeschickt, um nach ihm zu sehen, die Polizei und den Notarzt gerufen und sich dann diskret wieder zurückgezogen.

Er erfuhr auch, wie Oleg Sutzkever gestorben war. Die Bombe, von der ihm Heister erzählt hatte, war tatsächlich gezündet worden und hatte Sutzkever mit einigen seiner Leute zerfetzt. Tatsächlich war die ausführende Organisation aber nicht ein Clan der Russenmafia gewesen, sondern ein Team des Mossad.

Was Heister nicht wissen konnte, war, dass Sutzkever und seine Genossen bereits vor dem Zünden der Bombe tot waren. Wie das geschehen war, konnte auch Erich nicht beantworten. Seine Erinnerung setzte aus, als das Mossad-Team die

Fenster gesprengt und Blendgranaten gezündet hatte. In Sekunden hatte das Team den Laptop gesichert, Erich aus dem Büro evakuiert und eine große Ladung Sprengstoff gelegt. Bei der Explosion wurden alle Leichen bis zur Unkenntlichkeit zerfetzt.

Erich hatte der Zufall gerettet. Wenige Minuten, nachdem er Judit in der Kettenbrückengasse zurückgelassen hatte, waren ihre Kollegen erschienen, um sie abzuholen. Judit hatte sie schließlich dazu gedrängt, Erich zu befreien und Rache zu nehmen für den Anschlag in Berlin.

Das Startkapital für ihr neues Leben hatten die beiden aus Wien mitgebracht. Die CD mit den Arbeiten von Igor war der Schlüssel zum Erfolg – in wirtschaftlicher Hinsicht. Die Daten verblieben beim Mossad, der umgehend Gegenmaßnahmen eingeleitet hatte.

Wenngleich Igor schon lange tot gewesen war, konnte er dennoch unendlich viele Leben retten. Er, der die Pläne von Sutzkever genau gekannt hatte, hatte alles dafür getan, das schmutzige Geschäft mit dem Atommüll zu verhindern. Wie sich aus den Informationen in den Exceltabellen ergab, sollte die strahlende Fracht in über vierzig Standardcontainern aus Murmansk geschmuggelt werden. Vorgesehen waren verschiedene Wege per Schiff, Bahn und Lkw. Durch ein geschickt programmiertes Virus war es Igor gelungen, die Informationen über die Inhalte der einzelnen Container so zu verändern, dass an vielen Stellen die falsche Fracht aufgenommen wurde. Wie die schnelle Analyse per GPS ergab, waren die meisten der Container auf einem Frachter, der sich an der norwegischen Küste in Richtung Süden vorarbeitete. Es hatte nur Stunden gedauert, bis ein heimlich operierendes Jagdgeschwader der israelischen Luftwaffe, begleitet von einem Tankflugzeug, den Frachter gefunden und auf den Meeresgrund geschickt hatte.

Igors kleine Programme hingegen waren eine wahre Goldgrube. Solange die Viren und Trojanischen Pferde, die Igor und seine Kollegen in Russland entwickelt hatten, nicht verbreitet waren, konnte Erich mit ihrer Hilfe in jedes Computersystem dieser Welt eindringen. Seit einigen Monaten prüfte Erich mit einigen Angestellten die Sicherheitssysteme internationaler Firmen und behob gegen gutes Geld die Schwachstellen. Die CD sicherte der Firma ihr Know-how für Jahre.

Es war nach fünf am Morgen, als Klaus keine Fragen mehr hatte. Er nahm sein Weinglas und trat an das Gitter. Unter ihm lagen die Altstadt von Haifa und der quirlige Hafen. Vor ihm, so weit das Auge reichte, kräuselte sich das Mittelmeer. Hinter ihm brach der neue Tag an. Gerne hätte er eine gute Zigarette geraucht, doch dieses Laster hatte er im Krankenhaus aufgegeben. Ihm fiel Daniel Heister im kalten Berlin ein. Würde er jemals erfahren, wie nah er der Wahrheit gekommen war?